Jorge Semprun

de l'Académie Goncourt

Adieu, vive clarté...

Gallimard

à Jean-Marie Soutou,
pour son amitié vigilante et fraternelle
de toute une vie.

I

J'ai plus de souvenirs
que si j'avais mille ans...

1

Elle dressait au-dessus de son regard, à contre-jour, pour en vérifier l'état, je suppose, une pièce de mon trousseau. La lumière d'un soleil décli-nant arrivait de la gauche par la rangée de hautes fenêtres qui éclairaient la vaste salle voûtée où se trouvait la lingerie des internes, à Henri-IV.

Deux religieuses s'occupaient d'inventorier mes affaires : chemises, chaussettes, caleçons. Préci-sément, c'était un caleçon que la plus âgée des bonnes sœurs avait soulevé, pour l'observer à la lumière du jour tombant.

Une sensation violente et amère m'a envahi. Une bouffée de honte mêlée d'indignation.

La plus âgée des religieuses de la lingerie, celle qui menait l'inspection du trousseau exigé pour chaque interne, a posé le caleçon sur le comptoir qui nous séparait. Elle a attendu que la plus jeune saisisse une nouvelle pièce dans ma valise ouverte sur la longue surface de bois poli, ciré, suave sous la main.

Je l'ai détestée de toutes mes forces, soudain.

Elle avait un visage paisible, pourtant, lisse mal-

13

gré l'âge vénérable. Un regard transparent derrière des lunettes à fine monture d'acier. Des gestes pondérés, méticuleux. Tout respirait en elle le calme, la bonté, la compétence. Elle était chargée de veiller sur le linge des internes, au lycée Henri-IV. Elle s'acquittait de cette tâche avec une autorité souriante.

Je n'ai pas pu m'empêcher de la haïr.

La plus jeune sœur lui tendait une nouvelle pièce de mon trousseau. Un maillot de corps, cette fois-ci. Elle faisait le même geste, dépliant au-dessus de son visage le débardeur de coton blanc, pour en vérifier la qualité, y déceler l'usure inacceptable, qui sait ?

Un geste banal, en somme, mais qui m'a plongé dans un sentiment aigu de tristesse, d'abandon, de désespérance irrémédiable.

J'avais quinze ans, la guerre d'Espagne était perdue.

Nuestra guerra : nous employions toujours ce pronom possessif pour nommer la guerre civile. « Notre guerre », sans doute pour la distinguer de toutes les autres guerres de l'histoire. Comment d'ailleurs la comparer aux autres guerres de l'histoire ? C'était impensable.

Un quart de siècle plus tard, revenu dans la ville de mon enfance, dans un restaurant de Madrid, El Callejón, Ernest Hemingway, sévère et barbu, s'étonnait de cette expression que nous continuions à employer. Nous dégustions les lourdes et riches saveurs d'un pot-au-feu typique. Quelqu'un a raconté une anecdote de la guerre civile, ça a déclenché des souvenirs.

— *Shit!* a murmuré Hemingway, vous dites tous la même chose, rouges et blancs : *¡nuestra guerra!* Comme si c'était le seul bien — le plus précieux, du moins — que vous ayez à partager... Le pain quotidien, en somme... La mort, voilà ce qui vous rassemble, l'ancienne mort de la guerre civile...

Peut-être, avais-je pensé, peut-être n'était-ce pas seulement la mort que les Espagnols aimaient à partager. Peut-être leur jeunesse aussi : son ardeur d'autrefois. Mais sans doute la mort n'est-elle que l'un des visages de l'ardeur juvénile, avais-je pensé.

À Madrid, vingt-cinq ans plus tard, autour d'Ernest Hemingway, sévère et barbu.

Mais à Henri-IV, dans la salle aux nobles proportions de la lingerie des internes, j'avais quinze ans. La guerre d'Espagne était perdue. L'avant-veille, 23 février 1939, j'étais arrivé à Paris avec mon frère aîné, Gonzalo. Nous venions de La Haye, c'était Jean-Marie Soutou qui nous accompagnait, pour nous inscrire à l'internat du lycée Henri-IV.

Soutou, envoyé par Emmanuel Mounier, était apparu à Lequeitio, le village basque de pêcheurs où nous passions les vacances d'été, en 1936, pour prendre de nos nouvelles, nous offrir l'aide du groupe *Esprit*, dont mon père était correspondant général en Espagne. Ce fut au mois d'août, quelques jours avant que les troupes du général Mola, l'un des chefs de l'insurrection factieuse, ne prennent la ville d'Irún, coupant ainsi l'accès à la France de la zone loyaliste du nord de l'Espagne.

15

Fin septembre, lorsque nous étions arrivés à Bayonne, fuyant l'avance des troupes fascistes, avec d'autres réfugiés, sur un chalutier qui avait navigué toute la nuit, feux éteints, à partir de Bilbao, c'est la famille Soutou qui nous avait recueillis, à Lestelle-Bétharram.

Quelques semaines plus tard, nommé aux Pays-Bas pour y occuper le poste de chargé d'affaires de la République espagnole, mon père a appelé Jean-Marie Soutou auprès de lui, pour prendre en charge son secrétariat.

L'avant-veille, lors de la traversée de la Belgique, des policiers en uniforme avaient contrôlé nos passeports. J'avais trouvé leurs képis ridicules, d'une hauteur démesurée, pompeusement ornés de dorures tarabiscotées. C'étaient des couvre-chefs de général ! Eux, de leur côté, avaient trouvé suspects les passeports diplomatiques dont nous étions munis, Gonzalo et moi. Ils les tournaient et retournaient dans tous les sens avec une moue quelque peu dégoûtée.

Il est vrai que les démocraties occidentales s'empressaient de reconnaître, l'une après l'autre, le gouvernement de Burgos : un quarteron de généraux félons autour de Francisco Franco. La République espagnole n'était plus que le fantôme agonisant d'un État de droit : moins que rien, désormais.

Les policiers belges regardaient nos passeports, chuchotaient entre eux, en rapprochant dans leur conciliabule leurs képis grotesques.

Comment pouvait-on être encore républicain

espagnol ? Avions-nous le droit ne fût-ce que de traverser le territoire du royaume de Belgique ? Ne
contaminions-nous pas ce territoire immaculé, par
notre présence douteuse, fût-elle passagère ?

Pour finir, les policiers belges ont renoncé à leur
intention de nous faire descendre du train. Ils se
sont pliés aux arguments, calmement énoncés, de
Soutou. Ils nous ont laissé poursuivre le voyage
vers Paris.

Les mains noueuses et fragiles de la plus âgée
des religieuses soulevaient à présent un débardeur
de coton blanc.

Je l'avais haïe, sur-le-champ.

Je soupçonnais que c'était absurde. Dispropor-
tionné, en tout cas. Je savais même que je pourrais
en rire — jaune, sans doute, avec une certaine
amertume, en rire néanmoins — lorsque j'en parlerais avec mon frère Gonzalo, plus tard. Avait-il eu
la même réaction que moi ? Une haine désespérée
me remplissait le cœur, me brûlait les sangs, obscurcissait mon regard, à cet instant.

J'avais l'impression d'être dénudé, en voyant
ainsi exposés mes sous-vêtements. D'être fouillé au
corps, en quelque sorte, forcé dans mon intimité. Il
y avait aussi la certitude, infondée mais évidente,
d'une fin radicale. Ou d'un commencement absolu.

C'était la fin de l'enfance, de la première adolescence : finis les demeures familiales, les rires et les
jeux de la tribu, fini l'us et coutume de la langue
maternelle. Comme si, par ce geste au demeurant
banal, au cours de l'inventaire obligatoire de mon

17

trousseau d'interne, la vieille religieuse qui n'en pouvait mais, souriante et précise à l'ombre de sa cornette, me projetait dans le territoire immense et désolé de l'exil.

Et de l'âge d'homme.

Je ne possédais plus rien d'autre que ce mince bagage d'interne du lycée Henri-IV, j'avais été dépossédé de tout le reste.

Un sursaut d'orgueil insensé est venu tempérer mon désarroi. Je ne possédais plus rien, en effet. Plus rien d'autre que moi-même, mes souvenirs. Eh bien, j'allais leur en faire voir. Ils n'avaient pas fini d'en voir avec moi.

Ils ? Qui étaient-ils ? C'était qui ?

Derrière le visage usé par la prière et la bonté de la lingère du lycée Henri-IV, j'ai vu grouiller les képis affreusement prétentieux des policiers belges. Et le regard bleu glacial d'un prêtre hollandais qui condamnait les rouges espagnols à l'enfer.

Sur la Parkstraat, à La Haye, il y avait une église catholique. À mi-chemin entre le Plein 1813, la place où se trouvait la légation d'Espagne et le musée du Mauritshuis. Où se trouvaient Vermeer et Carel Fabritius : la *Vue de Delft* et *Le chardonneret*.

Mais je n'allais plus à l'église, le dimanche. N'importe quel autre jour non plus. J'allais au Mauritshuis, souvent, mais je n'allais plus à l'église de la Parkstraat.

Un an après mon arrivée à La Haye — les premiers jours, donc, de 1938 — je m'étais désintéressé de Dieu. Rien de dramatique dans ce désintérêt, ce désamour. Nulle arrogance adolescente, non plus. J'étais tout disposé à admettre que c'était Dieu qui se désintéressait de moi. Je ne tenais pas au privilège, à la priorité de la rupture. Un jour soudain, Il aurait cessé de me voir. Je serais tombé de Sa main.

Dejado de la mano de Dios, l'expression espagnole était pertinente : délaissé par la main de Dieu. Mais je n'avais pas vécu cet abandon, que ce fût Lui ou moi qui en eussions pris l'initiative, dans l'inquiétude ou le désarroi. Ce fut tout simple : un beau jour, j'avais perdu la foi de mon enfance.

Était-ce une foi, vraiment ?

N'était-ce pas plutôt un rituel, plutôt une routine : ronron cultuel et culturel, en somme ? Jamais cette foi, en tout cas, ou l'ensemble des gestes qui en tenaient lieu chez moi n'avaient été traversés par la ferveur. Ou l'inquiétude. Ou la déréliction.

Quoi qu'il en soit, je n'allais plus à la messe, le dimanche. Pour éviter, cependant, les discussions, les remontrances, l'effroi — l'étonnement, du moins — paternel, j'avais menti. À quoi sert, en effet, de dire une vérité blessante quand on peut obtenir le même résultat par un mensonge pieux qui ne heurte personne ? Même pas soi-même ? Pour déserter le cortège familial de la grand-messe dominicale, j'avais donc trouvé le prétexte d'un besoin nouveau de solitude et de recueillement. J'avais déclaré préférer les messes basses très matinales, sûr d'y être laissé seul.

Ainsi, je prenais ma bicyclette et partais pour

une longue randonnée, le dimanche, avant huit heures du matin.

Parfois, s'il ne pleuvait pas, si l'air était pur et le ciel bleu, j'empruntais l'une des pistes cyclables qui traversaient la forêt de Scheveningen et j'allais contempler la mer du Nord. J'en revenais rafraîchi d'une émotion plus forte que toutes celles qu'aurait pu me procurer la liturgie catholique.

Un samedi, néanmoins, mon père exprima le désir — mais c'était un ordre — d'être accompagné le lendemain à l'église par moi. Sous des prétextes divers, et parfois sans prétexte, il s'efforçait depuis quelque temps d'entraîner l'un de ses aînés — je n'ai pas encore dit que nous étions sept frères et sœurs, groupés selon des classes d'âge bien distinctes — dans une longue promenade, pour une conversation en tête à tête. Il renouait ainsi avec l'habitude prise quelques années plus tôt, à Madrid, lorsqu'il emmenait les trois garçons les plus âgés — Gonzalo, Alvaro, moi-même — pour de longues marches aux confins de la ville, au-delà de la Moncloa et du parc de l'Ouest. Sur des terres encore sauvages, qui se prêtaient admirablement à nos cavalcades inspirées par les westerns ou les romans de Zane Grey, et où commençaient à se construire les édifices de la Cité universitaire.

La messe dominicale, à La Haye, n'était pour mon père que l'occasion recherchée de l'une de ces conversations.

Celle-là porta sur la littérature, en général, sur ma vocation d'écrivain, en particulier. Il était établi, en effet, que je serais écrivain, que je poursuivrais la tradition paternelle. C'était une évidence familiale, depuis que j'avais atteint l'âge de raison, puisque c'est ainsi que l'on nomme celui où le cœur et les sens enfantins s'enflamment à la découverte émerveillée et inquiète des émois du monde et du Moi : celui où l'on découvre les mots de cet éveil. Ou plutôt : que le langage est cet éveil même.

La seule alternative à cette vocation d'écrivain qui m'était attribuée, inscrite dans mon hérédité familiale, c'était ma mère qui la formulait parfois, avec une tendresse ironique. Ou amusée, du moins. « Écrivain ou président de la République ! » proclamait-elle à la cantonade. À Santander, dans le jardin de la villa des vacances, où fleurissaient des massifs d'hortensias. L'une de ces vocations ou destinées m'ayant été interdite par le cours de l'histoire, il m'a bien fallu, après quelques péripéties, devenir écrivain.

En tout cas, des poèmes me venaient sous la plume, à La Haye, depuis quelques mois. J'en avais calligraphié un certain nombre dans un cahier que je faisais lire autour de moi. À mon père, à mes aînés de la fratrie. Mais aussi à deux personnes qui travaillaient à la légation et qui ont eu une influence, différente mais certaine, dans la formation adolescente de mes goûts et de mes répulsions.

Jean-Marie Soutou était l'une de ces personnes : j'en ai parlé, en parlerai encore. L'autre était un Espagnol, attaché à la légation, Jesús Ussía. Plus âgé que moi d'une dizaine d'années — de même que Soutou, par ailleurs —, Ussía traînait une jambe, à la suite d'un grave accident de voiture lors de son enfance. Parfois, quand les douleurs se ravivaient, il était obligé de se servir d'une canne pour

marcher. Cette infirmité lui avait interdit l'engagement dans l'armée populaire espagnole qu'il aurait
souhaité. C'est dans le corps diplomatique qu'il
servait la cause de la République.

Ussía était un jeune homme extrêmement beau
et raffiné, d'une culture littéraire éblouissante,
d'une intelligence diabolique. Interrompue par les
péripéties diverses de l'exil — c'est au Mexique
qu'il vécut de 1939 à 1945 —, l'amitié née à
La Haye et nourrie de complicité intellectuelle ne
s'est point démentie jusqu'à sa mort, dans les
années 70.

Le dimanche en question, en marchant vers
l'église, d'abord le long de l'Alexanderstraat, de la
Parkstraat ensuite, mon père me parla de mes
poèmes. De la littérature, du métier d'écrivain. Je
ne garde qu'un souvenir très flou de ses paroles
parce que l'événement qui se produisit ensuite,
dans l'église elle-même, occupe toute la place dans
ma mémoire, ayant oblitéré le reste.

Il advint, en effet, que le curé de la Parkstraat,
montant en chaire pour le prêche de la grand-
messe, se lança dans une diatribe d'une rare violence contre les rouges espagnols, appelant à la
guerre sainte contre eux, à la croisade de la foi
contre les ennemis de l'Église.

Mon père ne connaissait pas assez la langue
hollandaise pour comprendre ce prêche guerrier
dans ses détails et ses nuances. Il avait pourtant
saisi qu'il s'agissait de l'Espagne et des rouges espagnols. Une fois la messe terminée, pendant que

22

nous sortions de l'église, il m'a demandé de lui répéter l'essentiel des propos enflammés du prêtre.

Ce que je fis, avec la plus grande précision possible.

Il s'immobilisa sur le parvis grillagé de la Parkstraat quand j'eus terminé mon rapport circonstancié. Il avait blêmi, son regard exprimait une colère désespérée. Il tourna les talons, revint vers l'église, me demandant de l'accompagner pour lui servir d'interprète.

Il finit par obtenir, en arguant de sa condition de diplomate, que le prêtre qui venait de dire la messe et de prêcher *ex cathedra* se présentât à la sacristie où nous avions fait irruption.

J'eus alors à traduire la réponse de mon père au sermon que nous venions d'entendre. Il argumenta d'abord sur un plan historique et doctrinal : la guerre civile espagnole était, dit-il, pour l'essentiel, avant toute considération de politique internationale, une rébellion militaire contre l'ordre démocratique légitime et pour le maintien des privilèges et des inégalités sociales : un affrontement entre les riches et les pauvres. Comment un homme d'Église pouvait-il, avec autant de brutale légèreté, autant d'irrespect de l'Évangile, se prononcer avec tellement de haine sur le conflit espagnol ? La doctrine de l'Église n'était-elle pas avant tout inspirée par l'amour du prochain, la défense des humbles, humiliés et offensés ?

Il reprenait, en somme, l'argumentation développée, dès octobre 1936, dans un long article de la revue *Esprit*, « La question de l'Espagne inconnue », écrit à Lestelle-Bétharram, chez les Soutou, et qui venait de paraître en traduction néerlandaise, dans une brochure des éditions De Gemenschap, à Bilthoven, avec une préface de J. Brouwer, sous le titre : *Een Katholiek Spanjaard over Spanje*. Il s'appuyait aussi sur les prises de position de certains catholiques français, influents dans l'univers ecclésial, Jacques Maritain, François Mauriac, Georges Bernanos, les pères dominicains de la revue *Sept*, qui, selon divers points de vue, refusaient de considérer l'insurrection militaire en Espagne comme une croisade et ne s'interdisaient pas de dénoncer aussi les crimes commis sous le régime de la Terreur blanche.

Mais le discours de mon père changea bientôt de ton et de sens, cessant d'être une argumentation doctrinale — passionnée, certes, mais visant avant tout à rétablir la vérité des faits historiques — pour devenir une sorte de confession désespérée.

Il ne s'adressait plus à ce prêtre néerlandais, ou plutôt, à travers lui et par le truchement de sa personne, humainement méprisable, insignifiante, il s'adressait à l'Église dans son ensemble. Au pape de Rome peut-être aussi. Suspect pour l'institution catholique, apostolique et romaine, isolé dans son sein, condamné même par certains et non des moindres représentants de ladite institution, pour son engagement politique aux côtés de la République espagnole, mon père ne pouvait se résoudre à se satisfaire d'un lien direct avec Dieu, à se retrancher dans l'arrogance d'un tel privilège.

La prétention d'un lien personnel, intime, d'un face-à-face avec la figure christique du Dieu d'amour, du Dieu des pauvres et des humiliés, ne

24

constituerait-elle pas un péché d'orgueil ? Avait-il le droit de se priver des sacrements de la confession et de la communion, afin de ne pas risquer le reproche, ou, pis encore, l'exigence théologique d'un repentir ou d'une renonciation à ses idées ?

Toutes ces questions, cependant — que je résume, tant de décennies plus tard, du mieux de ma mémoire —, n'étaient pas formulées sur le ton de la plainte ni de l'imploration. Elles étaient posées avec une exigence coléreuse et farouche : c'étaient des imprécations.

Le prêtre de la Parkstraat, d'ailleurs, qui avait répondu au début aux arguments de mon père avec une espèce de suffisance lointaine — pétrie d'indifférence, sans doute —, ne disait plus rien. Il s'éloignait, l'œil bleu, d'abord glacial, devenu hagard, les mains tremblantes. L'inquiétude, la panique, enfin, se lisaient sur son visage. Il finit par disparaître soudain par une porte, au fond de la sacristie.

Durant quelques secondes, mon père continua à parler dans le vide, à s'adresser à un interlocuteur devenu invisible. Alors, moi qui venais tout récemment de prendre à jamais congé de Dieu, j'ai souhaité follement qu'Il fît un signe à mon père, qu'Il se montrât à lui. J'ai même imaginé sous quelle forme cette apparition aurait dû se produire, pour qu'elle fût vraiment belle : sous la forme du Christ de Limpias.

Tel est le nom d'un village de la province de Santander — région d'où provient ma lignée paternelle — dont l'église paroissiale possède une crucifixion admirable. De surcroît, la dévotion populaire attribue au Christ de Limpias, à certaines occasions solennelles et imprévisibles, le pouvoir de verser de vraies larmes de compassion.

Mais le Christ de Limpias ne nous est pas apparu. Moi, en tout cas, ne l'ai-je point vu. Mon père est resté immobile, figé dans un silence douloureux. Puis il m'a entraîné hors de la sacristie.

Je ne suis plus jamais revenu dans cette église de la Parkstraat, à La Haye. Je suis revenu au Mauritshuis, souvent, au long de ma vie. Jamais dans cette église, à mi-parcours entre le Plein 1813 et l'étang du Mauritshuis où nageaient des cygnes.

En 1990, près de cinquante ans après l'époque que je reconstruis ici — avec une aisance dans le souvenir qui me déconcerte — alors que je vivais à Madrid, rue Alfonso XI, en face de la maison de mon enfance, dans l'appartement de fonction auquel j'avais eu droit en tant que ministre de la Culture, une photo m'a rappelé la légation de la République espagnole à La Haye.

Et plus précisément le grand hall central, qui prenait la lumière zénithale par une verrière multicolore, et où s'amorçait l'escalier menant à la galerie commandant l'accès aux chambres du premier étage.

La photo m'avait été envoyée par Juan-Manuel Eguiagaray, qui était alors délégué du gouvernement central — sorte de préfet de région — au Pays basque.

— Ma mère croit avoir encore, m'avait-il dit peu auparavant, lors d'un déjeuner à San Sebastián, une photo de ton père à La Haye, en 1937 !

Plus rien ne pouvant me surprendre, j'ai attendu la suite.

Il s'avérait que sa mère, toute jeune fille encore, avait fait partie d'un ensemble de musique chorale basque, Eresoinka, pendant la guerre civile. À ce titre, elle avait participé à des tournées de propagande de la cause basque, qui était celle de la République, on s'en souvient sans doute. Les nationalistes basques, catholiques et modérés, étaient restés fidèles au gouvernement légitime du Front populaire qui leur avait octroyé le statut d'autonomie si longtemps désiré.

Lors d'une tournée d'Eresoinka dans les pays de l'Europe occidentale, en 1937, la jeune fille, née Ucelay, qui deviendra la mère de Juan-Manuel Eguiagaray, était venue à La Haye. Une photo de groupe avait pérennisé la réception des membres de la chorale à la légation de la République.

— Je vais demander à ma mère de rechercher cette photo, avait conclu Eguiagaray. Si elle existe vraiment, je t'en enverrai un tirage !

Quelque temps après, je reçus effectivement la photographie.

Les jeunes Basques, garçons et filles d'Eresoinka, sont installés sur l'escalier du hall central de la villa. Ils en occupent les marches, de bas en haut, dans leurs vêtements typiques. Au pied de l'escalier se trouve mon père, en effet. Il a le visage grave, le regard triste qui me frappent toujours sur les très rares photographies de cette époque qui ont survécu aux péripéties de la dispersion familiale et de l'exil.

Sur les premières marches se tiennent mes deux

sœurs, Susana et Maribel, les aînées de la tribu. Quant à la mère de Juan-Manuel Eguiagaray, elle est tout en haut de l'escalier. Non loin d'un jeune homme au sourire éclatant qui s'appelait déjà Luis Mariano, et qui était l'un des chanteurs solistes de la chorale. La préférence homosexuelle qu'on lui a plus tard attribuée, lorsqu'il est devenu une vedette, m'a agacé. De quel droit s'intéressait-il aux garçons? J'ai considéré cela comme une sorte de trahison. Ou un affront fait à mes sœurs, du moins. Car à La Haye il leur avait fait une cour assidue. Indistincte, par ailleurs, autant à l'une qu'à l'autre. Peut-être cette indécision était-elle un indice de son goût véritable?

Sur une marche encore plus élevée que celle où se tenait la mère d'Eguiagaray se trouve une autre jeune fille : la future mère de Placido Domingo.

Le jour où ce dernier, à l'ambassade de France à Madrid, fut décoré de la Légion d'honneur, je me suis approché d'elle, présente à la cérémonie, pour lui dire que j'avais sa photo dans mon bureau ministériel. Elle n'a pas bien compris, a cru à une plaisanterie dont le sens lui échappait. Je lui ai dit alors, plus précisément, l'histoire de la photo d'Eresoinka prise à la légation de la République, à La Haye, en 1937.

Elle se souvenait très bien, a pâli d'émotion. Eresoinka! a-t-elle murmuré avec ferveur, comme on dit le mot d'une prière. Et des larmes lui sont venues aux yeux.

Je contemple cette photographie, les souvenirs affluent, en grappes entremêlées, en tourbillon.

La grande villa blanche, aux proportions classiques, n'avait devant elle, sur sa façade principale, donnant sur le Plein 1813, qu'un étroit espace gazonné, planté de magnolias.

(Je dis ce nom d'arbre comme on savoure un fruit, se souvient d'un nuage, d'une eau de source, ou contemple un coucher de soleil sur l'océan. Magnolia : cherchez la trace de cette blancheur effervescente dans les cendres de ma mémoire...)

Derrière la villa, en revanche, le jardin était vaste. Au fond, il y avait une maison de gardiens et un court de tennis. Sous des ombrages, une cabane en rondins où l'on serrait des outils de jardinage et qui fut le théâtre et l'enjeu des combats de la fratrie — pour rire, mais rudes — au cours desquels les Indiens, désignés à tour de rôle parmi nous, montaient à l'assaut de ce fort de l'Ouest. Ceux qui jouaient alors le rôle des Yankees du septième de cavalerie essayaient de les repousser à jets de pommes de pin et à coups de longues baguettes de frêne ou de fruitier.

Après les activités scolaires de la journée et les jeux effrénés de la fin de l'après-midi, quel que fût le temps — jeux où nous nous retrouvions ensemble, les cinq frères, classes d'âge et disciplines scolaires différentes provisoirement abolies —, il y avait un moment où la famille tout entière se rassemblait. Habitude établie, presque un rite, et il fallait des circonstances exceptionnelles pour qu'il ne fût pas observé.

Un feu de bois avait été allumé dans la grande

cheminée de la pièce centrale : ce hall où fut prise la photographie d'Eresoinka et qui commandait la distribution des chambres, salons et bureaux aux différents niveaux de l'édifice.

Ce n'était pas pour commenter les événements de la vie quotidienne que la famille se réunissait ainsi au grand complet. C'était pour prendre connaissance des dernières nouvelles de notre guerre. Mon père apportait les dépêches officielles. L'un des aînés, Gonzalo ou moi, lisions à haute voix les articles de la presse néerlandaise concernant la guerre civile. Les journaux espagnols, arrivés avec quelque retard par la valise diplomatique, étaient également dépouillés.

Ces instants nous étaient nécessaires : notre destin dépendait de l'issue de la guerre civile. Mais ce n'étaient pas des instants de liesse. Les nouvelles d'Espagne étaient rarement bonnes. Sauf à certaines occasions, trop rares, trop brèves, et dont il fallait aussitôt déchanter — lorsque l'armée républicaine avait pris l'initiative, à Guadalajara, par exemple, ou sur le front de Teruel, ou pour le passage de l'Èbre —, les nouvelles d'Espagne étaient désastreuses. Le territoire sous contrôle républicain rétrécissait comme une peau de chagrin.

De toute façon, en septembre 1938, après les accords de Munich, la capitulation, plutôt, de la France et de l'Angleterre devant les exigences de Hitler à propos de la Tchécoslovaquie, il devint clair que la République espagnole était condamnée.

Mon père — c'est à partir de ce moment que son regard devint triste et las — nous le dit avec une certaine solennité, lors d'un repas familial. « Les démocraties, nous dit-il, ont repoussé de quelques mois, au mieux de quelques années, l'échéance fatale. Mais il y aura tout de même la guerre. Nous aurons été sacrifiés pour rien ! »

Un an plus tard, à Paris, lorsque éclata la nouvelle du pacte germano-soviétique, mon premier sentiment ne fut pas d'indignation. J'espère qu'on le comprendra.

Je n'avais pas encore seize ans, la guerre d'Espagne était perdue, les miens étaient humiliés, maltraités, dispersés dans le vaste monde. Je ne parle pas seulement des « miens » au sens strict et étroit, familial : je parle des miens au sens large, au sens plein. Je parle de la communauté souffrante des rouges espagnols, persécutée en Espagne franquiste, éparpillée au vent rude et glacial de l'exil en Europe et dans les Amériques.

En Espagne, la répression était brutale. Pendant quelques mois, elle fut même comparable, en intensité, en ampleur, aux répressions totalitaires de Hitler et de Staline. Elle provoqua des dizaines de milliers de victimes. En France, la masse des réfugiés anonymes, la piétaille de l'armée populaire et des partis politiques antifascistes, était parquée dans les camps de concentration du Sud, sur le sable clos de barbelés d'Argelès ou de Barcarès, dans des conditions d'hygiène épouvantables.

Staline trahissait les démocraties ? La belle affaire ! m'écriais-je, avec un brin de joie sadique. Inavouée et sans doute inavouable. La France et l'Angleterre étaient payées dans la monnaie de leur propre pièce, me disais-je. Et puis, l'idée de voir les visages d'Édouard Daladier et de Neville Chamberlain incarner l'antifascisme ne pouvait que m'être insupportable.

Je n'avais qu'un seul critère de jugement, à l'époque : l'attitude passée des uns et des autres par rapport à la République espagnole. Je ne prétends pas que ce fût le comble du raffinement politique. Mais c'était le cri de mon cœur.

De cette époque, en tout cas, date l'une de mes convictions les plus profondes.

Pour l'essentiel, certes, surtout quant à leur point d'application pratique, leur portée historique, mes opinions politiques ont lourdement évolué. En revanche, un certain nombre de convictions, ou d'intuitions fondamentales, n'ont pas changé depuis mon adolescence.

Dont celle-ci, née à l'époque où la défaite de la République espagnole devenait non seulement inévitable, mais proche, après la capitulation des puissances démocratiques à Munich : la paix n'est pas un bien suprême, voilà comment on pourrait formuler cette conviction. Contrairement à une opinion massivement répandue, surtout dans la gauche européenne, la paix n'est pas le bien suprême, l'objectif sacré et permanent de toute politique de progrès et de solidarité.

Par voie de conséquence, il devenait aisé d'établir sur cette prémisse une certitude encore plus générale. Encore plus universelle. Celle-ci : la vie n'est pas la valeur suprême, quoi qu'en disent, avec la frivolité rhétorique qui souvent les caractérise, tant d'intellectuels de toutes confessions. Et même

32

dépourvus de confession, c'est-à-dire de croyance religieuse.

Autant il est facile de constater que le sens de la vie est immanent à celle-ci, que la vie trouve son sens en elle-même, que le sens de la vie, donc, est le fruit de son déploiement même, quels que soient le bonheur ou le malheur qui l'accompagnent, qu'il est nécessaire d'affirmer que les qualités qui donnent sens à la vie lui sont immanentes, que nulle transcendance ne donne sens à la vie, que rien d'extérieur, ni en amont ni au-delà de la vie, n'est nécessaire pour lui donner sens, autant, en revanche, est-il insensé d'établir une échelle des valeurs humaines sans recourir à quelque forme de transcendance. Ce qui veut dire : sans référence explicite et réfléchie à quelque valeur absolue, dégagée de toute contingence historique, n'ayant nul besoin de référence religieuse.

En somme, si le sens de la vie lui est immanent, sa valeur lui est transcendante. La vie est transcendée par des valeurs qui la dépassent : elle n'est pas la valeur suprême. Ce serait désastreux qu'elle le fût, d'ailleurs. Ça a toujours été un désastre historique que de considérer la vie, dans la pratique historique, comme une valeur suprême. Le monde réel serait sans cesse retombé dans l'esclavage, l'aliénation sociale ou le conformisme béat, si les hommes avaient toujours considéré la vie comme une valeur suprême.

La vie en soi, pour elle-même, n'est pas sacrée : il faudra bien s'habituer à cette terrible nudité métaphysique, à l'exigence morale qui en découle, pour en élaborer les conséquences. La vie n'est sacrée que de façon dérivée, vicariale : lorsqu'elle garantit la liberté, l'autonomie, la dignité de l'être humain, qui sont des valeurs supérieures à celle de la vie même, en soi et pour soi, toute nue. Des valeurs qui la transcendent.

Certes, il est facile de comprendre que ce n'est pas ainsi que ma conviction se formulait, à l'époque où elle s'est imposée à moi. J'avais quinze ans, c'était plutôt une réaction émotionnelle aux renoncements de 1938-1939. Mais le noyau central, inaltérable, de ma conviction, de cette morale de résistance, quelle qu'en fût l'expression concrète, date de cette époque-là.

Le feu flambait dans la cheminée du grand hall central de la légation, un soir de février. La nuit était tombée, la verrière par où s'éclairait la pièce s'était assombrie.

Un soir de février, vers la fin de ce mois.

Le cercle de famille s'était élargi, ce soir-là. Jean-Marie Soutou et Jesús Ussía s'étaient joints à nous. Ce n'était pas inhabituel. Ce qui l'était, en revanche, c'était la présence d'un hispaniste hollandais, le Dr Johannes Brouwer, que j'ai déjà mentionné.

Mort héroïquement quelques années plus tard, dans la Résistance antinazie, Brouwer était un personnage romanesque. Nous savions, et cela nous impressionnait diablement — c'est le cas de le dire —, que Brouwer avait été autrefois, lorsqu'il était étudiant, condamné à de longues années de prison pour un crime gratuit. Il avait assassiné sa logeuse, sans raison, peut-être même sans envie

— sans désir, plutôt —, tout simplement pour conduire à son terme une expérience spirituelle inspirée de Raskolnikov.

En sortant de prison, Brouwer avait repris ses études, était devenu professeur d'université. Et l'un des meilleurs connaisseurs de la littérature espagnole aux Pays-Bas. C'était un ami de la République et il fréquentait la légation régulièrement. Parfois, mon père permettait aux aînés du clan fraternel de passer quelque temps au salon où Brouwer était reçu, pour assister à la conversation et y prendre part, éventuellement.

C'était la nouvelle de la mort du poète Antonio Machado, à Collioure, qui avait attiré Brouwer à la légation, ce soir de février.

Antérieur à la génération dite de 1927, qui avait fait de la première moitié du xxᵉ siècle un nouvel âge d'or de la poésie espagnole, Antonio Machado s'était tenu à l'écart de tous les courants d'expérimentation et de rupture qui ont caractérisé l'œuvre des Lorca, Cernuda, Alberti, Alonso, Diego, Guillén, Salinas, pour ne citer que les poètes les plus représentatifs de l'audace, la richesse et l'insolence créative de ladite génération.

Mais tous considéraient Antonio Machado, d'une certaine façon, comme leur maître. D'abord, pour la concision transparente de sa langue, naturellement classique, d'une musicalité mystérieuse dans sa simplicité. Mais aussi, sans doute, parce que tout au long d'une époque de troubles et de crises sociales, le poète castillan avait maintenu une attitude, discrète mais résolue, d'engagement spirituel, de parti pris civique.

Ainsi, Machado avait partagé jusqu'au bout le sort de la République espagnole. Lorsque les fronts de bataille s'effondrèrent en Catalogne sous la poussée des armées franquistes, et que des centaines de milliers de réfugiés se pressèrent aux frontières de la France, en février 1939, Antonio Machado fut l'un d'eux. Poète populaire à force de limpidité classique, il suivit le destin de son peuple.

Mais il ne supporta pas la perspective abominable de l'exil. Réfugié dans un hôtel de Collioure, après quelques péripéties, il s'y éteignit presque aussitôt.

Je ne sais plus qui fut le premier, ce soir-là, à réciter, devant le feu de bois, à voix presque basse, quelques vers d'Antonio Machado. Peut-être Brouwer lui-même, peut-être Jesús Ussía. Mais nous savions tous par cœur des poésies de Machado. Alors, sans nous être concertés, à tour de rôle, reprenant le relais des nobles vers anciens, d'une sonorité parfois rude et parfois caressante — comme la terre tant aimée des hauts plateaux de Castille qu'ils évoquent souvent —, nous avons murmuré certains de ses plus beaux poèmes.

Le lendemain, nous devions partir pour Paris, Gonzalo et moi, au lycée Henri-IV où nous serions internes. Plus jamais — je ne le savais pas : comment le deviner? — ne serions-nous de nouveau réunis, frères et sœurs, tous ensemble. Nulle part, jamais plus. Mais nous ne le savions pas.

Le feu rougeoyait dans la cheminée, l'ombre de la nuit tombait dans nos cœurs.

Les deux religieuses avaient fini d'inspecter les pièces de mon trousseau d'interne. La plus jeune s'éloignait pour ranger mes affaires sur l'étagère qui allait m'être réservée.

Je me suis rappelé alors la fin du poème d'Antonio Machado que l'un d'entre nous avait murmuré le dernier soir, à La Haye.

Y cuando llegue el día del último viaje,/ y esté al partir la nave que nunca ha de tornar,/ me encontraréis a bordo ligero de equipaje,/ casi desnudo, como los hijos de la mar.

« Lorsque viendra le jour de l'ultime voyage,/ quand partira la nef qui jamais ne revient,/ me trouverez à bord avec un maigre bagage,/ quasiment nu, comme les enfants de l'océan. »

Mon bagage était maigre, sans doute. Et il valait mieux qu'il en fût ainsi, même si je m'embarquais pour la vie, pas pour l'ultime voyage. Pas d'attaches, pas de poids : ce malheur apparent était une chance. Je flottais dans l'incertitude tonique du déracinement. Dans l'assurance inquiète de mon cœur qui battait la chamade.

J'étais plein de curiosité.

La plus jeune des religieuses s'éloignait. Elle allait ranger mes sous-vêtements. Je n'étais plus haineux, ni exaspéré. Calme, tout lisse à l'intérieur, décidé. À tout, à n'importe quoi.

« À nous deux, Paris ! » ai-je crié tout bas. Et Paris n'était qu'un nom pour le monde, la vie, l'avenir.

2

J'ai longtemps cru que mon premier souvenir n'en était pas un. Que je l'avais, sinon inventé, du moins reconstruit et arrangé — enluminé, enjolivé — au point de le rendre irréel.

Longtemps, mon premier souvenir m'a semblé être celui d'une visite à mon grand-père maternel, Antonio Maura, dans l'hôtel particulier qu'il possédait rue de la Lealtad — qui porte aujourd'hui son nom — à quelques dizaines de mètres du musée du Prado et de l'une des entrées monumentales du parc du Retiro. Souvenir d'une grande précision, d'une richesse de détails quasiment infinie, me semblait-il.

Ma mère habillait ses aînés pour cette expédition solennelle. Elle insistait, un peu fébrile, pour que nous promettions d'observer une attitude calme et respectueuse.

— Grand-père est très fatigué, nous disait-elle, ne soyez pas bruyants ! Et attendez pour parler qu'il vous pose des questions...

Finalement, nous arrivions dans le bureau-bibliothèque du grand-père Maura, au rez-de-chaussée de l'hôtel particulier. Il était assis, dans la pénombre de la pièce. Sa barbe blanche, taillée en pointe, se détachait sur son vêtement foncé. Il avait une couverture sur les genoux.

Je pourrais énumérer ainsi les détails de cet événement mémorable.

Un jour, pourtant, alors que ce souvenir avait pris des contours apparemment définitifs, lorsqu'il sembla saisi dans un code narratif véridique et immuable, il m'apparut qu'il était invraisemblable. Suspect, en tout cas : entaché d'irréalité.

Mon grand-père Antonio Maura est mort en octobre 1925, en effet. Et je suis né moi-même le 10 décembre 1923. J'aurais donc eu moins de deux ans lors de cette visite qui semblait m'avoir marqué de façon indélébile.

C'était peu vraisemblable.

J'ai beau être convaincu de la précocité de mon intelligence, trop c'est trop. Faute de témoins pour vérifier la réalité de cette visite à un grand-père affaibli — tous les adultes de cette scène primitive ayant disparu, mes aînés n'en ayant gardé aucun souvenir —, j'en étais arrivé à une conclusion qui me paraissait raisonnable.

Sur quelques débris d'images évanescentes, j'avais dû reconstruire ce souvenir, probablement à l'aide d'un récit circonstancié de ma mère : la scène ne s'inscrivait pas dans le registre de la mémoire mais dans celui de l'imaginaire.

Une vie plus tard, revenu à Madrid, dans la ville de mon enfance, j'avais retrouvé le quartier de mes premiers souvenirs. Mon appartement se trouvait en face de la maison que j'avais quittée, en juillet 1936, pour les vacances d'été. Pour toujours, en fait. Les souvenirs enfantins réapparaissaient d'autant plus aisément que le quartier avait très peu changé. Pratiquement pas changé, à dire vrai.

Certes, la pâtisserie en demi-sous-sol où nous achetions les brioches et les beignets du petit déjeuner dominical, après la messe à San Jerónimo, n'existait plus. Ni l'hôtel particulier du grand-père, à l'emplacement duquel s'élevait un immeuble moderne de six étages où la famille de mes cousins Maura avait conservé un appartement.

Et l'hôtel Gaylord's, construit dans ma rue vers le milieu des années 30, dont Hemingway parle dans *Pour qui sonne le glas*, parce que le quartier général des conseillers militaires soviétiques s'y était installé pendant la guerre civile, était devenu un immeuble locatif. Tout à côté, cependant, l'épicerie fine de Santiago Cuenllas existait toujours.

Mais surtout, le voisinage avait conservé son caractère résidentiel, son calme cossu. Les perspectives urbaines n'avaient pas bougé, n'étaient pas brouillées par de nouvelles édifications intempestives. Les mêmes arbres — acacias, marronniers roses ou blancs, platanes — ombrageaient les mêmes larges trottoirs, où les mêmes nurses promenaient toujours les mêmes enfants criards ou moroses, richement habillés dans tous les cas.

Au bout de la rue de mon grand-père, en haut des marches de l'escalier monumental qui montait vers l'une des entrées du Retiro, s'ouvrait l'avenue menant à la vaste pièce d'eau où naviguaient encore les barques à rames chargées de familles, de fiancés et de flâneurs.

C'est par cette avenue que nous pénétrions dans le Retiro, Gonzalo, Alvaro et moi. Tous les après-midi, après les cours quotidiens du précepteur que nous avions en commun — don Juan de los Reyes Garcia, un petit homme timide et savant, qui nous initiait aussi bien à l'histoire universelle, sainte ou profane, qu'aux secrets de la biologie ou de la version latine, nous franchissions la toute proche grille de l'entrée du Retiro et nous avancions sur l'avenue des Statues.

Dressés sur leurs socles de granit, les rois wisi-goths nous regardaient passer. Ils s'alignaient, de chaque côté de l'avenue, jusqu'à la promenade en bordure de la pièce d'eau.

En 1931, au mois d'avril, lorsque le roi Alphonse XIII abdiqua, après la défaite des candidats monarchistes aux élections municipales, et que la République fut proclamée, la foule des faubourgs ouvriers — Vallecas, Cuatro Caminos, Carabanchel, Getafe — déferla joyeusement vers le centre de Madrid.

Les groupes de Vallecas traversèrent le parc du Retiro : c'était le chemin le plus court vers la place de la Puerta del Sol, au cœur de la ville. Lieu d'autant plus symbolique que s'y trouvait le bâtiment de la direction générale de la Sûreté : lieu du pouvoir policier, donc, et qui continua de l'être au long des décennies suivantes. Jusqu'à ce que, après la mort de Franco — sous sa dictature, les cachots de la Puerta del Sol ayant laissé d'assez méchants souvenirs à plusieurs générations de militants de gauche — la démocratie rétablie remette le bâtiment de l'ancienne direction de la Sûreté aux représentants élus de la communauté autonome de Madrid.

En route vers ce lieu symbolique du pouvoir renversé, les ouvriers de Vallecas traversèrent le parc du Retiro, le 14 avril 1931. Ce fut une marche joyeuse. On se déplaçait en famille, femmes et enfants mêlés aux manifestants enthousiastes. Il y avait des drapeaux ondoyant sur la foule. Mais les femmes portaient aussi les gamelles et les paniers des casse-croûte : on allait pique-niquer sous les ombrages centenaires de l'ancien parc royal du Retiro.

Au cours de cette migration populaire, lorsque la foule des travailleurs, après avoir contourné la roseraie, le jardin zoologique et la pièce d'eau centrale, déboucha dans l'allée des rois wisigoths, elle s'en prit aux statues. Certaines furent renversées, d'autres mutilées. Acte symbolique, certes, mais de faible teneur idéologique. À la différence de l'Angleterre et de la France, la modernité démocratique ne fut pas introduite en Espagne par la décollation d'une auguste tête royale et réelle. On se contenta de quelques têtes fictives de statues. Et de très anciens rois, par surcroît, responsables en rien des malheurs du temps. Responsables seulement, par leur incurie et leur faiblesse, d'avoir ouvert l'Espagne à l'invasion musulmane. D'avoir contribué ainsi, involontairement bien sûr, à un renouveau radical des mœurs et de la culture hispaniques.

Lorsque je revins dans la ville de mon enfance, rue Alfonso-XI, à quelques dizaines de mètres de l'avenue des rois wisigoths, les statues de ceux-ci avaient été depuis longtemps remises sur leur socle et leurs visages et leurs membres rafistolés.

Baignant dans cette atmosphère propice aux réminiscences, j'ai voulu un jour tirer au clair la question du souvenir ancien, primordial. Premier, du moins; primitif, peut-être même.

Je l'ai évoqué au cours d'un déjeuner chez mon cousin, héritier du titre ducal que le roi Alphonse XIII avait octroyé à mon grand-père, en récompense d'une longue carrière politique au service de la couronne. C'est une habitude monarchique espagnole que de créer un titre ducal, sans fief ni lieu, purement patronymique, pour l'octroyer à des hommes politiques. Ainsi, le roi Juan Carlos, petit-fils d'Alphonse XIII, fit d'Adolfo Suárez un duc de ce nom, afin de souligner son rôle dans la transition démocratique.

Quoi qu'il en soit, mon récit excita la curiosité des uns et des autres.

— Si tu veux, a dit mon cousin, nous irons jeter un coup d'œil après le déjeuner. Car nous avons conservé la disposition exacte du rez-de-chaussée de l'ancien hôtel particulier de grand-père, pour les bureaux de la Fondation Antonio Maura. C'est exactement comme à son époque, on n'y a pas touché! L'immeuble moderne s'est construit autour et au-dessus.

On n'y avait pas touché, en effet.

À peine franchie la porte sur laquelle une plaque dorée portait le nom de la fondation qui gérait les archives Maura, j'ai retrouvé dans un battement de cœur l'ambiance feutrée d'autrefois, celle de mon souvenir.

— Laissez-moi vous conduire ! me suis-je écrié.

Cousins, cousines, neveux et petits-neveux, tous les membres de la famille Maura réunis pour ce déjeuner de retrouvailles m'ont laissé faire, éberlués. Et je les ai conduits, sans hésiter, à travers le dédale des couloirs et des pièces, jusqu'à la plus éloignée, le bureau-bibliothèque.

C'était comme dans mon souvenir. Comme si la pièce réelle où je pénétrais n'était qu'une copie de celle de ma mémoire. La même pénombre, la même odeur de cuir et d'encaustique. La même poussière impalpable dans les rayons de soleil filtrés par les persiennes closes. Les mêmes objets sur les tables surchargées, les mêmes livres dans les rayonnages.

Copie imparfaite du souvenir ou du rêve, toutefois. Incomplète, plutôt. Il manquait mon grand-père, bien sûr. Sa barbe blanche, son regard voilé levé sur nous, la couverture écossaise sur ses jambes. Mais la couverture manquait aussi.

— Il manque le plaid écossais, ai-je dit.

Malgré moi, mon ton a sans doute été sévère. Mon ducal cousin s'est aussitôt excusé, comme s'il avait des comptes à me rendre.

— Nous avons été obligés de le jeter il y a six mois, a-t-il dit précipitamment. Il était mangé aux mites : une vraie loque !

J'ai hoché la tête. Tant pis, le plaid manquait, après plus d'un demi-siècle de bons et moelleux services. Il fallait se faire une raison.

J'ai mis ma main sur le dossier du fauteuil où Antonio Maura aurait dû être assis. Tout s'est figé dans l'immobilité, pendant une fraction de

44

seconde : le temps, la vie, les rêves, le désir, la nostalgie.

L'éternité doit ressembler à cet état d'ataraxie béate. On peut l'imaginer, en tout cas.

Dans cette scène primitive — qu'elle constitue un souvenir réel ou inventé, reconstruit, plutôt — l'important n'est pas la présence de mon grand-père. Ni même celle du plaid écossais.

L'important, c'est l'image de ma mère, on l'aura deviné. Ce n'était pas trop difficile, d'ailleurs.

C'est pour elle, sans doute, pour la retrouver, pour essayer de revoir ce visage qui ne cesse de s'estomper, de se brouiller, pour l'arracher à l'oubli, que j'ai si longtemps cultivé ce souvenir.

Il ne nous reste — tous les survivants de la tribu sommes logés à la même enseigne — qu'une seule photographie de Susana Maura Gamazo, notre mère. Et ce n'est même pas une photo d'amateur, prise dans l'intimité familiale. À Santander, pourquoi pas ?, dans le jardin de la villa des vacances, devant les massifs d'hortensias. Ou d'azalées. Ni une photo d'elle à côté de l'Oldsmobile rouge, décapotable, qui se trouva un soir d'été engagée sur un pont romain à voie unique, près de Santillana del Mar, face à la De Dion-Bouton du roi Alphonse XIII, lequel, galant, ayant reconnu ma mère, fit reculer son véhicule pour nous laisser passer.

Pas du tout, rien de semblable. La seule photographie qui me reste d'elle est la reproduction d'une image de la revue illustrée *Blanco y Negro*.

On y voit ma mère au milieu d'un groupe de convives. Grande, très brune, le regard fixé sur l'objectif de l'appareil, attendant l'éclair de magnésium. Vêtue d'une robe longue, blanche et brodée. Cela se passe chez don Antonio Maura, nous apprend la légende de la photo, à Madrid. Dans l'hôtel particulier de la rue de la Lealtad. Directeur de l'Académie espagnole, mon grand-père reçoit à dîner quelques membres de l'illustre compagnie. Réception intime, familiale — de fait, l'épouse de don Antonio, et deux de ses filles, dont ma mère, sont là — mais compassée. Tous ces académiciens, d'âge vénérable, portent l'habit et le nœud papillon, noir ou blanc. La barbe qui convient, aussi, taillée de façon diverse et variée. Mais blanche, dans la majorité des cas. Il n'y a que les deux frères Quintero, auteurs de comédies légères à succès, qui en soient dépourvus. Ils arborent sous la moustache frisée un identique sourire, niaisement satisfait.

Une inscription manuscrite, ajoutée par la personne qui a envoyé à ma sœur Maribel — c'est celle-ci qui entretient la flamme du foyer et noue ou renoue les liens distendus —, cette image découpée dans une page de *Blanco y Negro*, précise que ce dîner intime, et néanmoins cérémonieux, a eu lieu en 1920. Le 9 du mois en cours, dit la légende de la photographie. Mais nous ne savons pas de quel mois il s'agit, dans le cours de quel mois nous nous trouvons.

1920 : trois ans avant ma naissance, en tout cas.

La longue silhouette de ma mère vêtue d'une robe du soir se détache sur le fond sombre de ce groupe d'académiciens en habit, dont les plastrons immaculés et les barbes vénérables, soigneusement taillées, composent une frise de taches neigeuses.

Ce visage aux traits réguliers sous le casque des cheveux noirs; cette bouche charnue aux lèvres entrouvertes dans un demi-sourire placide; ce regard charbonneux, enténébré, qui semble démentir la placidité supposée —, du moins, la corriger ou compléter : voilà les seules traces visibles, matérielles en quelque sorte, de l'existence de ma mère. Hors le souvenir, et l'imaginaire que celui-ci puisse encore mettre en branle, tout le reste a disparu de l'appartement de la rue Alfonso XI, abandonné aux housses blanches et à la naphtaline, pour les vacances de l'été 1936, dans un quartier résidentiel voué à la vindicte et au pillage populaires. Prévisibles, si l'on songe à la violence des haines sociales qui préludèrent à la guerre civile et que celle-ci exaspéra. Pas un seul meuble, pas un seul objet, ni livre ni photo de famille, n'aura survécu à ce naufrage.

Mais j'exagère. Je me laisse emporter par la vivacité de la réminiscence.

Un volume de la bibliothèque de mon père a survécu, en effet. Si j'en éprouve le désir, à tout moment — il suffit à cela que je me trouve dans ma maison du Gâtinais, où la plupart de mes livres finissent de s'écrire —, je peux quitter ma table de travail et marcher vers l'un des rayonnages. Je peux saisir le livre en question, le feuilleter.

Un soleil d'avril, c'est aujourd'hui le cas, se dégage des brumes matinales, les disperse et dissout peu à peu. Ce sera chose faite, bientôt. Il y a le silence infini mais friable de la plaine à perte de vue, des reflets sur une mare. Un souffle de printemps dans les feuillages alentour. Des lapins de garenne, semble-t-il, sont venus cette année creuser des terriers sous la réserve de bois sec destiné aux flambées hivernales. C'est nuisible pour les rosiers, me dit-on : ces petites bêtes gambadantes en rongeraient les jeunes pousses. Je suis navré mais n'arrive pas à m'en préoccuper vraiment : j'aime les roses mais ne m'intéresse pas aux rosiers.

J'ai pris sur l'étagère le seul livre qui aura survécu au désastre, à la destruction de la bibliothèque paternelle.

Avec la chambre à coucher matrimoniale, cette pièce était la plus mystérieuse, la plus attrayante aussi, de l'appartement. Pour des raisons différentes, certes. Dans la chambre à coucher des parents, c'était l'armoire où se rangeaient le linge et les vêtements de ma mère qui me fascinait. Déjouant les surveillances et les interdits, je venais en ouvrir les portes pour y enfouir mon visage, pour respirer l'odeur intime et troublante qui s'en échappait.

Dans la bibliothèque, la fascination était tout autre mais tout aussi physique. Mes mains tremblaient tout autant, j'étais transi des mêmes vapeurs charnelles de l'émoi. L'odeur du cuir, du papier, du tabac blond — mon père fumait des Camel — provoquait la même langueur émoustillée. Je humais les pages des livres comme la soie des lingeries maternelles, avec le même désir enfantin, douloureux, de savoir et de possession.

Le livre réchappé du naufrage de cette bibliothèque est un volume relié de toile grise, délibérément austère, où le nom de l'auteur et le titre se détachent en lettres rouges : Karl Marx, *Das Kapital*.

Sur la page de garde, mon père a inscrit son nom, de sa grande écriture anguleuse et dégingandée, *José Ma. de Semprún y Gurrea*, et la date de l'acquisition, *junio 1932*. Ce qui veut dire qu'il s'était procuré une toute récente édition du *Capital* de Marx, car si la date d'impression du volume n'est mentionnée nulle part, celle du *copyright* de l'éditeur berlinois Gustav Kippenheuer est justement 1932, et, pour davantage de précision, la préface de Karl Korsch est datée du 28 avril de cette même année.

On peut comprendre pourquoi mon père a lu ou relu *Das Kapital* à cette époque, attentivement, par ailleurs : le nombre de passages cochés ou soulignés, de notes en marge le démontre. Il travaillait, en effet, à sa thèse de doctorat, dont la soutenance eut lieu à Madrid, le 18 mai 1933, et qui fut ensuite publiée sous le titre *Sentido funcional del derecho de propiedad* (Sens fonctionnel du droit de propriété). Et il y a dans cette étude un long développement sur Marx et ledit droit, à l'alinéa 21 du paragraphe D du chapitre premier de la deuxième partie.

Mais pourquoi avoir emporté ce volume, et celui-là seulement, trois ans après, lors d'un départ en vacances estivales ? Voilà qui est en revanche mystérieux. Qui restera à jamais inexpliqué, du moins.

Quoi qu'il en soit, je parcours les premières lignes de la préface de Karl Korsch, communiste hétérodoxe, théoricien d'un marxisme libertaire, avant de remettre le volume à sa place habituelle. *Wie Platos Buch vom Staat, Machiavels Buch vom Fürsten, Rousseaus Gesellschaftsvertrag, so verdankt auch das Marxsche Buch vom Kapital...*

Certes, comme *La République* de Platon, *Le Prince* de Machiavel et le *Contrat social* de Rousseau, *Le Capital* de Karl Marx aura marqué son époque, Korsch a raison. On s'en fera une raison.

Je remets le livre sur l'étagère où il attendra de nouveau un regard curieux. Ayant dissipé les brumes matinales, un soleil d'avril brille sur la plaine du Gâtinais.

Je me suis longtemps couché de bonne heure mais je ne m'endormais jamais tout de suite Mes parents sortaient tous les soirs je ne pouvais pas m'endormir avant qu'ils ne soient rentrés

Parfois

Parfois je m'effondrais dans un demi-sommeil agité mais toujours le bruit de l'ascenseur s'arrêtant à l'étage me tirait de cette torpeur fébrile en sursaut J'allais pieds nus jusqu'à la porte de la chambre je l'entrouvrais Je voyais les lumières du vestibule et du couloir allumées Je guettais à travers la fente imperceptible de la porte J'entendais les voix de mes parents qui chuchotaient

Parfois

Parfois ma mère s'avançait toute seule dans le couloir pénombreux qui traversait l'appartement de part en part Qui commençait au vestibule et aboutissait avant de virer à angle droit à la porte de la chambre à coucher de mes parents Quand ma mère y est morte cette pièce a été condamnée pendant deux longues années Vidée de ses meubles Volets clos sur la rue La porte du couloir fermée à double tour et de surcroît obturée par des bandes de papier adhésif collées sur toutes les rainures Nul ne nous avait expliqué les raisons de cette clôture implacable destinée sans doute à nous protéger des effluves délétères d'une agonie interminable et douloureuse Mais je passais devant la porte de la chambre de ma mère Sa chambre conjugale et mortuaire En tremblant je passais plusieurs fois par jour devant cette porte close sur les secrets de la mort Sur l'intolérable secret de la mort La porte close perpétuait le secret mémorable de cette mort Le souvenir de la longue agonie de ma mère On a rouvert cette porte le jour où mon père s'est remarié On a lavé briqué repeint On a meublé moderne Le vaste lit conjugal et mortuaire a été remplacé par une couche à la turque Un sommier tapissé monté sur pieds de bois clair et adossé à un fond de lit se prolongeant sous forme de tables de chevet Éclairages indirects à la place de la grande lampe en albâtre suspendue au plafond C'était moderne et clair Insipide Dès lors je ne suis plus jamais venu flairer en cachette les odeurs de cette chambre Avant j'y venais Profitant d'un instant d'inattention de la gouvernante allemande D'une absence aussi de mes parents bien sûr Je me glissais dans la chambre conjugale Sur la coiffeuse je débou-

chais les lourds flacons de cristal taillé J'ouvrais
l'armoire je caressais les soies les tussors les pope-
lines les cotons amidonnés des dessous et des corsets
Les robes les fourrures les tailleurs d'été Je bougeais
dans une sorte de rêve Une suite de mouvements
furtifs et extasiés Quel âge avais-je? Moins de huit
ans forcément...

Forcément, en effet. Puisque ma mère, Susana
Maura, est morte lorsque j'avais cet âge.

Quoi qu'il en soit, c'est ainsi que j'évoquais des
souvenirs d'enfance pour une journaliste allemande qui enregistrait mes propos au magnéto-
phone, en 1981.

Ou plutôt, c'est ainsi que Rafael Artigas, personnage principal d'un roman qui s'appelle
L'Algarabie, évoquait mes souvenirs. Car c'est
bien des miens qu'il s'agit. J'avais inventé ce personnage de roman fantastique — ou simplement fantasque? — de politique-fiction (fondé
sur l'hypothèse, saugrenue mais foisonnante,
d'une victoire du mouvement de Mai 68, et des
troubles sociaux qui s'en seraient suivis) pour pouvoir parler, sous ce masque, de mes vérités les
plus intimes. De certaines d'entre elles, du moins.
Pour évoquer l'appartement de la rue Alfonso-XI,
à Madrid, avec son long couloir où j'attendais,
dans l'ombre de la nuit, insomniaque enfantin et
angoissé, le retour de ma mère. Tout un roman
picaresque, baroque, libertin, surchargé d'épisodes délibérément invraisemblables, pour dire
certaines des vérités les plus troubles et trou-

blantes des souvenirs enfouis : le sombre paradis des ardeurs enfantines.

Mais le choix de ce nom, Artigas, pour un personnage imaginaire qui me permettait d'approcher au plus près mes obsessions les plus personnelles — et parfois les plus inavouables : inavouées, du moins — ce choix n'est pas occasionnel. Ni innocent.

Artigas a été l'un des nombreux pseudonymes (ou noms de guerre : j'aime bien cette locution, elle reflète la réalité de l'époque) que j'aurai utilisés dans la clandestinité antifranquiste, durant la décennie de ma double vie. Mon autre vie.

Et ce n'est pas non plus par hasard, ni seulement pour les besoins d'une logique romanesque, si Artigas meurt de mort violente, à la fin de *L'Algarabie*. J'ai eu plusieurs fois recours à cette procédure sacrificielle, faisant mourir des personnages qui étaient des alias, portant mes noms supposés. Jamais de mort naturelle, bien entendu. Quel avantage aurais-je tiré d'une mort aussi banale ? Même une longue et douloureuse maladie m'aurait été insuffisante. C'est bon pour la vraie vie, les longues et douloureuses maladies. Et les romans ne sont pas la vraie vie : ils sont bien plus que cela. Les personnages de roman n'ont pas à succomber à la banalité de la vie. Non, il me fallait quelque chose de plus déterminé, de plus signifiant : suicide ou meurtre. Mort violente, en tout cas.

Ainsi, Juan Larrea, personnage de *La montagne blanche*, se jetait-il dans la Seine, du côté de Freneuse, à l'aube, n'ayant pu résister au retour brutal des souvenirs du crématoire de Buchenwald. Et

Artigas était assassiné par une bande de jeunes voyous, dans les dernières pages de *L'Algarabie*.

Je savais très bien quel rôle jouaient ces trépas fictifs dans ma vie réelle : c'étaient des leurres que j'agitais devant le mufle du noir taureau de ma propre mort, celle à laquelle je suis de tout temps destiné.

Par là, par ce jeu d'esquive, je détournais son attention. Le temps que la mort — aussi brave et stupide qu'un taureau de combat — eût deviné qu'elle n'avait, une fois de plus, encorné qu'un simulacre, c'était autant de gagné : du temps de gagné.

Alors, comme on jette du lest d'un aérostat, pour ne pas perdre de la hauteur, pour continuer à voguer en plein ciel ; comme on sacrifie les bouches inutiles dans une forteresse assiégée, je balançais en pâture à la mort les corps des personnages dont j'avais porté les noms, dans une autre vie. Dont j'avais autant investi qu'inventé l'âme, à l'occasion de quelque aventure romanesque.

La mort se faisait les dents sur ces charognes de rêve.

Désormais, j'ai épuisé mes réserves. Je n'ai plus de personnages fictifs à faire mourir à ma place. Tous mes pseudonymes, tous mes noms de guerre ont été utilisés, éparpillés dans le vent désertique de la mort.

Plus d'Artigas, plus de Larrea, plus de Bustamante, plus de fantôme en chair et en os à envoyer au sacrifice. Ils ont joué leur rôle, crânement. Me voici solitaire et nu devant la mort. Elle choisira son heure, je serai prêt.

À dire vrai, cela fait déjà quelque temps que je le suis.

Où suis-je Dans ce couloir sans doute
J'arrive une fois encore devant cette porte fermée
Au bout du couloir L'endroit où celui-ci tourne à
angle droit pour former la plus petite branche d'un L
renversé Porte fermée sur la mort Chambre close
Condamnée pendant des années J'en finirai donc
toujours là Tous ces parcours immobiles et vertigi-
neux Nocturnes De cauchemar Tous ils finiront sur
cette porte fermée Butant sur le battant derrière
lequel s'expose et se dérobe le secret de la mort De la
chambre mortuaire de ma mère
Mais jamais
Jamais je n'ai l'impression d'avoir vraiment été
jusqu'au bout de ce parcours nocturne Chaque fois
que je traverse en rêve En imagination Ce long cou-
loir J'ai l'impression que quelque chose m'échappe
Qu'il y a là Tout près mais inaccessible Derrière une
épaisseur transparente mais infranchissable du rêve
lui-même Du cheminement lui-même Qu'il y a là
une ultime image Une dernière vérité Qui m'échap-
peront toujours

Ainsi faisais-je parler Rafael Artigas, à ma place, avec l'impudeur et l'imprudence que s'autorisent les personnages de fiction, à la fin d'un roman qui avait pour titre *L'Algarabie*. Un livre commencé en 1974, dans une propriété des environs de Fouesnant, Le Rojou, pendant que je suivais, à la télévision, avec Thomas L., qui avait neuf ans, les péripéties de la coupe du monde de football. Et nous avons été tous les deux également déçus par la défaite en finale de la grande équipe inventive des Pays-Bas, face aux implacables tâcherons allemands. Mais le roman ne fut terminé qu'en 1981.

La longueur de cette écriture ne s'explique pas seulement parce que *L'Algarabie* changea plusieurs fois de langue, comme un serpent change de peau, ayant hésité longtemps entre l'espagnol et le français. Cette lenteur s'explique aussi, je crois le deviner, par le fait même que, pour la première fois, et quels que fussent les masques brandis, des souvenirs enfantins et intimes affleuraient dans l'un de mes livres.

3

J'ai plus de souvenirs que si j'avais mille ans...
Un jeudi après-midi, sans doute, ou un dimanche, jours de sortie des internes. Je ne pouvais me trouver là, boulevard Saint-Michel, qu'un dimanche ou un jeudi après-midi. Le reste de la semaine se passait entre les murs du lycée Henri-IV.

Il pleuvait, mais la pluie ne semblait pas tomber du ciel, à verse ou en giboulées. C'était plutôt l'air lui-même, dense et tiède autour de moi — abrité d'abord sous la marquise d'un cinéma, non loin du débouché de la rue Racine — qui semblait imprégné de bulles liquides, impalpables et évanescentes.

Ce vers-là m'était revenu en mémoire. Mais n'importe quel vers de Baudelaire pouvait me hanter, au cours de ce printemps, de cet été, entre les deux guerres de mon adolescence. Toutes les occasions étaient bonnes, tous les lieux propices, pour me rappeler les poèmes de Baudelaire.

À La Haye, quelques mois auparavant, j'avais découvert *Les Fleurs du mal*, grâce à Jean-Marie Soutou.

C'était dans une rue du centre, commerçante. Nous revenions de l'une de nos longues promenades habituelles, au cours desquelles le monde se donnait à déchiffrer dans nos conversations.

Un jour ensoleillé : je garde le souvenir d'une ombre tremblée sous les feuillages, de la douceur de porcelaine d'un ciel bleu. Une rue commerçante, dans le centre de la ville, alors que nous revenions vers le Plein 1813. Deux femmes marchaient vers nous, sur le même trottoir. Grandes, la taille bien prise, d'une élégance quelque peu tapageuse, le verbe haut : on les entendait venir de loin. Leur démarche était somptueuse, à la fois lente et rythmée.

Alors, Jean-Marie a murmuré quelques vers de Baudelaire.

Quand tu vas balayant l'air de ta jupe large, / Tu fais l'effet d'un beau vaisseau qui prend le large, / Chargé de toile, et va roulant / Suivant un rythme doux, et paresseux, et lent...

Certes, j'ignorais que ce fût de Baudelaire. C'est seulement après, dans le commentaire qui s'ensuivit, que j'appris le nom du poète. Et encore plus tard, après les avoir lus, que ces vers, parmi beaucoup d'autres, s'inscrivirent dans mon souvenir. Je les lisais et relisais, en effet, dans un exemplaire des *Fleurs du mal* que Soutou m'avait offert ou prêté. Qui ne me quittait plus, en tout cas.

Dans la librairie de Martinus Nijhoff, sur l'avenue ombragée du Lange Voorhout, où je fouinais et furetais souvent, je trouvai peu après une édition des œuvres de Baudelaire qui venait de paraître. C'était le premier titre d'une nouvelle collection reliée en cuir, d'une belle typographie sur papier bible : celle de la Pléiade, bien sûr.

Pour l'acquérir et l'offrir à Jean-Marie, en signe de reconnaissance et de complicité — deux sentiments que j'éprouve toujours, après toute une vie, pas seulement à cause de Charles Baudelaire ! —, je dus compléter les sommes économisées sur mon argent de poche en subtilisant quelques pièces d'argent dans la coiffeuse de ma belle-mère.

Ou marâtre, je ne sais quel terme conviendra le mieux. La deuxième femme de mon père qu'il avait épousée après la mort de Susana Maura. Et qui était notre dernière gouvernante allemande. Originaire de la Suisse alémanique, plutôt, du village de Wädenswill, sur le lac de Zurich.

Plus tard, lorsqu'il m'arrivait de faire le tour de ce lac, dans l'un des blancs bateaux de promenade, pour faire passer le temps et brouiller les cartes, avant de prendre sous un faux nom l'avion de Prague, on accostait parfois à Wädenswill. C'était l'une des haltes possibles du tour lacustre. Je me souvenais alors de Parvus, qui fut un pittoresque compagnon de Trotski et qui organisa, en 1917, pour le compte des autorités impériales germaniques, la traversée de l'Allemagne par Lénine, en wagon plombé : en route vers Petrograd et la victoire des bolcheviks. Parvus vint mourir là, dans ce village paisible, à la fin de l'une des vies les plus romanesques du siècle, qui n'en est pourtant pas avare.

Je me souvenais aussi d'Anita L., qui fut notre

dernière Fräulein et notre belle-mère. Ou marâtre. Les plus jeunes membres de la fratrie, Carlos et Francisco, qui eurent à subir plus longtemps que leurs aînés — échappés du giron familial pour cause de désastre historique — l'obtuse autorité de la Suissesse (ainsi la dénommions-nous, les jours de bonne humeur et d'indulgence ; les autres jours, nous l'appelions pour le moins générale Aupick), ont plutôt eu tendance à la traiter de marâtre.

En tout cas, je savais qu'Anita L. déposait de la monnaie dans un tiroir de sa coiffeuse. Il y avait toujours quelques pièces d'argent à glaner. J'en ai subtilisé avec discernement, — jamais de grosses pièces de cinq « gulden » dont la disparition aurait été remarquée — jusqu'à réunir la somme nécessaire à l'achat de mon cadeau.

Je n'ai pas regretté ce larcin, n'en ai gardé le moindre sentiment de culpabilité. Charles Baudelaire, Jean-Marie Soutou et le premier volume de la collection de la Pléiade méritaient bien cette entorse à la morale bourgeoise, cette atteinte au droit de propriété.

Les deux femmes s'avançaient vers nous, quoi qu'il en fût, dans une rue de La Haye. Grandes, d'une beauté brune, ostentatoire, marchant d'un pas chaloupé. Soutou avait dit à mi-voix quelques vers des *Fleurs du mal*. Je fus frappé par la beauté du texte.

Les deux passantes s'étaient arrêtées devant une vitrine, au moment où nous allions les croiser. C'était une boutique de lingerie féminine. La plus âgée, la plus exubérante aussi dans l'élégance de sa toilette, commentait pour sa compagne l'attrait d'une pièce exposée : une gaine ornée de guipures, ouvragée, d'un rose saumon plutôt voyant.

Elle parlait français d'une voix rauque, à l'intonation canaille, avec la verve gouailleuse que j'identifierais plus tard comme typiquement parisienne. Je n'ai pas retenu, bien évidemment, tout ce qu'elle disait de la gaine exposée. Une bonne partie des mots qu'elle utilisait m'était d'ailleurs inconnue. Je n'en ai retenu qu'un, qui revint plusieurs fois dans son monologue et dont Jean-Marie, ensuite, rieur et ravi, souligna la savoureuse incorrection.

Elle louait, en effet, les *floritures* de la gaine qu'elle contemplait. Qu'elle convoita aussitôt, entraînant sa jeune compagne à l'intérieur de la boutique. Où elle disparut en balayant l'air de sa large jupe, dans un mouvement de vaisseau de haut bord.

Ainsi, un jour ensoleillé de promenade, à La Haye, je découvris en même temps les beautés des *Fleurs du mal*, des femmes galantes et du langage populaire. C'est le mot *floritures* qui symbolise et perpétue cette triple découverte : fleur de cattleya de ma recherche du temps perdu.

Les poèmes de Baudelaire m'ouvrirent l'accès à la beauté de la langue française. À sa beauté concrète et complète, j'entends : beauté du son autant que du sens, prosodique autant que conceptuelle, sensuelle autant que significative.

Jusque-là, le français m'avait été presque exclusivement une langue écrite, aux qualités quasiment abstraites. Langue de lecture, donc, de silence intime et solitaire. Langue de l'écrit à déchiffrer, qui avait pourtant sur le latin et le grec de mes études classiques au Tweede Gymnasium l'avantage d'être vivante. Quelles qu'eussent été jusque-là les beautés d'Ovide, par exemple, celles de Baudelaire m'apparurent aussitôt plus proches, gorgées de sève et de sang. De sens, autrement dit : sensualité et signification.

Dans mon enfance, la langue étrangère que j'avais apprise n'était pas le français mais l'allemand. Mon père avait jugé qu'il serait toujours temps d'apprendre le français : ni les occasions ni le désir d'y parvenir ne nous feraient défaut, pensait-il. L'allemand, en revanche, c'était moins évident. De surcroît, c'était une langue plus difficile, pour nous, Latins, affirmait-il. Raison de plus de s'y mettre sans tarder.

En conséquence, mes frères et moi avons appris l'allemand dès nos plus jeunes années. Le groupe d'âge que nous constituions, Gonzalo, Alvaro et moi — au centre de la fratrie : deux sœurs aînées, deux frères cadets —, a disposé à demeure d'une gouvernante allemande. Anita L. fut la dernière, je l'ai déjà dit.

Ma première rencontre avec la langue française — la première dont je me souvienne — n'avait d'ailleurs pas été plaisante. Et c'est Victor Hugo qui fut la cause de ce déplaisir. Un vers de lui, plutôt.

Mes sœurs aînées suivaient les cours par correspondance de l'École universelle de Paris. Elles venaient d'atteindre l'âge, en effet, où, selon mon père, l'étude du français commençait à devenir opportune, une fois établis les fondements d'une pratique convenable de l'allemand. De là le choix de cette école, pour laquelle tous les devoirs devaient être rédigés en français.

Un jour, Maribel et Susana eurent à commenter un poème de Victor Hugo. Dont le titre m'échappe — quelque chose comme « Après la défaite », mais je ne vais pas vérifier sur-le-champ ce détail secondaire — et où se trouve un vers fameux : *Mon père, ce héros au sourire si doux*...

Dans la suite du poème, on peut s'en souvenir, Hugo décrit le blessé espagnol qui décharge son arme sur son colonel de père, alors que ce dernier s'apprête à lui donner à boire : *L'homme, une espèce de Maure*... Ces mots avaient provoqué l'étonnement peiné de mes sœurs. Elles lurent à la famille réunie au grand complet le commentaire vengeur et patriotique qu'elles se disposaient à envoyer aux correcteurs de l'École universelle.

Victor Hugo, écrivaient-elles à peu près dans leur rédaction française, n'avait pas été bien inspiré lorsqu'il qualifiait, quelques vers plus loin, d'*armée en déroute* l'espagnole, précisément. Au vu du résultat final, désastreux, des campagnes de Napoléon dans la péninsule Ibérique, il fallait beaucoup d'aveuglement national ou filial, en effet, pour traiter ainsi les troupes qui s'étaient battues contre l'Empereur, et qui l'avaient battu. Mais le portrait du combattant espagnol, qualifié d'*espèce de Maure*, était, poursuivaient-elles, particulièrement mal venu.

Et sans doute, dirai-je aujourd'hui, dans le légi-

time rejet du mépris racial que charrie objectivement le vers de Victor Hugo, pourrait-on déceler
quelque trace de la même pulsion, du même poison : l'indignation que suscite cette comparaison
quasiment raciste peut n'être qu'une forme néga-
tive, une image renversée, du même aveuglement.
Surtout si l'on se rappelle que « le Maure », *el Moro*,
a été, est encore souvent, dans l'imaginaire collectif espagnol, le stéréotype de l'Autre, par définition
et antonomase : l'étranger fourbe et inquiétant.
Peut-être tout simplement parce que l'Espagne
impériale et coloniale n'a pas réussi à exterminer
ou évangéliser les Maures, comme elle l'a fait avec
les Indiens d'Amérique.

Quoi qu'il en soit, et pour en revenir aux rapports franco-espagnols, dans un livre de lectures
historiques de l'enseignement secondaire, j'avais
trouvé dans mon enfance le quatrain suivant : *San
Luis rey de Francia es / el que con Dios pudo tanto /
que para que fuese santo / le perdonó el ser francés*...
Ce qui veut dire que Saint Louis, roi de France, a
été assez puissant auprès de Dieu pour que celui-ci
lui pardonne d'être français et en fasse un saint.

Dans le genre, ce n'est pas mal non plus !

Je suis comme le roi d'un pays pluvieux...
Je venais de changer de poème. J'avais abandonné à mi-parcours le « Spleen » que je me remé-
morais, juste après les mots *Rien n'égale en longueur les boiteuses journées* — Seigneur, comme
c'était vrai ! — pour passer à un autre.

En réalité, j'aurais pu demeurer le reste de

l'après-midi figé sur place, à murmurer des vers des *Fleurs du mal* comme un demeuré, donc. Des pigeons piégés par mon immobilité de statue seraient venus se poser sur mon épaule, y déposer leurs fientes. Vers le soir, une passante, apitoyée par ma solitude, par mes vêtements détrempés et souillés, inquiète et à la fois charmée de me voir proférer interminablement des alexandrins, d'une voix de plus en plus éteinte, brisée, m'aurait recueilli chez elle, dans un appartement plein de fleurs, d'odeurs légères et de divans profonds.

Quelques minutes plus tôt, ce jeudi après-midi, ou ce dimanche de la fin mars — je pencherais pour le jeudi, pour des raisons que j'aurai peut-être envie de rendre explicites plus loin —, j'étais entré dans une boulangerie qui se trouvait alors au point d'oblique convergence des rues Racine et de l'École-de-Médecine. J'y avais demandé un croissant, ou un petit pain, je ne sais plus quelle minime nourriture terrestre. Mais la timidité, d'un côté (qui m'a été naturelle, parfois paralysante, que seules la volonté, l'expérience et l'apparat de la reconnaissance sociale m'ont permis de dissimuler, sinon de vaincre totalement, et qui m'a laissé des traces phobiques : l'horreur du téléphone, par exemple, la difficulté d'entrer tout seul dans un lieu public), et, d'un autre côté, mon accent, qui était alors exécrable — j'ai déjà dit que le français était pour moi presque exclusivement une langue écrite — ont fait que la boulangère n'a pas compris ma demande. Que j'ai réitérée, de façon encore plus balbutiante, probablement, en sorte qu'elle fut encore moins compréhensible.

Alors, toisant le maigre adolescent que j'étais, avec l'arrogance des boutiquiers et la xénophobie douce — comme on dit d'une folie inoffensive — qui est l'apanage de tant de bons Français, la boulangère invectiva à travers moi les étrangers, les Espagnols en particulier, rouges de surcroît, qui envahissaient pour lors la France et ne savaient même pas s'exprimer.

Dans cette diatribe pour la galerie — elle s'adressait aux clients, cherchant leur complicité visqueuse, plutôt qu'à moi — apparut même une allusion à *l'armée en déroute*. Je fus renvoyé par son discours à la catégorie des Espagnols de cette armée mythique.

Le souvenir me revint alors : l'École universelle, le chagrin patriotique de Maribel et de Susana, le vers de Victor Hugo. J'ai fui la boulangerie, privé de croissant ou de petit pain par mon accent déplorable, qui me dénonçait aussitôt comme étranger.

Dehors, abrité provisoirement de la pluie fine et persistante sous la marquise d'un cinéma — Arletty à l'affiche, dans *Fric-frac*, si je me souviens bien ; mais je peux confondre, Arletty était souvent à l'affiche en ces jours-là — je m'immobilisai dans un soudain mal-être.

C'est probablement à cette époque, durant ces premières semaines d'exil — à La Haye, nous étions en transit, pas encore exilés —, dans la tristesse du déracinement, la perte de tous les repères habituels (langue, mœurs, vie familiale), qu'est née ou qu'a cristallisé la fatigue de vivre qui m'habite depuis lors, comme une gangrène lumineuse, une présence aiguë de néant. Et que je parviens généralement à dissimuler, de sorte que presque personne ne me croit quand j'y fais allusion. Ce que je fais, toutefois, toujours, et par pure courtoisie, sur le mode de la plaisanterie : pour que l'incrédulité que provoque habituellement ma sortie ne soit pas blessante. Ni pour moi ni pour celui ou celle qui aurait à l'exprimer.

Plus tard — beaucoup plus tard : plusieurs vies plus tard — dans un livre qui s'est appelé *Quel beau dimanche !*, j'ai décrit ainsi l'absence à moi-même, au monde, l'extrême fatigue de vivre qui m'a saisi à l'adolescence, dans la radicale étrangeté où j'avais été projeté : *Tu es immobile au milieu de la place de la Contrescarpe, au lieu même du partage des eaux, au sommet des pentes qui pourraient te conduire, par l'inertie molle d'une démarche machinale, rêveuse, vers des activités surprenantes, incapable pourtant, toi, de décider de l'une ou de l'autre, de te laisser aller à un choix quelconque, saisi par* une fatigue renversante et centrale, une espèce de fatigue aspirante, *prononçant alors à haute voix, au risque d'effaroucher les oiseaux, ou bien, au contraire, d'attirer l'attention de quelque femme au visage lisse, subitement tournée vers toi, défaite et possessive déjà, ses yeux fébrilement avides à t'entendre prononcer à haute voix ces paroles d'Artaud, qu'Artaud avait écrites des années auparavant dans la seule intention, innommée, obscure sans doute pour lui-même, de décrire ton état physique — le tien, nul autre que le tien — les paroles de cette* Description d'un état physique *qui ont été au cours de ce printemps de 1942 la rengaine incantatoire et non dépourvue de conséquences de ta vie...*

67

Mais tu n'es pas encore place de la Contrescarpe, en 1942, je suis boulevard Saint-Michel, à la fin mars 1939, dans le premier mois de la première année de la longue *nuit sans sommeil de l'exil*. Et je ne récite pas à mi-voix un texte d'Antonin Artaud, je murmure des vers de *Spleen et idéal* de Charles Baudelaire.

D'un certain point de vue, pourtant, l'incident de la boulangerie était minime. Une commerçante criarde et sottement xénophobe s'était moquée de moi : il n'y avait pas de quoi en faire tout un plat ! J'aurais même pu en rire. Si j'avais été avec mon frère Gonzalo, par exemple, qui partageait ma vie d'interne à Henri-IV, bien que nous ne fussions pas dans la même classe : lui en première, moi en troisième. Ou si j'avais été avec Jean-Marie Soutou. Avec l'un ou l'autre, j'aurais pu en rire. La réapparition de *l'armée en déroute* de Victor Hugo aurait pu nous faire rire : la persistance de ce cliché poétique dans le langage d'une boutiquière qui ignorait peut-être sa provenance aurait pu provoquer nos commentaires ironiques.

Par ailleurs, mon exécrable prononciation française ne m'empêchait pas de me débrouiller à l'écrit. Quelques jours avant ce jeudi, ou ce dimanche, de congé, notre professeur de français — M. Audibert — m'avait rendu ma première dissertation. Il l'avait très bien notée. Ainsi, j'avais de solides arguments pour minimiser l'importance de l'incident. Pourtant, abrité de la pluie sous le regard pétillant et ironique d'Arletty — à la fin de l'été, je savais par cœur la plupart de ses répliques dans les films de l'époque, y retrouvant la gouaille parisienne de la femme galante de La Haye, avec ses *floritures* —, un malaise insidieux mais aigu m'avait envahi. Une tristesse physique insupportable.

Espagnol de l'armée en déroute : les mots de Victor Hugo, repris par la boulangère du boulevard Saint-Michel, m'enfonçaient dans une détresse abominable. Car c'était vrai, nous étions en déroute. Déroutés, dans tous les sens du mot. Autant l'expression n'avait été, dans le poème de Victor Hugo, qu'une forfanterie chauvine, autant était-elle juste, désormais. Ce n'était pas Napoléon qui nous avait mis en déroute, certes, c'était Francisco Franco, un général des guerres coloniales africaines, bedonnant, à voix de castrat, mais tenace, impitoyable et froid, qui régnerait sur l'Espagne pendant près de quarante ans, contre tout espoir et toute prévision.

En 1812, nous avions battu l'Empereur des Français, héritier bâtard des Jacobins (« un Robespierre à cheval », ainsi le dénommait un libéral espagnol, José Marchena, personnage singulier, trop méconnu, acteur de la Révolution française, qui survécut au massacre des Girondins et que Chateaubriand détesta, l'ayant rencontré plus tard dans l'entourage de Mme de Staël), rétablissant par cette victoire l'absolutisme royal le plus inepte et abject, retardant ainsi d'un demi-siècle la modernisation capitaliste — il n'y en a pas d'autre — de l'Espagne. En 1939, c'est Francisco Franco qui nous avait battus, interrompant brutalement la fragile avancée d'une modernité démocratique. Victoire et défaite, à un siècle de distance, auront eu, *mutatis mutandis*, d'analogues conséquences historiques.

Ce jour de pluie, précisément, boulevard Saint-Michel (plutôt un jeudi, tout bien pesé : le dimanche, j'allais rue Lhomond, chez Pierre-Aimé Touchard, qui était mon correspondant ; ou bien je retrouvais mon père, parfois à Paris, parfois à Saint-Prix, un village de la grande banlieue nord où des amis d'Emmanuel Mounier — nous vivions entourés de la sollicitude du groupe *Esprit* — lui avaient trouvé un logement extrêmement modeste, mais précieux en ces temps d'incertitude ; or je ne garde aucun souvenir d'aucune rencontre, ce jour-là ; je garde le souvenir très précis, en revanche, encore suffocant rien que de l'évoquer, d'un abandon total, d'une solitude qui me rongeait l'âme, l'émiettait : plutôt un jeudi, donc) ce jour de pluie, boulevard Saint-Michel, les journaux annonçaient précisément la chute de Madrid aux mains des troupes du général Franco.

En sortant du lycée, j'avais acheté *Ce soir* au premier kiosque venu, celui qui se trouvait au croisement de la rue Soufflot et du boulevard, devant chez Capoulade. Exactement au même endroit, devant le même kiosque, cinq mois plus tard, les gros titres annonceraient l'invasion de la Pologne par les armées de Hitler. Mais ce jour-là, à venir — tout proche, encore incertain, cependant — je ne serais pas seul. J'accompagnerais mon père et Paul-Louis Landsberg et nous rencontrerions Raymond Aron, venu également aux nouvelles.

En mars, à la fin du mois de mars, j'étais seul et Madrid était tombée. Je lisais le titre de *Ce soir* et des larmes me montaient aux yeux. Une colère sombre, aussi, au cœur, impuissante mais rageuse. Madrid était tombée et j'étais seul, foudroyé, le journal déployé devant mes yeux aveuglés par des larmes montées du tréfonds de l'enfance. Madrid était tombée et c'était comme si on m'avait privé brutalement, d'un tranchant de hache, d'une partie de mon corps. De la partie de mon âme la plus pleine d'espérance et de foi. D'une sorte d'espérance et de foi, du moins, quant à la possibilité de renverser le cours des choses.

Mais Madrid était tombée et le cours des choses s'était déroulé sous sa forme la plus funeste : destin inéluctable.

Deux ans et demi plus tôt, en novembre 1936, Madrid faisait aussi les gros titres de la presse quotidienne. J'étais à Genève, alors, dans une classe du collège Calvin.

La famille au grand complet, en effet — le père, la Suissesse et les sept frères et sœurs : une vraie smala —, après le séjour chez les Soutou, à Lestelle-Bétharram, fin septembre, début octobre, avait émigré vers la région de Genève, pour s'y éparpiller. Toujours grâce à l'aide du réseau de solidarité des Amis d'*Esprit* qui nous avaient pris en charge.

Les deux sœurs aînées, Maribel et Susana, furent placées dans une institution catholique, en Suisse alémanique, si je me souviens bien. Gonzalo et moi, qui avons commencé là notre périple d'exil commun, avons été recueillis à Genève, dans une communauté joyeuse et chaleureuse de jeunes femmes, les sœurs Grobéty, sous le regard tutélaire de Mlle Hélène Reymond, leur tutrice, qui dirigeait avenue de la Forêt un foyer pour enfants handicapés.

Quant aux trois cadets, Alvaro, Carlos et Francisco, ils vécurent quelques mois à Ferney-Voltaire, hébergés et choyés dans une belle maison — vieille ferme aménagée avec un goût admirable — sise en face du château de Voltaire, et qui appartenait à un Américain, Gouverneur Paulding, géant débonnaire, cultivé et libéral.

Le choix de Genève et de ses environs, pour y faire étape avec la smala familiale, avant la poursuite du voyage — de retour en Espagne, en principe —, fut fait par mon père parce qu'il y avait la possibilité, à cause des fréquentes réunions de la SDN sur la question espagnole, de prendre contact avec les autorités du gouvernement républicain — avec le ministre des Affaires étrangères, en particulier, Julio Alvarez del Vayo, un socialiste qu'il avait fréquenté à Madrid — et de se mettre à leur disposition, pour n'importe quelle mission politique ou diplomatique.

C'est à la suite de ces contacts, d'ailleurs, que mon père fut envoyé à La Haye, pour y occuper le poste de chargé d'affaires de la République.

Mon passage au collège Calvin fut bref — une insuffisance cardiaque m'obligeant assez vite à interrompre les cours pour de longues semaines de traitement et de repos — mais j'en garde un souvenir très précis : assez brutal. Des élèves des classes terminales, relativement nombreux, jeunes sympathisants d'Oltramare, le chef fasciste du canton, faisaient dans la cour de récréation le salut romain et criaient des slogans. Nous leur répondions en levant le poing : on en venait parfois aux mains.

Mais Madrid ne fut pas le symbole de la défaite, en novembre 1936. Bien au contraire. Les jeunes fachos sportifs et gominés qui fêtaient d'avance la chute de Madrid et l'écroulement de la République rouge furent obligés de déchanter. Ils devinrent plus discrets, au fil des jours. Ils finirent par se replier, refusant même l'affrontement, physique ou verbal, avec les élèves de gauche qui leur hurlaient au visage, avec passion mais avec un accent détestable, le mot d'ordre des défenseurs de la capitale : ¡No pasarán!

Ces jours-là, tôt le matin, je prenais le tramway à Servette-Écoles pour me diriger vers le centre de la vieille ville, où se trouvait le collège. Novembre : bise et brouillard, souvent. J'achetais un journal, le cœur battant. Madrid tenait encore. Les tabors marocains de l'armée de Franco avaient pénétré jusqu'à la Cité universitaire, jusqu'aux portes de la Moncloa, aux abords de la capitale. Je connaissais les lieux, je pouvais imaginer les yeux fermés les combats qui faisaient rage autour de l'élégant édifice, en brique d'une lumineuse couleur rose-jaune, de la faculté de philosophie, que nous avions vu construire, mes frères et moi, lors de nos longues promenades des années précédentes, parfois batailleuses, lorsque nous devions affronter quelque bande adolescente des quartiers populaires de Cuatro Caminos.

Je jetais un coup d'œil sur la première page du journal, tôt le matin, en attendant le tramway à la station de Servette-Écoles. Les articles qui me plaisaient le plus étaient ceux d'un correspondant de *Paris-Soir*, Louis Delaprée, que la presse de Suisse romande reproduisait parfois.

Madrid tenait toujours.

Je repliais le journal, je me redressais de toute la taille de mes treize ans. Je jubilais d'avance à l'idée des mots qui allaient me venir aux lèvres à la récréation, pour insulter les petits cons fascistes du parti d'Oltramare.

Madrid avait tenu, en novembre 1936 : capitale de la douleur et de l'espoir, des poètes l'avaient chantée.

À La Haye, plus tard, vers la fin d'un été, au moment où Hitler exigeait le retour du pays des Sudètes dans le giron du grand Reich allemand, peu avant les pourparlers et la capitulation de Munich — vers la fin du mois d'août 1938, donc —, nous écoutions les nouvelles d'une radio française. C'était dans le bureau de Jean-Marie Soutou à la légation.

Après le bulletin d'informations, une voix de comédien commença à lire des pages de *L'espoir* d'André Malraux, paru quelques mois plus tôt et dont Soutou m'avait parlé. Grave, articulée, solennelle sans être grandiloquente, la voix lisait la scène où Hernandez, après la prise de Tolède par l'armée de Franco, est fusillé avec un groupe de prisonniers républicains :

On s'habitue, à droite à tuer, à gauche à être tué. Trois nouvelles silhouettes sont debout là où se sont

trouvées toutes les autres, et ce paysage jaune
d'usines fermées et de châteaux en ruine prend l'éter-
nité des cimetières ; jusqu'à la fin des temps, ici, trois
hommes debout, sans cesse renouvelés, attendront
d'être tués.

« *Vous l'avez voulue, la terre ! crie un des fascistes.*
Vous l'avez ! »

Depuis cet après-midi de la fin d'un été,
quelques mois plus tôt, où j'avais entendu une voix
anonyme lire des pages de *L'espoir,* cette scène
avait hanté ma mémoire. Je fermais les yeux, n'importe où, je voyais la silhouette d'Hernandez attendant d'être rangé devant la fosse commune, avec
deux autres prisonniers, pour être fusillé. C'était
une séquence de mon cinéma intime : Hernandez
regardant le receveur des tramways qui lève le
poing pour le salut du Front populaire, devant les
fusils pointés pour la décharge meurtrière.

Hernandez regarde cette main dont les doigts
seront avant une minute crispés dans la terre.

Le peloton hésite, non qu'il soit impressionné,
mais parce qu'il attend qu'on ramène ce prisonnier
à l'ordre — à l'ordre des vaincus, en attendant celui
des morts. Les trois ordonnateurs s'approchent. Le
receveur les regarde. Il est enfoncé dans son inno-
cence comme un pieu dans la terre, il les regarde avec
une haine pesante et absolue qui est déjà de l'autre
monde.

Si celui-ci s'en tirait... pense Hernandez. Il ne s'en
tirera pas, l'officier vient de faire feu.

Les trois suivants vont se placer seuls devant la
fosse.

Le poing levé...

Quelques jours avant ce jeudi — oui, décidément, un jeudi plutôt qu'un dimanche — où j'étais seul boulevard Saint-Michel (*je suis comme le roi d'un pays pluvieux*, venais-je de me dire), Armand J., un khâgneux bougon, aussi mal embouché que fagoté, mais intelligent et fraternel, également interne à Henri-IV, et qui s'était pris d'amitié pour moi, m'avait prêté le roman de Malraux.

Je l'avais feuilleté, avant même de m'y plonger, pour retrouver les pages qu'avait lues, à la fin de l'été précédent, un comédien anonyme. Mais peut-être avait-on dit son nom, à la radio, je ne l'avais pas entendu, pas retenu en tout cas : sa voix, gravée dans mon souvenir, se mélange parfois ou se substitue à la vraie voix d'André Malraux, telle que l'ont reproduite les enregistrements que j'ai eu plus tard l'occasion d'entendre.

Le poing levé du receveur du tram — arrêté et condamné par une cour martiale parce que l'étoffe luisante de sa veste, à l'épaule droite, semblait indiquer qu'il avait fait usage d'une arme, qu'il avait épaulé un fusil contre les troupes de Franco —, personnage de fiction pétri de réalité charnelle, s'est chargé dans ma mémoire d'un poids symbolique considérable.

Pour moi, ce salut n'a jamais été un geste de triomphe, encore moins de menace. S'y expriment plutôt la fraternité des humiliés et des offensés, la solidarité des pauvres. Des vaincus, trop souvent. L'espoir aussi peut s'y lire : le plus fou des espoirs, le plus désespéré.

Il y a plusieurs années, Elsa, la plus jeune des Grobéty, survivante du clan sororal, m'a fait parvenir quelques photos de l'époque genevoise de la fratrie Semprun prises lors des fêtes de Noël ou de la Saint-Sylvestre de 1936. On peut nous y voir tous les cinq, de Gonzalo, l'aîné, qui avait quinze ans, à Francisco, le cadet, petit garçon de sept ans au regard sombre mais déterminé. Sans doute les trois plus jeunes avaient-ils pris le tramway à Ferney-Voltaire pour venir nous rejoindre, Gonzalo et moi, à Genève, dans l'appartement des sœurs Grobéty qui nous hébergeaient. Les photos ont été prises à la fin du dîner de fête : Noël ou Nouvel An. Sur deux d'entre elles, nous levons le poing, tous les cinq. Face à l'appareil photographique, serrés les uns contre les autres, nous levons le poing pour le salut de la fraternité et de l'espoir. Pour saluer aussi, sans doute, la ville de notre enfance, Madrid, qui avait tenu, qui tenait toujours, assiégée, bombardée, affamée : debout. Nous levons le poing et aucune haine, aucune menace ne peut se déchiffrer dans ce geste enfantin et décidé à la fois. Une sorte d'espoir, je crois. Une sorte de farouche fraternité qui dépasse et sublime celle, charnelle, physique, vitale, qui se fait sentir entre nous : cinq frères à la vie à la mort. Qui a déjà emporté deux d'entre nous, Alvaro et Francisco. Mais aucun n'aura trahi ni ne trahira ce geste de l'enfance, ce poing levé de la fidélité. Nous lui aurons été fidèles.

Ainsi, en 1973, quand j'ai réalisé *Les deux mémoires*, un film d'entretiens avec des anciens combattants des deux camps de la guerre civile espagnole, inconnus ou célèbres, leaders politiques ou militants de base, j'ai choisi de terminer le récit par un plan des actualités de l'époque. On y voit, de dos, un tout jeune garçon qui vient de débarquer à Bayonne, avec d'autres réfugiés espagnols. Et qui lève le poing pour le salut du Front populaire.

Nous aussi nous avions débarqué à Bayonne, fuyant l'avance des troupes du général Franco vers Bilbao. Ce jeune garçon aurait pu être l'un d'entre nous. On ne voit pas son visage mais il lève le poing : chacun d'entre nous aurait pu faire ce geste, sur le quai de Bayonne, sur la place ombragée où se dresse le kiosque à musique.

On ne voit pas son visage mais ce geste l'identifie comme l'un d'entre nous : notre semblable, notre frère. Peut-être un jour de liesse, sur l'ancienne image en noir et blanc, ce petit garçon qui lève le poing gauche tournera-t-il la tête en souriant et je pourrai reconnaître son visage. Celui de l'un de mes frères morts, peut-être : Alvaro, Francisco ?

Mais Madrid est tombée, la nouvelle était à la première page de *Ce soir*, tout à l'heure.

Elle y est toujours.

À quelques pas de distance, sur le trottoir, cette première page du journal est affichée contre un arbre, je viens de le remarquer. J'ai quitté l'abri de la marquise du cinéma, je me suis avancé vers ce titre qui blessait mon regard, blessait mon cœur.

Les gens passaient, indifférents, pressés, solitaires dans leur multitude.

Il m'a semblé alors que la progression de la

tache d'humidité, grisâtre, sur la feuille de journal affichée, au gré d'une pluie fine, persistante, de printemps, était une métaphore visuelle étrangement ajustée à mes sentiments. Comme si l'ennui angoissé, le mal-être, la tristesse physique que j'éprouvais progressaient dans les fibres défaites et molles de mon corps, dans le paysage désolé de mon âme, de la même façon que la trace humide sur cette feuille de journal.

Je restai sous la pluie, longtemps, me semble-t-il : misérable. *¿No oyes caer las gotas de mi melancolía?*

Je ne me récitais plus des poèmes de Baudelaire. M'ébrouant d'une longue incertitude brumeuse, je me suis retrouvé à dire à mi-voix un sonnet de Rubén Darío, dont le dernier vers était éloquent. Grandiloquent, plutôt : *N'entends-tu pas tomber les gouttes de ma mélancolie?*

Ainsi, par un cheminement obscur — déchiffrable, pourtant, si ça en avait valu la peine —, j'étais revenu à la langue de mon enfance.

Madrid était tombée et ce malheur signait en quelque sorte la fin d'une époque de ma vie. Je m'aventurais désormais sur le territoire inconnu de l'exil, du déracinement. De l'âge adulte, aussi. Comme un adieu à l'enfance, sans doute, la sonorité cuivrée, quelque peu excessive, de la langue impériale d'un poète nicaraguayen réveillait en moi les souvenirs d'un autre temps, révolu.

Rubén Darío était l'un des poètes préférés de mon père. C'était, du moins, l'un de ceux dont il récitait le plus volontiers des vers. Un autre étant Gustavo Adolfo Becquer, prédisposé sans doute par la résonance nordique de son double prénom au romantisme exaspéré de sa poésie, formellement parfaite par ailleurs.

En tout cas, nombre de vers de Rubén Darío se sont gravés dans notre mémoire enfantine — j'ai pu constater que tel était aussi le cas pour mes frères et sœurs — à force de les entendre réciter par notre père.

Des années plus tard, en 1967, au milieu donc du chemin de ma vie, il m'est arrivé d'avoir entre les mains un petit volume bleu contenant un choix de poèmes de Darío. C'était à Cuba et c'était une publication de la Casa de las Américas, à l'occasion du centenaire de la naissance du poète. Bientôt — quelques mois plus tard, en réalité — le régime castriste, comme tous les systèmes totalitaires, serait en conflit ouvert avec les écrivains. Avec les poètes, en particulier. Heberto Padilla allait être poursuivi pour un superbe recueil de poèmes, *Fuera del juego*.

Mais, en 1967, le conflit n'avait pas encore éclaté. Avec les écrivains et les poètes, du moins. Car les homosexuels étaient depuis longtemps enfermés dans des camps de travail. De rééducation, disaient tous les responsables cubains et leurs thuriféraires. *Umschulungslager* : en allemand nazi, langage de référence des archipels concentrationnaires, c'était déjà ainsi. Les ouvriers avaient également perdu leur droit de grève et de coalition solidaire. Mais les poètes pouvaient encore s'exprimer, à l'époque : jeter les derniers feux de leur imagination libertaire.

De toute façon, la publication d'un choix de

poèmes de Rubén Darío ne posait aucun problème idéologique, en 1967. Elle ne l'aurait pas non plus posé un an plus tard, après le durcissement du régime, l'épanouissement nauséabond de sa rigueur cadavérique. Les poèmes de Rubén Darío sont remplis de lacs, de cygnes, de plumes, de paillettes, de soupirs, d'élans du cœur, de silhouettes enlacées et élancées, de lances et d'épées, de roses trémières, de jeunes princesses alanguies, de sanglots automnaux : tout le kitsch du modernisme hispanique s'y étale, avec une maestria technique indéniable. Et ce kitsch-là n'a jamais dérangé les régimes autoritaires.

De surcroît, quand la poésie du Nicaraguayen quitte les sphères célestes, revient sur terre, elle emprunte parfois un ton anti-yankee, nostalgique de l'éternelle hispanité (¿ *Seremos entregados a los bárbaros fieros ?/¿ Tantos millones de hombres hablaremos inglés ?* se demande-t-il dans un poème précisément appelé « Les cygnes ») qui ne pouvait déplaire aux dirigeants castristes.

La question n'est pas là, pourtant.

Mon propos n'était pas d'analyser la poésie de Rubén Darío, dans le contexte de la célébration du centenaire de sa naissance, à Cuba. Je n'en aurais d'ailleurs pas le temps. Car me voici revenu boulevard Saint-Michel, un jour de mars 1939 : le jour où Madrid est tombée aux mains du général Franco.

C'est de ce jour-là que je me suis souvenu à La Havane, en 1967. J'ai ouvert un petit volume bleu et j'ai constaté que je connaissais — souvent par cœur — la plupart des poèmes que contenait cette anthologie de Rubén Darío. J'ai pensé aussi que c'était la première fois que je lisais ces poèmes, que je voyais leurs strophes imprimées sur les pages d'un livre. Jusqu'alors, la poésie de Rubén Darío n'avait été qu'une impalpable sonorité de récitations, de voix diverses : celle de mon père, la toute première. Je connaissais par cœur une bonne partie de son œuvre. Mais je ne l'avais jamais lue, jamais vue imprimée. D'une certaine façon, j'avais eu avec cette poésie le rapport qui a prédominé, pendant des siècles : un rapport à la sonorité du verbe, à la chanson des mots, aux tradition et transmission orales.

Je feuilletais le petit volume bleu, à La Havane, et je pouvais fermer les yeux, interrompre la lecture et poursuivre la récitation murmurée.

¡Ya viene el cortejo! / ¡Ya viene el cortejo! Ya se oyen los claros clarines. / La espada se anuncia con vivo reflejo; / ya viene, oro y hierro, el cortejo de los paladines...

C'était le début de « La marche triomphale ».

Nous mettant à plusieurs, il nous était arrivé d'en dramatiser la récitation, mimant et gesticulant les strophes dans le jardin de la villa des vacances, à Santander. Nous y mettions en scène, avec une gravité apparente et un certain sens de la dérision, la parade des vainqueurs au son des trompettes guerrières.

« Voici le cortège, / voici le cortège ! Déjà l'on entend le son clair des clairons. / Et l'épée s'annonce avec son vif éclat / Voici, fer et or, le cortège des héros ! »

Il est permis de supposer que j'aurai entendu

mon père réciter des vers de Rubén — on l'appelait ainsi, familièrement, par son seul prénom — dans toute sorte d'endroits et de circonstances. Le plus simple effort de mémoire me permettrait sans doute de les repérer, dans l'archive évanescente, mais ineffaçable, des images du passé.

J'en suis certain : mon père a dû nous réciter des vers du Nicaraguayen dans toute sorte d'endroits. Sur quelque versant viride de Guadarrama, pourquoi pas ? Sur quelque plage océanique du nord de l'Espagne, à Oyambre, qui sait ? Mais toujours, au détriment de tous ceux-là, possibles, c'est le même lieu privilégié de ma mémoire qui réapparaît spontanément : le jardin de la villa des vacances d'été, à Santander. Il suffit que l'un de mes frères, ou moi-même, évoquions un vers de Rubén, pour que l'image de ce jardin se déploie, touffu d'hortensias et d'azalées. Gonzalo, par exemple, n'importe où, sur la terrasse de la Fondation Maeght, à Saint-Paul-de-Vence, si ça se trouve, sans autre préavis qu'un sourire de complicité qui remonte à l'enfance, ses jeux et ses tristesses, peut soudain, d'un ton délibérément emphatique, réciter quelques vers de Rubén Darío. Tenez, ceux-ci, parmi nos préférés dans le genre : *Románticos somos... ¿Quién que Es, no es romántico ? / Aquel que no sienta ni amor ni dolor, / aquel que no sepa de beso y de cántico, / que se ahorque de un pino : será lo mejor...* (« Romantiques nous sommes... Comment accéder à l'Être, sans être romantique ? Qui n'éprouve ni amour ni douleur, qui ignore caresse et cantique, qu'il se pende à un pin : solution la meilleure... »).

À peine Gonzalo aura-t-il fini de réciter ce quatrain d'un long poème de notre enfance, à peine aurons-nous éclaté de rire ensemble, que le souvenir du jardin de Santander se déploiera dans ma mémoire, soyeusement somptueux.

Pendant des années, mes parents ont loué la même villa pour les longues vacances estivales, au Sardinero, le quartier résidentiel autour des plages de Santander. En 1933, après la mort de ma mère, mon père décida de changer de lieu de villégiature. Il loua désormais une maison à Lekeitio, petit village de pêcheurs, au Pays basque, où l'éclatement de la guerre civile nous surprit, en juillet 1936.

C'est bien évidemment parce que les derniers souvenirs de ma mère, avant la septicémie qui l'emporta, sont enracinés dans ce paysage de Santander, que celui-ci — non seulement la villa elle-même, mais l'alentour : les plages, le rocher de Piquio, le club de tennis de La Magdalena, et plus loin encore, les rues de la vieille ville, la vallée de Cabuérniga, tout l'arrière-pays — que ce paysage occupe une place privilégiée dans ma mémoire.

Ainsi, quand j'entends réciter des vers de Rubén, ou que je les récite moi-même, machinalement, c'est dans le jardin de cette villa, parmi les massifs d'hortensias, d'azalées et de bégonias, à une heure vespérale, que je revois aussitôt mon père les déclamant pour la tribu familiale rassemblée avant le dîner.

Il m'est arrivé d'ailleurs de confondre, de retenir par cœur, en les attribuant à Rubén Darío, des vers que mon père avait écrits lui-même et qu'il lui arrivait également de nous dire. Tout doute intime quant à l'attribution véridique de ces fragments de poème qui flottaient dans mon souvenir s'est dissipé plus tard. Revenu à Madrid, il m'a été possible d'acquérir dans des librairies d'occasion les livres publiés par mon père dans les années 30. Dont un volume de poèmes, *Versos*, où j'ai retrouvé les fragments en question, indûment attribués par moi à Rubén Darío. Ainsi :

Sonrisas que tu reíste,/ lágrimas que yo lloré ; / ¡ y aquella rosa de té,/ que, sin saberse porqué,/ daba un aroma tan triste !

Mais je suis boulevard Saint-Michel, sous une pluie fine de printemps. Et je n'ai aucun doute quant à l'auteur des vers espagnols que je récite à présent à mi-voix : c'est bien Rubén Darío. C'est bien le dernier vers du dernier tercet : *¿ No oyes caer las gotas de mi melancolía ?*

Pour une fois, malgré l'emphase, en d'autres occasions insupportable, ou dérisoire, de la poésie de Rubén, je m'y trouvais exprimé. J'y trouvais fidèlement rendu le mal-être qui me paralysait. Du ciel gris de Paris, de l'exil, de la déréliction, s'égouttaient réellement les larmes de pluie de ma mélancolie.

Je ne savais pas qu'au même moment, à quelques jours près, mon père exprimait des sentiments identiques dans une lettre à son ami José Bergamín, datée du 31 mars 1939. Lettre qui m'est parvenue au moment où je terminais de corriger ces pages précisément, par l'une de ces coïncidences qui font le sel de la vie.

De la mienne, en tout cas.

Le 14 mai 1997, donc, Elena Aub Barjau — fille de Max Aub, bon ami, bon écrivain, grand bonhomme de l'exil républicain espagnol, complice d'André Malraux pour la réalisation du film *L'espoir*, et qui fut le Max Torrès de ses *Hôtes de passage* — m'écrivait de Madrid.

« Cher Ami, il y a fort longtemps j'ai trouvé au Mexique, dans des archives de l'exil, ce message manuscrit. J'ai compris que votre père en était l'auteur et je l'ai conservé, en attendant l'occasion de vous le remettre. Mais je l'avais de nouveau égaré dans mes dossiers : il n'est réapparu qu'il y a quelques jours. J'espère que vous aimerez l'avoir, malgré la tristesse de son contenu... »

Tristesse : c'est le moins qu'on puisse dire.

Sur quelques feuillets arrachés à un bloc de papier à lettres de petit format, le message de mon père à José Bergamín — ami de toujours : ensemble ils avaient fondé dans les années 30 la revue *Cruz y Raya* — n'est qu'une plainte désespérée, datée de la veille même du jour où le général Franco a publié son dernier communiqué de guerre annonçant la fin de la guerre civile.

« Si pour ne pas mourir de faim, écrit mon père en conclusion de sa missive, je dois m'embarquer [la question débattue entre les deux amis est celle du départ vers les Amériques] je m'embarquerai. Mais ici ou en Amérique ou en Chine je ne puis plus être — je ne veux plus être — qu'un survivant. Et je ne désire rien d'autre que de m'enfermer dans la niche qui correspond à mon état de cadavre ambulant... »

Je reviens boulevard Saint-Michel.

Je ne sais pas, à cet instant, que mon père va écrire l'un de ces jours cette lettre à Bergamín. Je sais que Madrid est tombée. Je vois tomber la pluie fine, pénétrante, des larmes de ma mélancolie.

Mais je viens de prendre une décision, si l'on peut appeler ainsi un éblouissement de l'être, corps et âme confondus. Chaleur charnelle — le sang m'affluant au visage — et froideur rationnelle — pour déraisonnable qu'elle pût paraître — étroitement mêlées : corps-à-corps de l'esprit avec soi-même.

J'ai pris la décision d'effacer au plus vite toute trace d'accent de ma prononciation française : personne ne me traitera plus jamais d'*Espagnol de l'armée en déroute,* rien qu'à m'entendre. Pour préserver mon identité d'étranger, pour faire de celle-ci une vertu intérieure, secrète, fondatrice et confondante, je vais me fondre dans l'anonymat d'une prononciation correcte.

J'y suis parvenu en quelques semaines. Ma volonté était trop déterminée pour que nulle difficulté y fît vraiment obstacle.

Cette décision entraînait une conséquence, encore plus importante, même si elle venait à la contredire, en apparence. Il me fallait, en effet, ne jamais oublier d'être un rouge espagnol, ne jamais cesser de l'être.

Rouge espagnol, à tout jamais.

C'est alors seulement que je réussis à rompre l'immobilité où je m'étais figé, à m'ébrouer, à reprendre la maîtrise de mon corps, transi dans les vêtements trempés par la pluie, à retrouver *la force de bouger, ô miracle ! un doigt d'abord, une main, un bras, l'épaule droite, les muscles tendus le long de la colonne vertébrale, une jambe, et l'autre, tout le corps, dans un mouvement comparable à celui d'une naissance...*

L'après-midi touchait à sa fin, il était temps de rentrer à H. IV. Cette perspective ne me parut pas déplaisante, tout compte fait. Je ne rentrais pas chez moi, certes. Mais je ne rentrerais pas de sitôt chez moi, j'en avais la confuse certitude. La dernière demeure où j'aurai pour longtemps été chez moi (malgré l'absence de ma mère, dont le souvenir s'inscrit dans l'appartement de la rue Alfonso-XI où elle mourut, et dans la villa de Santander, où elle vécut son dernier été) fut la maison de La Haye, sur le Plein 1813. Ses magnolias en fleur en sont l'enseigne glorieuse et nostalgique dans ma mémoire éblouie.

Non, je ne rentrais pas vraiment chez moi. Mais à Henri-IV un livre m'attendait : j'étais en train de lire *Paludes*.

II

Je lis Paludes...

4

Ce n'était certainement pas Armand J., le khâgneux érudit et bourru, interne à Henri-IV lui aussi, qui m'aurait donné à lire le récit gidien, lorsqu'il me prit sous son aile tutélaire, dès mon arrivée au lycée. André Gide l'irritait, pour toute sorte de raisons. Quelques-unes d'ordre esthétique, la plupart politiques.

Armand fut le premier à me tenir un propos que j'eus souvent l'occasion d'entendre, ensuite. Que j'ai moi-même tenu, à une époque.

Il était question du *Retour de l'URSS* de Gide, et des *Retouches* à ce livre. Notre conversation avait lieu au début du mois d'avril, il m'est aisé d'en établir approximativement la date. Quelques jours auparavant, en effet, le premier du mois, le général Franco avait annoncé dans un communiqué la fin de la guerre civile : *La guerra ha terminado*.

Mais nous ne parlâmes pas de cette guerre-là : nulle envie de raviver la douleur de nos âmes. Nous avons parlé de la prochaine, rendue inévitable à courte échéance par la défaite de la République espagnole, l'anéantissement de la Tchécoslovaquie.

Dans le contexte de cette conversation, il fut question de l'URSS. Armand s'en prit à André Gide.

— Ce qu'il dit de l'Union soviétique est sans doute vrai, commenta-t-il, mais c'est une vérité stérile. Et elle n'est pas opportune !

Il ne se borna pas à un énoncé aussi primaire, aussi péremptoire. Il préparait le concours d'entrée à Normale sup avec l'intention de devenir philosophe. Professeur de philosophie, du moins. Il argumenta de manière plus complexe.

— Probablement, dit-il, toutes les mesquineries, les fautes de goût, les tracasseries administratives, les atteintes à la sacro-sainte liberté du créateur que Gide énumère dans son libelle sont-elles vraies ! Mais ce ne sont là, pour irritantes qu'elles paraissent à nos habitudes élitistes, que vétilles et broutilles... Leur particularité, même vraisemblable, n'entache en rien, ni ne met en cause fondamentalement, le processus historique d'ensemble de l'entreprise révolutionnaire russe, qui, elle, est universelle dans sa vérité !

Nous étions au fond de la deuxième cour du lycée, sur l'esplanade où se déroulaient les parties de foot, lors des récréations. Le gymnase était de ce côté-là, si je me souviens bien. C'est par là que les internes les plus âgés des khâgnes et des taupes faisaient le mur, certains soirs. De l'autre côté de l'enceinte, en effet, rue Thouin, un réverbère facilitait la descente vers la liberté nocturne. Et l'escalade du retour, par la même occasion.

J'écoutais Armand J., bouche bée, admiratif. Mais il y avait de quoi. Comme Minerve sortant tout armée du cerveau de Jupiter, la déesse de la dialectique prenait soudain corps dans le discours de mon copain. Imposante et majestueuse, telle une statue grecque, mais rusée comme un renard, vive et gracile comme une jeune nymphe, prenant à son compte les aspérités du réel pour en faire des concepts rayonnants, la dialectique de l'universel et du singulier, du général et du particulier, s'incarnait devant mes yeux éblouis.

Vingt ans plus tard, sur le lac de Zurich, je me souvins de l'irruption flamboyante, bien qu'encore anonyme, de la *Phénoménologie de l'esprit* de Hegel dans ma vie. Je taquinais Fernand Barizon à propos de la dialectique, précisément. Peut-être notre bateau avait-il accosté au quai de Wädenswill, ce n'est pas impossible. Dans ce cas, je me suis certainement souvenu de Parvus. Et de la Suissesse. Mais l'essentiel était que je taquinais Fernand Barizon, le militant du PCF qui m'accompagnait cette fois-là dans un voyage clandestin.

Fernand — c'était son vrai prénom, pour ce qui est de son nom de famille, je l'ai un peu modifié, dans *Quel beau dimanche!* — Fernand, donc, s'était tourné vers moi, excédé :

— Tu veux que je te dise, Gérard ?

On pouvait encore m'appeler Gérard, à cette époque : je comprenais qu'on s'adressait à moi. Et je voulais bien qu'il me dît, j'ai toujours bien aimé qu'on me dise.

J'ai hoché la tête affirmativement.

— La dialectique, c'est l'art et la manière que vous avez de toujours retomber sur vos pieds !

« Vous », c'était nous : les dirigeants. Mais moi je pensais « eux », quand il m'arrivait d'y penser.

La formule était pertinente, quoi qu'il en soit. Je me suis rappelé le lointain passé : la cour du lycée Henri-IV, l'accoutrement d'Armand J., la fougue de son discours sur les stériles vérités de détail du libelle — c'est le terme qu'il employait — d'André Gide, l'étouffant désarroi de l'adolescence et de l'exil.

Je me suis souvenu du jour où la dialectique de Hegel, encore anonyme mais déjà rutilante, avait fait son entrée dans ma vie.

Mais ce n'était sûrement pas Armand qui m'avait conseillé de lire *Paludes*.

Quelques semaines plus tard, j'étais à ses côtés, dans une rue proche de la place de la Nation. J'imagine que les autorités préfectorales avaient interdit au défilé traditionnel du 1er Mai les grandes avenues qui conduisaient de la République à la Nation. Ou vice versa, le cas échéant. Ça se passait donc dans des rues secondaires et latérales.

D'une certaine façon, ça valait mieux. Sur quelque grande avenue, on aurait davantage remarqué la maigre participation des Parisiens, cette année-là, en 1939, au cortège du 1er Mai.

En tout cas, j'y étais, avec Armand J. C'est lui qui m'avait proposé de nous y rendre ensemble.

Les cars de la gendarmerie étaient massés au débouché des rues avoisinantes. Des gardes mobiles, mousqueton à l'épaule, quadrillaient le quartier. Déploiement de force bien inutile : la manifestation ouvrière se déroulait devant des trottoirs désespérément vides. Nulle foule n'était accourue. Un vent de défaite avait soufflé sur ces drapeaux, ces ouvriers impuissants, dont le petit nombre témoignait du reflux d'une marée, du creux d'une vague.

Les manifestants du 1er Mai ne marchaient pas à l'avant-garde d'une masse encore indécise, peut-être mobilisable. Ils n'étaient que les débris que laisse sur la plage une mer qui s'est retirée : les branches cassées, les bois tordus, les écorces, les écumes qui jalonnent sur le sable redevenu sec le point le plus haut atteint par les marées d'équinoxe.

Dans mon souvenir, le temps est changeant. Je veux dire : le temps qu'il faisait change selon les hasards du souvenir. Parfois, c'est une journée plutôt grise et fraîche qui émerge dans ma mémoire. Parfois, il me souvient plutôt que ce fut une belle journée, sauf un instant, à la fin du défilé traditionnel. Le ciel était bleu, clémente la température. De légers nuages cotonneux et friables avaient vogué toute la matinée dans ce ciel-là. Puis, ça s'obscurcissait soudainement : une bourrasque de neige, brève mais brutale, s'abattait sur les drapeaux du 1er Mai.

Je sais pourquoi la mémoire me joue des tours, pourquoi elle s'ingénie à me leurrer, à me faire confondre deux cortèges commémoratifs. Mais depuis longtemps j'ai appris à déjouer les tours de ma mémoire. Ses ruses m'en apparaissent cousues de fil blanc : trop visibles.

En réalité, deux souvenirs différents se superposent, dans les mêmes lieux de la mémoire, autour de la place de la Nation. D'un côté, celui du 1er Mai 1939, avec Armand J., qui ne m'a certainement pas fait lire *Paludes* d'André Gide. D'un autre côté, celui du 1ᵉʳ Mai 1945, six ans plus tard.

En 1939, je n'avais pas encore seize ans, en 1945, je n'en avais pas encore vingt-deux. Mais je revenais de Buchenwald. La bourrasque de neige qui brouille parfois le paysage de ma mémoire s'est réellement abattue sur le défilé du 1ᵉʳ Mai, deux jours après mon retour de Buchenwald.

Mais je ne vais pas me laisser faire, cette fois-ci, par les tours et détours de ma mémoire, par ses ruses habituelles. Souvent, je me laisse faire. Je laisse fleurir ou flamboyer les coïncidences. Curieux de moi-même, des surprises que je pourrais me faire, que ma mémoire pourrait me faire, je laisse s'agencer les répétitions, les récurrences, les revenez-y. Je frotte délibérément deux pierres de souvenance différentes, pour voir quelle étincelle en jaillira.

Je n'en ferai rien, cette fois-ci. Je ne vais pas me laisser faire.

D'abord, parce que ce ne serait pas la première fois que je rassemblerais les deux souvenirs, que je les mettrais en parallèle ou face à face, pour en tirer quelque enseignement. Ou quelque effet narratif, tout simplement. Il m'est déjà arrivé de faire ce rapprochement dans un roman, *L'évanouissement*, qui constitue, malgré sa brièveté, le brouillon approximatif de quelques livres postérieurs.

Il était dans la rue, au milieu de la foule, écrivais-je dans ce roman, il y a trente ans, ayant réussi cette fois-là à prendre mes distances, à me renvoyer moi-même à la troisième personne du singulier, *une dernière marée de drapeaux rouges s'avan-*

96

çait vers lui lorsque la neige est tombée. Une brève
bourrasque légère, tourbillonnante, recouvrant de
flocons brillants, sitôt fondus, les mains et les
visages, les drapeaux et les arbres, la foule, le ciel,
Paris, le 1ᵉʳ Mai. Comme si cette dernière neige éphé-
mère n'était apparue, subitement, que pour souli-
gner la fin de l'hiver, de cette guerre, de ce passé.
Comme si toute la neige qui avait si longtemps
recouvert les hêtres de la forêt, autour du camp,
venait de fondre, secouée par une bourrasque légère
qui faisait frémir les drapeaux rouges, qui les faisait
se déployer, recouverts subitement non pas de cré-
pons de deuil mais de brillants crépons de prin-
temps... Et il avait ri, levant le visage vers ces flocons
légers, vers cette neige ensoleillée, cet hiver éphémère
et condamné, ces drapeaux rouges qui s'avançaient
comme une marée chantante, comme une forêt,
comme une joie, comme une victoire... Le 1ᵉʳ Mai, du
côté de la place de la Nation, l'année de son retour.

C'est dans ce souvenir que s'inscrivait l'autre, le
plus ancien, celui du 1ᵉʳ Mai 1939.

Il était interne à Henri-IV, en classe de troisième.
A.J. était en hypokhâgne, interne également. A.J. était
petit, rond, mal habillé, il connaissait Hölderlin par
cœur, les lettres à Diotima. Un mois plus tôt, jour
pour jour, la guerre d'Espagne était finie : on s'en-
fonçait dans l'hébétude... Ainsi, avec A.J., il avait
contemplé la manifestation du 1ᵉʳ Mai. À un moment
donné, quelques applaudissements ont jailli, parmi
les maigres rangées de spectateurs. C'étaient les
volontaires d'Espagne qui défilaient, derrière un dra-
peau tricolore de la République, mal accordé à toute
cette grisaille, tranchant sur elle, douloureusement,

dans la splendeur dérisoire de son rouge, son or et
son violet : éclatants... Alors, A.J. lui avait montré du
doigt André Marty et ils avaient levé le poing, tous les
deux, comme on doit lever le poing, j'imagine, devant
le peloton d'exécution, devant un camarade assas-
siné, devant la mort, l'oubli, le désespoir. Et c'est ce
soir-là, le soir de ce 1ᵉʳ Mai-là, qu'Armand lui avait
prêté le petit volume des Briefe an Diotima...

Les deux souvenirs du 1ᵉʳ Mai — ou plutôt : les
souvenirs de deux 1ᵉʳ Mai — ont donc déjà été fondus dans une même séquence narrative. Ce ne
serait pas élégant de reproduire cet effet, quelles
que fussent les variations thématiques, les modu-
lations sur lesquelles il apparaîtrait possible de
jouer encore.

Mais la raison principale qui me pousse à me
priver de cet effet narratif est tout autre. Elle n'est
pas d'ordre esthétique mais d'ordre moral. Elle
ne concerne pas l'inélégance probable d'une répé-
tition convenue, trop aisément gratifiante, trop
facile à exploiter. Elle touche à quelque chose de
beaucoup plus profond, de plus essentiel.

Il m'est impossible, en effet, d'évoquer le
1ᵉʳ Mai 1945 sans dire un mot, pour bref qu'il soit,
retenu, elliptique même, de Buchenwald. Le
1ᵉʳ Mai de cette année n'a d'intérêt pour moi, quels
que soient les événements qui se déroulèrent ce
jour-là dans la réalité historique, que par rapport
à mon expérience de Buchenwald. Il n'existe, en
somme, ce jour précis, précieux, que dans la
mesure où il vient conclure cette expérience. La
clore, d'un côté ; l'ouvrir, de l'autre, vers l'incertitude foisonnante de la vie.

L'expérience de Buchenwald était celle de la certitude, parfois abominable, parfois rayonnante, de la mort : expérience d'un partage inouï. La bourrasque de neige qui tourbillonna sur le défilé du 1er Mai 1945 n'a d'intérêt, de beauté convulsive ou sereine, selon l'humeur de la mémoire, que par son évocation de tant de neiges d'antan, mortifères.

Il est impossible, en somme, d'évoquer ce 1er Mai-là sans évoquer tout le reste. Mais je ne veux pas évoquer le reste, justement.

Je n'y tiens pas du tout.

Parmi tous les récits possibles, toutes les possibilités d'écriture romanesque qui s'offraient à moi, ces derniers temps, selon le mystérieux balancement d'un désir, j'ai choisi celle-ci, *Adieu, vive clarté...* (le titre s'en est imposé d'emblée, ça ne m'est pas habituel non plus, dès le premier travail sur la nébuleuse narrative en formation) pour la simple raison qu'elle concernait une vie antérieure à l'expérience de Buchenwald.

Depuis que j'ai écrit *Le grand voyage*, à quarante ans, *nel mezzo del cammin della mia vita,* toute mon imagination narrative a semblé aimantée par ce soleil aride, rougeoyant comme la flamme du crématoire. Même dans les récits les plus éloignés de l'expérience personnelle, où tout était vrai parce que je l'avais inventé et non parce que je l'avais vécu, le foyer ancien était à l'œuvre, incandescent ou couvant sous la cendre.

J'ai tout essayé pour conjurer ce sort, pour éviter que cette mémoire mortifère ne vienne encombrer celle de mes personnages. J'ai conçu des machineries romanesques où cette mémoire semblait superflue, de prime abord. Mais elle s'arrangeait toujours pour piéger mes personnages, pour lester l'un ou l'autre d'un poids qu'il n'aurait sans doute pas souhaité, dont souvent il ne savait que faire, que parfois, même, il ne méritait pas.

Ce n'est pas par goût de la tranquillité que j'essayais d'oublier ce passé, d'en oblitérer du moins ses effets les plus pernicieux dans mon travail d'écriture. Je n'ai jamais eu de goût particulier pour la tranquillité.

C'était plutôt par goût de la liberté.

Je n'aimais pas l'idée d'être confiné dans le rôle du survivant, du témoin digne de foi, d'estime et de compassion. L'angoisse me prenait d'avoir à jouer ce rôle avec la dignité, la mesure et la componction d'un rescapé présentable : humainement et politiquement correct.

Je ne voulais pas être contraint de vivre indéfiniment dans cette mémoire, de cette mémoire : des trésors et des tristesses de cette mémoire. Je m'irritais des obstacles que celle-ci dressait devant mon imagination romanesque. Une vie trop aventureuse, trop chargée de sens m'a parfois barré les chemins de l'invention, m'a ramené à moi, alors que je prétendais inventer l'autre, m'aventurer dans le territoire immense de l'être-ailleurs, de l'être-autrui.

D'une certaine façon, je ne pouvais être écrivain — romancier, en tout cas, et l'art du roman est le sommet de l'art de l'écriture — que contre cette expérience aveuglante. Malgré elle, du moins. À ses marges. Dans un territoire à défricher — déchiffrer — au-delà de ses frontières.

Ce livre est le récit de la découverte de l'adolescence et de l'exil, des mystères de Paris, du monde, de la féminité. Aussi, surtout sans doute, de l'appropriation de la langue française. L'expérience de Buchenwald n'y est pour rien, n'y porte aucune ombre. Aucune lumière non plus. Voilà pourquoi, en écrivant *Adieu, vive clarté...*, il m'a semblé retrouver une liberté perdue, comme si je m'arrachais à la suite de hasards et de choix qui ont fini par me composer une sorte de destin. Une biographie, si l'on préfère moins de solennité.

Même si le hasard ou la chance m'avaient évité de tomber dans le piège de la Gestapo, à Joigny — à Épizy, à proprement parler, sur le chemin de halage, dans la maison d'Irène Chiot —, même si mon maître Maurice Halbwachs n'avait pas agonisé dans mes bras, au block 56 de Buchenwald, j'aurais été ce garçon de quinze ans qui découvrait l'éblouissante infortune de la vie, ses joies aussi, inouïes, à Paris, entre les deux guerres de son adolescence.

M'y voilà de nouveau.

En tout cas, ce n'est pas Armand J. qui m'a fait lire *Paludes*, j'en suis certain.

Non pas qu'il ne me conseillât pas tel ou tel livre, bien au contraire. Il me les apportait, même, les livres qu'il voulait me faire lire, à la fois conseilleur et prêteur. Il s'était rendu compte que mon argent de poche était pour ainsi dire inexistant, que j'étais incapable de me les procurer par mes propres moyens.

J'ai fréquenté Armand J. pendant le dernier trimestre scolaire de l'année 1939. Ensuite, il y eut la dispersion estivale et vacancière. Puis la guerre. À la rentrée, le lycée Henri-IV devint, pour des raisons que j'ignore, un établissement pour jeunes filles. Le mélange des sexes n'étant pas alors à l'ordre du jour, les mâles furent expédiés vers des lycées avoisinants. J'échouai à Saint-Louis, pour y faire ma classe de première.

Le proviseur d'Henri-IV m'avait convoqué, en effet, avant les vacances d'été, pour me conseiller, au vu de mes résultats et de l'appréciation des professeurs des matières humanistes — je veux dire, celles concernant ce qu'on appelle les *humanités* —, de passer directement en première. « Vous perdrez votre temps en seconde, m'avait-il dit. Il vous suffira de travailler un peu durant l'été », ajouta-t-il. Mais il conclut, percevant sans doute quelque désarroi ou quelque révolte dans mon regard, à cette allusion au travail : « Lisez, continuez de lire, à propos et hors de propos, comme vous semblez déjà le faire ! C'est cela que j'entends. »

Je me rassurai, ayant compris ce qu'il entendait par travailler.

Je ne garde pas un bon souvenir de mon année à Saint-Louis, un lycée où les récréations et les retours en classe étaient rythmés au roulement de tambour napoléonien. De surcroît, les cours furent interrompus par la débâcle de la France, en mai 1940. Ce n'était pas la meilleure façon de laisser une trace plaisante dans ma mémoire.

Je ne revis pas Armand J. à Henri-IV, quand j'y revins pour la classe de philosophie, en septembre 1940. Il avait quitté l'établissement. Mais je me souviens fort bien des livres qu'il m'avait prêtés. De certains d'entre eux, du moins.

Je me souviens qu'Armand ne m'avait pas prêté *Paludes*. En revanche, il m'avait fait lire *Le sang noir*, de Louis Guilloux, *La conspiration*, de Paul Nizan, *Le mur* et *La nausée*, de Jean-Paul Sartre, *La condition humaine* et *L'espoir*, d'André Malraux. Des livres qui m'ont marqué, sans doute. Ce ne sont pas les seuls romans du *Bildungsroman* de mon adolescence, certes, mais sans ceux-là je n'aurais jamais été ce que je suis devenu. Livres que j'aurai relus régulièrement depuis lors, y trouvant chaque fois des perspectives ou des émotions nouvelles.

Si l'on ajoute à cette liste *L'âge d'homme*, de Michel Leiris, que j'ai découvert par moi-même dans la bibliothèque d'Édouard-Auguste F., rue Blaise-Desgoffe, et qui me fascina littéralement, une nuit d'été de fiévreuse lecture, on aura une idée du bagage littéraire avec lequel je m'embarquais pour la vie.

La cohérence profonde de ce choix d'Armand J., malgré la diversité formelle de tous ces livres, se voyait redoublée par un détail significatif. Ils s'affichaient tous, en effet, sous la couverture blanche, encadrée d'un mince trait noir et de deux traits rouges encore plus discrets, des éditions Gallimard. Au milieu de cette couverture neigeuse, crémeuse, voguait comme un cygne noir le sigle de la NRF.

Tant et si bien que j'ai cru, pendant quelque temps, dans l'ingénuité de mes quinze ans, que ces trois lettres constituaient une sorte de blanc-seing ou de label : sans elles, pas de vraie littérature ! Il m'a fallu découvrir plus tard que les romans de Jean Giraudoux ne s'ornaient pas de ce signe distinctif pour comprendre que le champ de la littérature française était plus vaste que celui du catalogue Gallimard.

Est-ce Édouard-Auguste F. qui m'a fait lire *Paludes* ?

Ce personnage vient d'apparaître dans mon récit parce que c'est dans sa bibliothèque que j'ai découvert *L'âge d'homme* de Michel Leiris. Mais quand est-il apparu dans ma vie ? Je ne m'en souviens pas mais je peux le calculer. Par une suite de déductions et de raisonnements dont je vous épargnerai la complexité lumineuse, je peux calculer Édouard-Auguste F. La date de son apparition dans ma vie, je veux dire.

C'est à l'occasion d'un congrès du mouvement personnaliste, à Jouy-en-Josas, qu'il a dû me connaître. Et connaître mon père, par la même occasion : cette famille espagnole que le groupe *Esprit* avait prise sous son aile protectrice. E.A.F. faisait partie des Amis d'*Esprit*, il connaissait Pierre-Aimé Touchard qui fut mon correspondant, pendant les mois d'internat à Henri-IV : sans doute est-ce par là qu'il parvint jusqu'à nous.

Originaire de Lausanne, marié avec une dame de la patricienne famille Cramer de Genève, Édouard-Auguste était un homme d'affaires prospère et cultivé. Sa vie avait été riche également en épisodes aventureux : très jeune, il avait parcouru l'Union soviétique des années de famine, après la guerre civile, pour le compte d'organisations humanitaires. Grand voyageur, parlant plusieurs langues couramment, il s'était, à l'époque où je l'ai connu, identifié pleinement à son rôle d'honnête homme, libéral toujours, mécène à l'occasion, que la sûreté audacieuse de ses goûts artistiques n'entraînait cependant à aucune imprudence chrématistique.

Dès la fin de l'année scolaire, quoi qu'il en soit, prenant le relais d'une famille défaillante pour cause de cataclysme historique, d'exil quasi miséreux, Édouard-Auguste F. assuma généreusement la charge de mes études. De mon éducation, même. Jusqu'à la fin de la classe de première — assez tristement vécue au lycée Saint-Louis — il m'hébergea chez lui, dans un appartement cossu de la rue Blaise-Desgoffe.

Laquelle était, en quelque sorte, un lieu prédestiné : c'est là, dans cette courte voie qui tourne à angle droit pour joindre la rue de Vaugirard à celle de Rennes, que se trouve le Victoria Palace Hôtel où nous arrivâmes en janvier 1937, les cinq frères Semprun, conduits par la belle-mère de Gouverneur Paulding, en provenance de Genève et de Ferney-Voltaire, afin de retrouver notre père qui venait de prendre son poste à la légation de la République espagnole à La Haye.

Mes premières images de Paris s'articulent ainsi au souvenir dudit hôtel, s'organisent autour des promenades dans la ville menées à partir de cette rue, où je suis revenu vivre (vivre ? plutôt habiter,

non? même pas : j'y étais seulement de passage
— entre quoi et quoi d'autre, d'ailleurs? entre la
vraie vie de l'enfance et l'avenir, quel qu'il fût, c'est-
à-dire, n'importe quoi —) dès le début de l'été 1939,
pour toute une année.

Ensuite, pendant ma classe de philo, à Henri-IV
de nouveau, F. me mit en pension rue Blomet, dans
une famille amie, protestante et lettrée, dont tous
les membres étaient couverts de lauriers universitaires dans les plus diverses disciplines, de la théo-
logie à la médecine, et où seul le fils cadet, Marc, à
peu près de mon âge et qui devint mon meilleur
complice de l'époque, était un cancre délicieux.

Adepte fervent de la *paideia* de la Grèce classique, F. était féru autant d'activités sportives
pour l'épanouissement du corps, que d'humanités
pour celui de l'esprit. C'est ainsi qu'il m'ouvrit sa
magnifique bibliothèque, où je continuai d'explorer voracement le domaine des lettres françaises,
en découvrant qu'il dépassait quelque peu celui du
territoire de la NRF. Mais je lui dois aussi la découverte des joies de la course à pied — le demi-fond
étant l'épreuve qui me convenait le mieux — sur
la piste de la Faisanderie, à Saint-Cloud, où s'en-
traînaient en été les athlètes du Stade français, et,
l'hiver, le plaisir rude et ravigotant des matches de
basket avec l'équipe junior dudit club.

Après la philo, muni des sacrements du baccalauréat et des enseignements multiples recueillis
auprès d'Edouard Auguste F., je fus lâché dans la
vie, dès avant mon dix-huitième anniversaire. Car
s'il était féru de *paideia*, E.A.F. était opposé à toute
espèce de férule, fût-ce sous la forme du cocon pro-

tecteur. J'eus donc à gagner ma vie, assez péniblement, par toute sorte de petits boulots et de leçons particulières. Alors, je fus obligé de lâcher l'hypokhâgne commencée à Henri-IV, dont je ne garde curieusement presque aucun souvenir.

Il me faut rencontrer mon copain Claude Ducreux, qui était déjà en classe de philo II avec moi, et avec lequel j'avais participé à la manifestation antinazie du 11 novembre 1940, sur la place de l'Étoile, manifestation de lycéens et d'étudiants qui fut organisée à Henri-IV ; il me faut donc rencontrer Claude, et cela n'arrive que fort rarement, pour retrouver dans sa mémoire à lui la réalité des quelques mois passés ensemble en hypokhâgne.

Il devint clair que les petits boulots de subsistance n'étaient pas compatibles avec le grand dessein de la préparation du concours de Normale sup.

Tout bien pesé, compté, recompté, déduit et calculé, il me paraît possible d'affirmer que c'est bien à l'occasion du congrès d'*Esprit* que Édouard-Auguste F. prit contact avec ma famille et moi.

Surtout avec moi, en vérité.

La réunion eut lieu dans une propriété verdoyante et arborescente de Jouy-en-Josas. C'est Jean-Marie Soutou qui m'y amena. Les débats devaient durer deux jours et les congressistes — certains d'entre eux, du moins, dont le domicile était sans doute trop éloigné — furent logés pour la nuit dans des chambrées, par groupes de quatre ou cinq.

Je me souviens de l'effarement offusqué de mon

père, qui participait à cette réunion, bien entendu. À l'orée de la nuit, il vint me trouver, le regard rempli d'inquiétude outrée. « Ils prétendent que je dorme dans la même chambre que trois autres personnes ! » s'exclama-t-il. En effet, et alors ? Cette perspective lui semblait intolérable. Il bredouilla des mots sur l'inconvenance de cette promiscuité, sur l'impossibilité de dormir dans de telles conditions. Jamais de sa vie il ne s'était vu dans une situation semblable ! Aussi inconfortable, quasiment humiliante.

Il est vrai qu'il n'avait pas connu les chambrées des casernes, n'ayant pas fait son service militaire. Comme la plupart des jeunes gens de famille bourgeoise — ceux, du moins, qui ne se destinaient pas à la carrière des armes — mon père avait, en effet, payé un remplaçant pour faire les classes à sa place. Ainsi, quelque jeune paysan épargné par le tirage au sort des recrues, et de famille nécessiteuse, empocha-t-il les deniers que coûtait cette opération de rachat, parfaitement légale, par ailleurs, et accomplit-il le service militaire à la place de mon père.

Mais je fus insensible à son désarroi, cette fois-là, à Jouy-en-Josas.

D'autres fois, au cours de mon adolescence, j'ai été sensible aux angoisses que réveillaient chez lui son manque de sens pratique, son incompréhension grand-seigneuriale du principe de réalité, son inadaptation à la vie : à la dureté, la vulgarité, l'implacable rigueur de la vie quotidienne quand on n'appartient pas aux couches privilégiées de la société.

108

Incapable de toute activité pratique qui pût être accomplie pour lui par des serviteurs, mon père ne faisait qu'une exception à cette règle : il aimait à conduire lui-même ses voitures, qui étaient en général puissantes et américaines, sauf à l'époque, l'année 1931, lors de la proclamation de la République, où il fut gouverneur civil de Tolède et de Santander, et où il utilisait les Hispano-Suiza officielles.

S'il avait été sportif, peut-être aurait-il joué au golf, mais il n'était pas sportif. S'il avait été chasseur, peut-être aurait-il participé aux concours de tir aux pigeons, ou à quelque battue de gros gibier, mais il n'était pas chasseur. C'était un intellectuel bourgeois qui avait tout risqué — tout perdu — pour défendre ses idées libérales, de justice sociale, mais il était incapable d'affranchir une lettre et de la poster tout seul, ou de se débrouiller dans un bureau de l'administration française. Plutôt retorse, peut-on dire à sa décharge.

L'exil et la défaite en avaient fait une sorte de prolétaire, ou de déclassé de l'intelligentsia, jeté dans une déréliction presque absolue. Parfois, cette incapacité oblomovienne de faire face aux contingences pratiques de la vie m'avait touché chez mon père. Car s'il lui arrivait d'être irritant, il lui est aussi arrivé d'être sublime, dans l'exercice de cette inadaptation.

Ainsi, il fallait voir les visages figés par l'étonnement, les regards éberlués, apeurés par la folie qu'ils croyaient percevoir chez mon père, ce jour où il se présenta au service des étrangers de la préfecture de police de Paris. C'était au début du mois de juin 1940. La France s'effondrait dans les affres tragi-comiques de l'*étrange défaite*. Les bureaux des administrations de l'État commençaient à être désertés. Néanmoins, c'est l'un des derniers jours de la IIIe République que mon père se présenta à la préfecture. Il avait une requête à formuler. On l'écouta dans un premier bureau et le fonctionnaire, les yeux ronds d'incompréhension, le renvoya à des temps meilleurs. Mais non, c'était tout de suite, à ce moment précis, qu'il fallait l'écouter, enregistrer sa demande. Il argua de sa condition d'ancien diplomate de la République espagnole, ce qui, à vrai dire, n'impressionnait guère. Il proclama qu'il était professeur de philosophie du droit à l'université de Madrid, ce qui fut franchement pris à la rigolade. Il exhiba son grade d'officier de la Légion d'honneur, de commandeur de l'ordre d'Orange-Nassau. Tant et si bien qu'on finit par le laisser pénétrer dans le bureau voisin d'un supérieur hiérarchique. Où il formula de nouveau sa requête : il demandait tout simplement à acquérir la nationalité française. Au moment, disait-il, où votre pays est en danger, où la France, patrie des droits de l'homme, est victime de l'assaut des forces du Mal, je demande, en signe de reconnaissance pour l'asile qu'elle m'a accordé, je demande qu'on me fasse l'honneur d'accepter ma requête de naturalisation. Je veux, en tant que Français, partager le sort de la France meurtrie !

Il y eut dans le regard de ce fonctionnaire-là une expression où se mêlaient l'étonnement ému, sans doute respectueux, et l'effarement effarouché devant la folie d'une telle exigence.

Probablement pour couper court, tout en faisant plaisir à mon père, le chef de service annonça qu'il allait prendre acte de cette demande de naturalisation, qui pourrait être validée dans un avenir plus favorable. Et il renvoya mon père à ses pénates.

Mais j'en reviens au congrès d'*Esprit*, qui se déroula un an plus tôt.

Cette fois-là, je fus insensible au désarroi de mon père. Il aurait à partager une chambrée avec quelques autres participants ? La belle affaire ! Je n'avais aucune disposition à le plaindre, ni à lui venir en aide, de quelque façon que ce fût.

Je n'allais pas m'attendrir, en effet, sur une aussi minime péripétie alors que je venais de vivre plusieurs semaines d'expérience dans le dortoir des internes, à Henri-IV.

Même si nous avions été relativement épargnés par le rituel brutal du bizutage, ou bien parce que, en tant qu'étrangers, nous échappions forcément à la complicité langagière qu'exige le rapport entre bourreaux et victimes obligées d'être consentantes aux épreuves absurdes d'initiation, ou bien, c'est plus que probable, parce que, non seulement étrangers mais rouges espagnols de surcroît, cette dernière condition ne suscitât quelque sympathie générique, Gonzalo et moi avions pourtant été exposés à l'inévitable vulgarité qu'entraîne la promiscuité des jeunes mâles, pleins de sang et de rêves obsédants, au défi des comparaisons anatomiques, au récit des prouesses sexuelles, réelles ou inventées, des plus âgés des internes, lors des jours de congé ou des escapades nocturnes.

Ceux qui décidaient de faire le mur, après l'ex-

111

tinction des feux, en utilisant le providentiel réverbère de la rue Thouin, avec l'intention proclamée de rejoindre une personne du sexe, étaient, en effet, tenus par une loi non écrite de rapporter à leurs compagnons de dortoir une preuve tangible de leur succès, avant d'en faire savourer les détails par un récit circonstancié.

Ainsi, le lendemain matin, dans la salle d'eau austère et glaciale, les évadés montraient leurs trophées de chasse : petites culottes de soie ou de coton, soutiens-gorge, contour des lèvres imprimé au rouge sur des mouchoirs ou des feuilles de papier blanc.

Mais la cérémonie la plus déroutante, par sa nouveauté et son impudique violence — assez peu fréquente, toutefois, car elle exigeait des conditions particulières de calme et de sécurité pour ne pas être interrompue par quelque surveillant, ce qui aurait eu de fâcheuses conséquences disciplinaires — était celle de la masturbation en public.

Ordonnancée par un élève d'une classe terminale, chef incontesté de l'univers nocturne et marginal des internes, surnommé *P'tite bite* (par antiphrase, certes, au vu de ses mensurations exhibées avec aplomb), la cérémonie se déroulait en pleine nuit, dans les lieux d'aisance, et l'élève désigné devait s'exécuter au rythme imposé par le petit chef, tandis qu'un de ses acolytes lisait à haute voix aux autres internes convoqués comme témoins quelque passage de l'une des brochures pornographiques, illustrées de photos d'une précision accablante, qui circulaient parmi nous.

Ainsi, j'en appris davantage en quelques semaines sur les mystères et les misères du sexe que durant toute ma vie précédente.

Jusque-là, j'avais été abandonné à l'ignorance distinguée que distille une éducation traditionnelle : catholique et bourgeoise. Exclusivement paternelle, de surcroît, depuis, pour moi, l'âge de neuf ans.

Quelles inquiétudes, quelles questions formuler à un père distant — ou plutôt : ne sachant pas établir la distance adéquate, qui doit être un mélange tendrement savant de disponibilité et d'autorité — intimidé par sa solitude, son inadaptation à la réalité, confronté à une tribu de sept garçons et filles ayant des besoins affectifs et intellectuels fort différents, vu leur âge varié ?

Comment, ensuite, trois ans après la mort de ma mère, lorsqu'il eut capitulé devant la Suissesse (seule femme qu'il avait sous la main, douée par ailleurs de sens pratique et de poigne domestique, capable de faire marcher la maisonnée), demander à cette intruse aide ou conseil lorsque commencèrent les affres et l'effroi — délicieux — de la puberté ?

La présence de ma mère aurait-elle rendu plus facile le parcours de cet âge qu'on appelle, par euphémisme, ingrat ?

Question qui restera sans réponse, bien évidemment. Mais à laquelle j'aurais tendance à répondre par l'affirmative. À penser, du moins, qu'une réponse positive n'aurait pas été inconcevable. Un jour, en effet, alors que j'avais sept ans, ma mère me surprit dans sa chambre, en train de humer l'odeur de sa garde-robe. J'avais le visage enfoui dans la soie de sa lingerie lorsque la porte s'ouvrit derrière moi. Je me redressai, rouge de confusion, bras ballants. Figé dans un silence d'horreur coupable. Mais le regard de ma mère exprimait l'étonnement plutôt que la colère. L'inquiétude aussi, peut-être. Elle ne me gronda pas, ne me demanda pas ce que je faisais là, ne me reprocha pas mon intrusion dans ce lieu interdit aux enfants. Elle me prit contre elle, m'ébouriffa les cheveux, me parla doucement de tout autre chose.

Elle attendit que je sois rasséréné pour me proposer, comme un jeu, de choisir avec elle les vêtements qu'elle allait mettre ce soir-là, pour son dîner en ville. Elle me garda même auprès d'elle lorsque Saturnina (chambrière dévouée, *ama de llaves*, « maîtresse des clefs », c'est-à-dire, gouvernante ou intendante de la famille, qui ne pardonna jamais à mon père d'avoir intronisé la Suissesse à la place conjugale et fut renvoyée par celle-ci) lui laça le corset festonné de dentelle noire qui lui permettrait de passer une robe serrée et habillée pour sa sortie nocturne.

Certes, je ne pense pas qu'elle ait clairement vu *l'âme de son enfant livrée aux répugnances*. Investie, du moins, comme l'était la mienne, par des images insensées, d'une brutalité inouïe — purement spirituelles, d'ailleurs, métaphysiques si l'on veut, puisque prépubères, l'émoi du corps proprement dit n'y jouant encore aucun rôle — qui hantaient mes rêves, insomnies plutôt. Mais elle a dû sentir le désarroi, la quête, le questionnement, la fébrilité qui m'accablaient alors — ont-ils vraiment cessé de le faire, malgré les apparences ? — à l'orée du continent inconnu de la féminité.

Une autre fois, alors que j'avais, tard dans la nuit, guetté le bruit de l'ascenseur qui m'annoncerait le retour des parents d'une de leurs longues soirées, elle m'avait déniché dans l'encoignure de la porte entrouverte de la chambre où nous dormions, Gonzalo, Alvaro et moi. De nouveau, sans se fâcher, avec un doux reproche murmuré qui concernait ma santé, que l'absence de sommeil mettait en danger, disait-elle, plutôt que mon inconduite, elle me ramena jusqu'à mon lit, acceptant que j'enfouisse un instant mon visage dans le giron parfumé, satiné, de sa beauté nocturne.

En tout cas, mes seuls contacts directs avec l'aspect sexuel des choses de la vie avaient eu lieu, jusqu'à l'âge de douze ans, pendant les rencontres, parfois belliqueuses, avec quelque bande de garçons des faubourgs populaires, quand nous étions dans les jardins du Retiro, mes frères et moi.

Il arrivait, en effet, que de telles rencontres eussent lieu. En bandes plus ou moins nombreuses, plus ou moins agressives, les gars du faubourg de Vallecas apparaissaient soudain dans l'une des allées ou esplanades du parc où nous jouions.

Parfois, si quelque partie de foot était en train de notre côté, du côté des enfants de la bourgeoisie du quartier de Salamanca, il suffisait d'intégrer les intrus vaguement menaçants dans les équipes qui disputaient la partie en cours pour que tout se déroulât sans incident. Sans autre incident, du moins, que les aléas sportifs, bien entendu.

Les petits prolos tapaient dans notre ballon de cuir — ils en usaient pour la première fois de leur vie ! — avec un entrain et souvent une adresse qui faisaient plaisir à voir. Qui réduisaient, en somme, le champ de la lutte des classes à la dimension et aux enjeux d'un terrain improvisé de football.

Parfois, cependant, quand nous étions seuls, les trois frères, au cours de notre promenade quotidienne dans le parc du Retiro, l'affrontement pouvait devenir moins ludique. Mais il y avait toujours, avant que nous en vinssions aux mains, un moment de pause homérique.

Les poches pleines de cailloux et de morceaux de boue sèche, le bras armé de quelque gourdin improvisé avec une branche morte, nous nous affrontions dans un échange dialectique. Il s'agissait, de part et d'autre, de trouver les insultes les plus blessantes, et qui feraient davantage rire les membres de votre propre groupe.

Dans ce combat, nous semblions avoir l'avantage de l'acuité et de la pertinence du vocabulaire que donne une éducation plus soignée. Mais cet avantage se voyait largement compensé, du côté de nos adversaires potentiels, fils de prolétaires souvent chômeurs, par la violence inventive et la grossièreté bouleversante d'un langage qui nous laissait parfois pantois : bouche bée, avec un brin d'envie admirative. Où allaient-ils chercher tout ça ?

Dans cet affrontement homérique d'avant les horions, il arrivait fréquemment que les jeunes

116

gars de Vallecas fissent des incursions verbales dans le domaine tabou de la sexualité. « Pour sûr qu'elle ne devient pas encore grosse, ta quéquette de riche ! » criait l'un d'eux à l'un d'entre nous. « Je vais te montrer la mienne, en rajoutait un deuxième, quand elle sera raide, et je la mettrai dans le con de ta sœur, ça me changera de celui de la mienne ! »

À ces occasions, bien sûr — inutile de donner d'autres échantillons de ces excès langagiers : il n'y a rien de plus répétitif et monotone que ce genre-là —, nous demeurions frappés de stupeur. Attentifs, pourtant, à toutes les nouveautés physiologiques que ces tirades nous apprenaient.

M'apprenaient, du moins. Je suppose, en effet, que nous avons dû en parler, tous les trois, mais je ne garde pas le souvenir de nos conclusions. Je ne sais plus si nous avons partagé quelque nouveau savoir. Il faut que je m'en tienne à mon expérience personnelle : à l'ignorance et à la culpabilité de l'invention solitaire qui étaient mon lot.

De toutes les rodomontades et injures quelque peu hermétiques qui fleurissaient dans la bouche des jeunes prolos, ce qui frappait davantage mon imagination, m'ouvrant des horizons inouïs, inédits, c'étaient des verbes qui revenaient souvent : « mettre », « enfoncer », « défoncer », « clouer » ou « river le clou », « limer », et autres termes similaires de mécanique industrieuse qui suggéraient sans équivoque, dans leur précise grossièreté, un acte de pénétration.

Je voyais bien quel pouvait être l'instrument de l'acte, mais n'arrivais pas à concevoir avec certitude quelle partie du corps féminin se prêtait à l'accouplement. Par où une femme s'ouvrait-elle ? Dans le nouveau vocabulaire que j'apprenais de la bouche des garnements de Vallecas, une autre expression revenait souvent, qui concernait précisément l'ouverture du corps féminin : *abrirse de piernas*, c'est-à-dire, « s'ouvrir des jambes », les écarter, en somme. Mais à quoi bon, pensais-je, affolé, saisi de vertige, puisqu'il n'y avait justement rien entre les jambes de la femme ?

Celle-ci, dans l'image que j'en avais construite à partir des nus de la peinture classique entraperçus à la va-vite — les vers de Valéry, *le temps d'un sein nu entre deux chemises,* expriment à merveille mon sentiment — était un être lisse, fermé sur lui-même : impénétrable, en quelque sorte.

Au Prado, lors des visites relativement hebdomadaires, mon père nous traçait des parcours qui évitaient la nudité féminine : la seule image de femme devant laquelle nous pouvions, si l'envie nous en prenait, nous arrêter, était celle de la Vierge. D'où, sans doute, mon aversion pour la peinture de Murillo. Mais un dimanche, je fis semblant de m'égarer pour courir jusqu'à la galerie des Rubens. Je n'en éprouvai que de la déception : ces formes plantureuses ne m'aidèrent en rien à éclaircir le mystère essentiel de la chair. Tout compte fait, d'ailleurs, et quitte à demeurer dans l'incertitude la plus irritante, je choisis comme image idéale celle que m'offrait, dans une autre salle du musée, la nudité lumineuse de l'Ève de Cranach.

Plus tard, beaucoup plus tard, j'ai retrouvé la même sensation qu'avec les Rubens, mais sous une forme parodique, objectivement angoissante cependant, en contemplant les femmes de Botero, girondes, plantureuses, mais asexuées, nudités dodues dépourvues visiblement de fente, *bêtes blanches et béates,* mais non béantes.

Ce sont donc les algarades, parfois brutales, avec les garçons des faubourgs de Vallecas — les plus proches de notre quartier résidentiel — qui me dessillèrent les yeux, m'ouvrirent la route de la connaissance.

Pour corser le tout et rendre cet apprentissage encore plus douloureux — surprenant, du moins —, il n'était pas rare que le délire verbal des petits chefs de bande ne mêlât le thème religieux au leitmotiv sexuel. L'un de ceux-là, une fois, dans un parage ombragé du Retiro qui jouxte la pièce d'eau centrale, nous jeta à la figure, en se vantant de ses performances, que la nuit précédente c'était la Vierge elle-même qui était apparue dans sa chambre pour le faire bander par une savante manipulation.

C'en était trop : nous fonçâmes sur ce blasphémateur.

À Jouy-en-Josas, quoi qu'il en soit, je demeurai insensible au désarroi paternel. Je n'allai quand même pas jusqu'à lui raconter mes expériences d'internat. Il en serait peut-être tombé raide évanoui. À moins que cela ne lui rappelât des souvenirs de son propre séjour chez les jésuites de Valladolid. Je ne le saurai jamais : le sexe est un sujet que nous n'avons pas abordé ensemble.

Ce soir-là, après le dîner, les participants au congrès d'*Esprit*, la plupart d'entre eux, du moins, se réunirent dans une grande salle du rez-de-chaussée du bâtiment principal. Par les portes-fenêtres ouvertes pénétrait l'air tiède de la belle saison, gonflant les rideaux. Il y eut des conversations particulières, puis des chansons fusèrent dans quelque groupe, reprises bientôt en chœur.

Sans doute est-ce ce soir-là, en 1939, entre les deux guerres de mon adolescence, que j'ai pu, pour la première fois — il y en eut tant d'autres, depuis, et dans des circonstances tellement variées ! —, constater la sorte de bonheur, quasiment palpable, physique, que suscite dans le genre humain le fait de chanter en chœur.

Parce que le cœur y est, probablement, qu'on y met du cœur.

J'avoue ne jamais avoir pu pleinement partager ce bonheur. Car je chante faux, irrémédiablement, de façon, de surcroît, dérangeante, à ce qu'on m'a toujours dit : je suis un empêcheur de chanter en rond. Je préfère m'abstenir, en conséquence. Je me suis toujours abstenu de chanter en chœur, même aux moments où la colère ou l'enthousiasme collectifs, multitudinaires auraient pu faire pardonner quelque fausse note.

Cette nuit-là, à Jouy-en-Josas, quand les chœurs conviviaux commencèrent à s'épuiser, à perdre de leur force et de leur entrain, quelqu'un suggéra que je récite ou lise à l'assemblée des poèmes de Lorca. Suggestion qui me fit froid dans le dos mais qui provoqua une adhésion bruyante. Connaissant mon horreur de toute exhibition, Jean-Marie Soutou essaya bien de me protéger. Rien n'y fit : ils voulaient entendre des poèmes de Lorca, c'était ça qui leur ferait plaisir.

Ils entendirent donc des poèmes de Lorca.

Non pas ceux que j'aimais déjà moi-même, à quinze ans, et que je n'ai pas cessé d'aimer : les chants violents, troublants, hermétiques mais foisonnants, de *Poète à New York*. Ça ne leur convenait pas. Il leur fallait du typique, du topique, du folklo, du gitan. Des vers du *Romancero*, en somme.

Ils en eurent.

Mais l'événement le plus important de ce congrès d'*Esprit*, de mon point de vue en tout cas, ne fut pas l'apparition d'Édouard-Auguste F., bienfaisant *deus ex machina*. Le plus important fut l'irruption dans ma vie d'un mot nouveau, qui me remplissait d'excitation et de curiosité : le mot *historicité*.

Qui le prononça en premier, lors de l'une des séances de discussion ? Je ne saurais le dire en toute certitude. Peut-être Henri Marrou-Davenson. Peut-être Jean Luccioni. Ou Jean-Marie Soutou lui-même. Ce sont leurs interventions dont je garde le souvenir le moins vague, c'est donc probablement l'un d'eux qui prononça le premier ce mot d'*historicité* qui me combla d'aise effervescente.

Ce détail, pourtant, est secondaire. Car la vraie priorité, la paternité de ce mot échoit sans conteste à Paul-Louis Landsberg. C'est lui qui introduisit ce concept dans le vocabulaire et la pensée du groupe *Esprit*.

C'est en novembre 1937, tirant les enseignements de l'expérience du Front populaire et de la guerre d'Espagne, qu'il publia dans la revue ses « Réflexions sur l'engagement personnel » dont les thèses étaient fondées sur l'analyse de la nécessaire historicité de la personne, engagée dans un destin collectif.

C'est dans cet article également que Landsberg formule une idée qui me semble toujours valable. Qui est, en vérité, d'une valeur permanente, au-delà des contingences ou conjonctures du moment. Selon lui, en effet, il n'y a guère d'activité historique, d'engagement, en somme, « sans une certaine décision pour une cause imparfaite, car nous n'avons pas à choisir entre des principes et des idéologies abstraites, mais entre des forces et des mouvements réels qui, du passé et du présent, conduisent à la région des possibilités de l'avenir ».

Décision pour une cause imparfaite : tel me semble être le moyen de conserver la lucidité dans un engagement personnel, qui comporte toujours, Landsberg le rappelle, « un risque et un sacrifice qui va jusqu'au tragique ».

En quelques semaines, quoi qu'il en soit, malgré les malheurs de l'exil et du déracinement, j'avais eu droit à deux découvertes éblouissantes.

Armand J., dans la cour d'Henri-IV attenante au gymnase, m'avait fait connaître les rudiments de la dialectique de Hegel, à l'occasion d'une diatribe contre le *Retour de l'URSS* de Gide. Et Paul-Louis Landsberg m'ouvrait les portes de l'univers confus, contraignant, imprévisible et fabuleux de l'histoire.

Elle ne nous avait pas gâtés, l'histoire, au cours de ce printemps, il faut le dire.

Madrid était tombée à la fin du mois de mars et cette défaite faisait éclater au grand jour la division sanglante et perdurable des forces républicaines espagnoles. Quinze jours avant ce funeste événement, Hitler avait occupé Prague, détruisant ce qui restait de l'État tchécoslovaque après la capitulation de Munich. Milena Jesenská avait pleuré de rage en voyant défiler les colonnes motorisées de la Wehrmacht dans les rues de sa ville : la ville de Kafka. Au même moment, à Moscou, à la tribune du Kremlin, pour l'ouverture du XVIIIe congrès du parti communiste de l'URSS, Staline avait laissé entendre qu'il s'apprêtait à un virage stratégique et diplomatique. Les spécialistes allemands de l'Ostpolitik s'étaient penchés sur ces mots sibyllins (« dans la prochaine guerre, nous ne tirerons pour personne les marrons du feu ») et en avaient conclu que le moment était venu d'entamer une négociation avec l'URSS. De leur côté, les dirigeants britanniques et français, marchant à reculons vers l'affrontement avec Hitler, qu'aucune nouvelle concession ne semblait plus pouvoir éviter, en étaient encore à se demander — et c'était une question parfaitement justifiée, n'en déplaise à certains — s'il était vraiment convenable d'établir, en vue de ce conflit, une alliance avec l'URSS, ennemi irréductible des sociétés libérales et démocratiques.

C'est dans cette incertitude historique que se débattaient les congressistes d'*Esprit*.

Ils se débattaient entre un pacifisme viscéral — nourri par le souvenir des massacres absurdes de 14-18 — et un antifascisme de la raison pratique. Ils se débattaient entre une connaissance admirative de la culture allemande libérale et une fascination craintive, horrifiée, pour son contraire, la modernité totalitaire de cette même Allemagne. Entre une méfiance permanente envers la démocratie bourgeoise, dont ils ne cessaient d'énumérer les échecs et les failles au long des décennies passées, et une défense intransigeante des droits de l'homme, que seule cette démocratie libérale, pourtant, malgré tous ses manques, semblait pouvoir à peu près garantir.

Historicité : quel que fût le premier d'entre eux qui l'employât, une fois établie la priorité absolue de Landsberg, durant les journées du congrès d'*Esprit* —, je me demande si ce ne fut pas Luccioni ; à l'époque, il n'avait pas encore publié son étude sur Platon, que je lirais plus tard, après la guerre, lorsque je le retrouvai dans des circonstances fort différentes —, *historicité* fut le terme, le concept, à l'aide duquel tous ces intellectuels essayaient d'ordonner, de clarifier, de maîtriser théoriquement les événements dont la tourmente se déchaînait sur la vieille Europe.

Pour moi, ce mot d'*historicité*, chargé de sens et de sang, symbolise une découverte : celle de l'univers réel de la politique et de l'histoire. Un continent confus, peut-être labyrinthique, où s'engager corps et âme, quitte à s'y perdre. À seize ans, certes, bon nombre des arguments brandis par les uns ou les autres dépassaient mon entendement. Ma conscience n'en était pas d'une clarté totale, sans doute. Mais l'impression dominante, quasiment physique, comme une fièvre spirituelle, que je retrouvai plus tard, dans d'autres contextes, à la lecture de Shakespeare ou des tragédiens grecs, de certains textes de jeunesse de Marx et de Lukács, fut celle d'une appartenance active au monde : illusion de le connaître, volonté de le transformer.

Antoine revenait d'une promenade le long de la mer. « Que faites-vous là ? » avait-il demandé à cet inconnu. « Je lis Paludes », *avait répondu le jeune homme. C'était vrai, il lisait* Paludes. *Il avait retourné le mince volume, afin qu'Antoine puisse en lire le titre. C'était* Paludes...

Ainsi avais-je écrit, près de cinquante ans après mon trimestre d'interne à Henri-IV. Juan Larrea attendait l'arrivée d'Antoine de Stermaria, devant la porte de l'atelier de ce dernier, à Nice. Il lisait *Paludes*.

Dans la réalité romanesque de *La montagne blanche*, où cette rencontre est fidèlement rapportée, Larrea était mort à ma place : il pouvait bien lire *Paludes* pour mon compte. Je n'ai pas cessé de le faire moi-même, depuis cette lointaine époque.

Dans *La montagne blanche*, lorsque Antoine de Stermaria constate que c'est effectivement le roman d'André Gide que lit l'inconnu installé sur le palier, à l'attendre, un courant de sympathie s'instaure immédiatement. *Ils avaient ri tous deux, avec une gaieté aussitôt partagée. Une sorte de coup de foudre de la complicité littéraire. Ou masculine, plus primitivement.*

125

Moi aussi, toute ma vie, j'aurai eu la chance de nouer avec des inconnus, à cause de *Paludes*, des relations, parfois brèves, souvent sans lendemain, mais d'une fulgurante impudeur. Tout dire sur soi-même — l'essentiel, du moins : ça tient en quelques mots — tout écouter de l'autre, également. Peut-être parce qu'on aurait vu un inconnu, le petit volume de Gide à la main. Ou bien, parce que dans quelque conversation banale, où il n'aurait été question que d'événements insignifiants, même s'ils avaient une dimension planétaire — quoi de plus insignifiant que l'insignifiance planétaire! —, on aurait glissé un début de phrase de *Paludes*. Quelqu'un, alors, dont on n'avait pas, jusqu'à ce moment, soupçonné cette qualité morale, termi-nerait la phrase ébauchée. Avec le sourire entendu, donc discret, mais radieux pourtant, qu'arborent les agents secrets, ou les militants clandestins, quand on leur murmure, l'air de rien, le mot de passe convenu.

Ainsi : *À six heures entra mon grand ami Hubert, il revenait du manège*, aurais-je pu dire soudain d'une voix calme, nettement informative, sans que personne ne s'en préoccupât autour de la table. Car Hubert était sans doute un ami que cha-cun pouvait imaginer connu du reste des convives, et pourquoi, dans ce cas, ne serait-il pas revenu à six heures du manège? Puisqu'il est admis, désor-mais, que la marquise sort à cinq heures?

Mais alors que je pouvais penser qu'une fois de plus je ferais chou blanc, parlerais dans le désert de l'incompréhension, quelqu'un se tournerait vers moi, les yeux brillants. *Il dit : « Tiens, tu travailles »*, dirait-il. *Je répondis*, répondrais-je aussitôt, *j'écris* Paludes.

Alors, dans l'éclat de rire qui nous aurait saisis, l'inconnu et moi-même, dans l'élan immobile de l'un vers l'autre, qui nous lierait soudain, nous déliant des contingences de ce dîner mondain, la maîtresse de maison aurait demandé : Qu'est-ce que c'est ? Et de répondre, ensemble — une fois, une seule, l'inconnu s'appellerait Hubert, de surcroît : nous en fîmes une apothéose ! — : *Un livre !*

J'ai écrit tout le temps *inconnu* au masculin, mais ce n'est pas parce que ce genre, d'un point de vue sémiologique, peut englober les deux sexes du genre humain, sans prêter à confusion. Si on dit « droits de l'homme », par exemple, on n'est pas en train d'en exclure les femmes, quoi qu'elles en disent. Certaines d'entre elles, en tout cas.

J'ai écrit ce mot au masculin, plus simplement, plus tristement aussi, parce que jamais une inconnue n'a réagi devant moi, pour moi, à l'incitation d'une phrase de *Paludes*. Je le regrette vivement. Non seulement parce que l'indifférence féminine au récit gidien, la méconnaissance où elles le tiennent, apparemment, me navrent. Aussi, surtout, parce que j'aurais vivement désiré qu'une fois, ne fût-ce qu'une seule fois dans ma vie, une belle inconnue, blonde, aux yeux clairs, lointaine, dédaigneuse de l'alentour, perdue dans le ravissement égotique de son propre charme, succombe imprévisiblement à l'idée farfelue, frénétique, d'une aventure, en m'entendant murmurer quelques mots de *Paludes*. Rien de plus : Rien de moins.

Mais la vie n'est pas un roman, semble-t-il. Revenons au roman de la vie.

Pourquoi le bref récit de Gide a-t-il laissé dans ma mémoire une trace indélébile ? Pourquoi y occupe-t-il une place singulière, surtout, que nul autre ne pourra lui ravir ?

Il est évident que, parmi tous les livres dévorés pendant cette période — à H.IV, d'abord, jusqu'à la fin du dernier trimestre scolaire ; rue Blaise-Desgoffe, ensuite, dans les vacances d'été, dans la mirifique bibliothèque d'E.A.F ; à Sainte-Geneviève également —, certains ont eu, ont toujours, une plus grande importance pour moi.

Je pourrais dire, apparent paradoxe après tant de dithyrambe, que même si je n'avais pas découvert *Paludes* à quinze ans, j'aurais été celui que je suis. Rien d'essentiel n'aurait été retranché de ma vie, si je n'avais pas lu *Paludes*, j'en suis convaincu.

En revanche, par exemple et pour l'exemple, il n'en serait pas advenu de même si je n'avais pas lu *Le sang noir* de Louis Guilloux. Outre que c'est l'un des plus grands romans français de ce siècle — étrangement méconnu, à mon avis : il doit y avoir des raisons ; sans doute sont-elles inavouables, scandaleuses, du moins —, j'y ai appris des choses essentielles : sur la densité de la vie, sur le Mal et le Bien, sur les misères de l'amour, sur le courage et la lâcheté des hommes, sur l'espoir et le désespoir.

De même pour les deux romans de Malraux qu'Armand J. m'avait prêtés, *La condition humaine*

et *L'espoir*. *Si* je n'avais pas, à cet âge-là, lu le premier, je ne serais pas devenu communiste. D'au-
cuns penseront que je n'y aurais rien perdu. Peut-
être même y aurais-je gagné quelque chose : du
temps, en tout cas. J'en doute, mais ce n'est pas
le problème, derechef. J'aurais été quelqu'un
d'autre, voilà ce que je voulais souligner. Et si je
n'avais pas lu *L'espoir*, d'un autre côté, je n'aurais
pas conservé, à l'intérieur de ma façon violente
d'être communiste, — car je n'ai jamais envisagé
le communisme comme une sorte de jeu purement
théorique, mais comme un engagement total, un
appel aux armes —, quelque lueur d'esprit critique.
Certes, il n'y a pas que *L'espoir* qui m'ait aidé à ne
pas succomber totalement à l'imbécillité communiste. Il y a la lecture de Kafka, aussi. D'autres lectures sans doute. Mais passons.

J'ai lu *L'espoir* d'un œil fort différent, au long des
longues années où ce livre m'a tenu compagnie. Je
l'ai d'abord lu comme le récit lyrique d'une geste
populaire : épopée de la fraternité combattante
des humiliés et des offensés. C'est ce livre-là, aux
pages imprégnées de l'entêtante odeur du plastic,
que j'avais dans mon sac, dans le maquis du
« Tabou ». C'est ce livre dont je peux encore réciter
des pages entières, aussi belles que celles qui décri-
vent la mort d'Hernandez.

Tenez, chiche, sans hésiter, la page qui décrit le
premier engagement des brigades internationales,
en novembre 1936, dans les faubourgs de Madrid :

*De longs morceaux d'acier, baïonnettes ou coute-
las, passent dans le brouillard sans briller, longs et
aigus. À l'arme blanche, les troupes maures sont*

parmi les meilleures du monde. Entre deux obus,
une voix éloignée dit derrière les arbres : « ... la Répu-
blique, deu... » On n'entend pas la suite; tous les
yeux sont fixés sur les Maures qui arrivent; et une
voix beaucoup plus proche, dont chacun sait à peu
près ce qu'elle va dire, dont les mots ne comptent
pas, mais qui tremble d'exaltation et fait se relever
tous ces hommes courbés, crie en français, pour la
première fois, dans la brume : « Pour la Révolution
et pour la Liberté, troisième compagnie... »

Voilà : j'en ai toujours les larmes aux yeux.

Plus tard, j'ai relu *L'espoir* d'un point de vue
différent, prêtant davantage attention à son fond
philosophique qu'à sa forme lyrique ou épique,
éclatante et éclatée.

Car Malraux a réussi ce tour de force — en
partie inconsciemment, sans doute : guidé par un
instinct très sûr, parce que très retors — de réunir
en un seul mouvement romanesque l'apologie et
la critique du communisme. Apologie de la rigueur
et de l'efficacité communistes dans la pratique d'un
antifascisme militant; critique radicale des fins
ultimes et du discours global du communisme.

Je pourrais évoquer d'autres livres de cette
époque qui ont eu pour moi davantage d'importance morale que *Paludes*. Mais celui-ci, à toutes
ses qualités littéraires, qui sont exceptionnelles
— extraordinaire modernité formelle d'un récit
écrit il y a plus d'un siècle, en 1895; délicieuse insolence narrative; imagination débridée; concision
sévère du phrasé et richesse lexicale, etc. —, ajoute
une vertu qui lui est singulière : on ne peut le concevoir écrit dans aucune autre langue que le français.

Les romans que je viens d'évoquer, la majorité de tous les autres qu'on pourrait également mentionner, ont été écrits en français, certes, et dans cette langue s'incarne le contenu matériel et idéel que constitue l'œuvre, bien entendu. Mais l'essence du *Sang noir* ou de *La condition humaine* ne se dissoudrait pas dans le néant si on appréhendait ces romans dans une autre langue. Ainsi, on peut parfaitement imaginer *Le sang noir* en russe. Quelqu'un m'a dit une fois, judicieusement — je crois bien que c'était Jean Daniel — que Guilloux a écrit le plus grand roman russe de langue française ! Pour leur part, l'immense majorité des lecteurs de Dostoïevski à travers le monde auront lu son œuvre romanesque en français, anglais, allemand ou espagnol : dans n'importe quelle langue littéraire autre que le russe. Pourtant, on sait pertinemment de quoi il est question dans *Les Frères Karamazov* même si on a lu le roman en français. Et même si on l'a lu dans une traduction médiocre, me risquerai-je à dire. Car l'essence de ce roman, de la plupart des grands romans, même s'ils se nourrissent de leur langue originaire et originale, qu'ils enrichissent à leur tour, n'est pas langagière.

L'essence de *Paludes*, en revanche, est dans sa langue. On ne peut concevoir *Paludes* dans aucune autre langue que le français.

J'en ferai la preuve immédiatement, en ouvrant le volume au hasard. Voici la page 114 de l'édition Folio.

D'ailleurs, sitôt sortis du parc que les sapins noirs encombraient, la nuit nous parut plutôt claire. Une lune à peu près gonflée se montrait indistinctement à travers la brume éthérée. On ne la voyait pas comme parfois, tantôt et tantôt, puis cachée, puis ruisseler sur les nuages; la nuit n'était pas agitée; — ce n'était pas non plus une nuit pacifique; — elle était muette, inemployée, humide, et m'eussiez-vous compris si j'eusse dit : involontaire. Le ciel était sans autre aspect; on l'eût retourné sans surprise. — Si j'insiste ainsi, calme amie, c'est pour bien vous faire comprendre à quel point cette nuit était ordinaire...

Si je cite ainsi, calme amie — qu'y a-t-il de plus tendre que de parler d'un livre qu'on a aimé avec une amie chère? —, c'est pour bien vous faire entendre à quel point cette prose est extraordinaire. À quel point est-il inconcevable de parvenir, dans une langue autre que la française, à un semblable équilibre des éléments d'une phrase, du précis et du précieux, de la rigueur et de la fantaisie.

J'avais besoin de cette clarté comme on a, assoiffé, après une longue marche épuisante, besoin d'une eau de source. J'avais besoin de cette langue, qui, apparemment, coulait de source, mais dont la limpidité était le résultat d'un exigeant travail sur l'inertie et l'opacité naturelles du langage.

La commerçante du boulevard Saint-Michel, boulangère forte en gueule et aux idées courtes — courbes, plutôt : tordues, je veux dire —, m'avait chassé, d'une phrase qui se voulait blessante (« Espagnol de l'armée en déroute »), de la communauté des élus. Mon accent détestable ne m'avait pas seulement interdit d'obtenir le petit pain ou le croissant que je désirais, il m'avait retranché aussi de la communauté de langue qui est l'un des éléments essentiels d'un lien social, d'un destin collectif à partager.

J'en avais pris mon parti, aussitôt. C'est une circonstance, en effet, où il n'est pas conseillé de lambiner. De faire semblant, de traîner en longueur en espérant que cela va s'arranger : ça ne s'arrange jamais.

J'avais donc aussitôt accepté d'être rejeté, j'avais assumé ce rejet. J'étais un étranger, fort bien, je le demeurerai, m'étais-je dit. Cependant, pour que cette décision intime, soudaine, aussi contraignante qu'une fulgurance de la grâce — si j'en crois ceux qui ont fait de ladite fulgurance une expérience ou, au moins, un thème littéraire gratifiant —, fût réellement efficace, il ne fallait pas que mon étrangeté s'affichât, se fît perceptible au premier venu. Il fallait que cette vertu d'étrangeté fût secrète : pour cela il me fallait maîtriser la langue française comme un autochtone. Et même, mon orgueil naturel y mettant son grain de sel, mieux que les autochtones.

C'est dans cette entreprise — qui n'était pas purement intellectuelle, qui avait une composante angoissée, dans la déréliction de l'exil et de la perte absolue de repères culturels que celui-ci entraînait, qui était aussi quelque chose de sensible, de charnel, donc — dans ce travail d'appropriation d'une langue — patrie possible, ancrage solide dans l'incertain de mon univers — que *Paludes* me fut d'un secours inestimable.

La boulangère du boulevard Saint-Michel me chassait de la communauté, André Gide m'y réintégrait subrepticement. Dans la lumière de cette prose qui m'était offerte, je franchissais clandestinement les frontières d'une terre d'asile probable. C'est dans l'universalité de cette langue que je me réfugiais. André Gide, dans *Paludes*, me rendait accessible, dans la transparente densité de sa prose, cet universalisme.

Plus tard, vingt-cinq ans plus tard, à quarante ans, lorsque j'écrivis mon premier livre, c'est sans doute — mais j'ai mis du temps à le comprendre : très longtemps — à cause de la boulangère du boulevard Saint-Michel ; de la pluie fine imbibant la feuille de journal qui annonçait en gros titres la chute de Madrid ; du sourire d'Arletty sur une affiche de cinéma ; du souvenir d'un vers grandiloquent de Rubén Darío ; à cause d'une fureur qui m'envahit soudain, que j'écrivis *Le grand voyage* en français.

J'aurais pu l'écrire en espagnol, sans doute. D'un certain point de vue, il était même plus logique que je l'écrive en espagnol. J'étais dans la langue de mon enfance — maternelle, matricielle — comme un poisson dans l'eau, à l'époque. Eaux lustrales, baptismales, autour de moi comme les cris des rémouleurs dans la ville de mon enfance, jadis. Du point de vue de la matière même du récit, la langue, espagnole ou française, n'y changeait rien. L'essence de ce récit ne tenait pas à sa langue. De surcroît, c'était bien l'histoire d'un rouge espagnol que je racontais, pourquoi pas en espagnol, donc ?

Au fil des ans et des entretiens journalistiques, j'ai donné des explications diverses et variées sur cette incongruité d'avoir écrit *Le grand voyage* en français, alors que le pouvoir d'écrire, longtemps annihilé chez moi — pour des raisons qu'il n'est pas opportun de rappeler ici —, m'avait été soudainement rendu, en Espagne, précisément. Il y a probablement un grain de vérité dans chacune de ces explications. Mais la vraie raison ne m'est apparue clairement qu'aujourd'hui, en reconstituant cette période de ma vie, pour la première fois. C'est dans le travail de réminiscence, de reconstruction de ces quelques mois de 1939, en découvrant que l'appropriation de la langue française a joué un rôle déterminant dans la constitution de ma personnalité, que je comprends pourquoi j'ai écrit ce premier livre en français.

Il me fallait répondre non seulement à la boulangère du boulevard Saint-Michel mais aussi, d'une certaine façon, à mon professeur de français du lycée Henri-IV, M. Audibert.

Il avait très bien noté ma première rédaction française : 18 sur 20. Mais il avait ajouté, au crayon rouge, en travers de la première page de mon devoir : *Si ce n'est pas trop copié!* Annotation qui m'avait vexé : je savais bien que je l'avais écrit tout seul, ce devoir! Et qui m'avait paru, de surcroît, idiote : il me semblait que la lecture de ces pages aurait dû aisément lui faire comprendre qu'il s'agissait d'un travail personnel.

Je relisais pendant ces vacances Fontaine, *le roman de Charles Morgan. C'est l'histoire d'un officier anglais interné en Hollande pendant la Grande Guerre. Il retrouve là Julie, jeune femme qu'il avait connue autrefois, mais qu'il n'avait pas vue depuis de longues années. Les impressions d'Alison, l'officier anglais, pendant cette rencontre, sont profondément analysées par l'auteur. Je me rappelai alors que je devais faire pour la rentrée un devoir où justement il faudrait raconter les impressions et les sentiments qu'on éprouve dans une rencontre. Sous l'influence de la lecture que je venais de faire, j'imaginai une rencontre avec une femme que je n'aurais vue depuis longtemps...*

C'est ainsi que commençait ma rédaction. Je jouais cartes sur table, on peut le constater. Je livrais mes sources d'inspiration. Si j'avais « copié » quelqu'un, c'était Charles Morgan lui-même, nul autre que l'auteur de *Fontaine* et de *Sparkenbroke*, deux romans que je venais de lire, à La Haye, passionnément.

Fier de la note que j'avais obtenue pour mon premier devoir écrit, à Henri-IV, j'ai dû montrer ma copie à Jean-Marie Soutou, qui m'avait introduit aux mystères et beautés de la langue française et à qui j'étais redevable, pour une bonne part, de ce succès.

C'est lui qui m'avait fait découvrir aussi la prose d'André Gide : des écrits intimes *(Numquid et tu ?,* par exemple), aux *Nourritures terrestres.* Et à *Paludes,* bien entendu.

Nous en avions trouvé une édition originale au cours de l'une de nos explorations des librairies d'occasion, à La Haye. Pas chez Martinus Nijhoff, je ne crois pas. Dans mon souvenir émerge l'image d'un lieu exigu, boutique sombre où s'entassaient les volumes : tout à fait différent du grand espace clair et aéré du premier étage de chez Nijhoff, où l'on pouvait feuilleter à loisir les vieux livres en plusieurs langues.

Finie l'incertitude, donc. Trêve de cachotteries. Ce n'est pas Armand J., ce n'est pas non plus Édouard-Auguste F. qui m'ont fait découvrir *Paludes*. Mais je ne voudrais pas fourrer inconsidérément Armand et Édouard-Auguste dans le même sac. Le premier s'est bien gardé de me parler de *Paludes* parce qu'il se méfiait d'André Gide, pour des raisons idéologiques. Ce n'était pas le cas du second. En fait, les œuvres de Gide figuraient en bonne place dans la bibliothèque d'Édouard-Auguste F., qui avait nombre d'affinités intellectuelles avec celui-là. Il y avait même une édition originale des *Cahiers d'André Walter* que j'ai subtilisée plus tard pour l'offrir à Soutou. Deuxième larcin avoué ; toujours au bénéfice de la même personne : même deux fois ne sont pas coutume !

C'est donc Jean-Marie Soutou qui, le premier, à La Haye, m'a vanté les beautés du récit de Gide. Qui m'en a lu des extraits, me prônant cette prose, digne d'étude et d'admiration, me disait-il.

Plus tard, lors de mon trimestre d'internat à H.IV, un jour de sortie, me laissant aller par l'une des pentes naturelles qui descendent de la montagne Sainte-Geneviève vers la ville — *Voilà la Cité sainte, assise à l'occident !* —, celle qui, par la rue Soufflot et la rue Médicis, vous met en face de l'édifice de l'Odéon, j'avais fouiné dans les boîtes des bouquinistes.

À l'époque, sous les arcades du théâtre, il y avait, en effet, des bouquinistes bien approvisionnés. Chez l'un d'eux, qui tenait échoppe dans la partie qui donne sur la rue Rotrou, je trouvai une édition courante de *Paludes* et un Baedeker de Paris et ses environs, de 1931, en allemand.

Je n'avais pas les moyens de m'offrir les deux volumes. Profitant d'un instant où le propriétaire, me sembla-t-il, avait le dos tourné, j'empochai le guide, le plus cher des deux. Puis, brandissant l'exemplaire de Gide, arborant un sourire de probité candide, je m'approchai du bouquiniste. C'était un homme d'une cinquantaine d'années, habillé de velours marron à côtes, qui fumait la pipe, placide. Il me dévisagea des pieds à la tête, sans dire un mot, quand je lui tendis l'exemplaire de *Paludes*.

Mais la transaction ne put pas commencer aussitôt. Un clochard surgissait soudain, dont les vêtements rapiécés tenaient miraculeusement au corps par un système astucieux de ficelles diverses. Il portait la barbe noire et fournie : biblique — marxienne, si l'on préfère — et avait des yeux très clairs. « Vous avez mon Platon ? » demanda-t-il d'une voix cassée, âpre.

Le bouquiniste posa quelque part l'exemplaire de *Paludes* et cessa de s'occuper de moi. Il plongea derrière ses boîtes et en émergea avec un volume beige de la collection Budé à la main. Je ne saurais le jurer, mais je crois que c'était *Le Banquet*. Du moins est-ce ce titre-là que j'ai eu l'impression de déchiffrer quand le libraire a tendu au clochard le volume de Platon.

— Je vous payerai comme convenu, dit l'homme.

Sans attendre l'acquiescement du bouquiniste,

le clochard extirpa alors d'un recoin de ses hardes aux couches multiples une bouteille de vin rouge et deux verres. Ils portèrent un toast silencieux et le clochard s'éloigna.

— C'est un habitué, commenta sobrement le bouquiniste.

Son attention s'était de nouveau portée sur moi. Mon accent m'ayant trahi, cette fois encore, il voulut tout savoir. Il s'arrangea, plutôt, pour tout savoir sans poser de questions trop directes ou trop comminatoires. Il se trouva que c'était un lecteur occasionnel de la revue *Esprit* et qu'il se souvenait du long article de mon père, deux ans et demi auparavant, « La question de l'Espagne inconnue ». Mais pourquoi Gide, pourquoi *Paludes* ? J'en profitai pour lui demander ce qu'il pensait du *Retour de l'URSS*, lui exposant l'opinion d'Armand J. Il était d'un avis radicalement opposé, lui. Il approuvait la démarche de Gide, son courage.

— La dialectique du général et du particulier, bien sûr ! C'est un hégélien, votre copain, c'est ça ?

J'avais cru comprendre que c'était bien ça, en effet, après les explications d'Armand à propos de la *Phénoménologie de l'esprit*. Mais j'insinuai timidement que mon copain s'affirmait surtout marxiste.

— Ce sont les pires, trancha l'autre, en bourrant sa pipe.

Il me regarda, dressant vers moi un doigt mobile et pédagogique.

— Ceux-là, me dit-il sombrement, la dialectique ne leur sert qu'à une chose... À justifier le cours des événements, quel qu'il soit.

Et le voilà parti dans une diatribe à laquelle je ne

compris goutte, mais où il fut question du virage des communistes français sur la question de la défense nationale, après une entrevue entre Staline et Pierre Laval.

Vingt-cinq ans plus tard, sur le lac de Zurich, accoudé au bastingage du bateau de promenade qui en faisait le tour sous un soleil d'hiver, Fernand Barizon m'avait regardé droit dans les yeux.

— Tu veux que je te dise, Gérard ? La dialectique, c'est l'art et la manière que vous avez de toujours retomber sur vos pieds !

Alors, je ne m'étais pas seulement souvenu d'Armand, de sa sortie à propos de Gide et du *Retour de l'URSS*. Je m'étais aussi souvenu de l'anonyme bouquiniste de l'Odéon. Tout à l'heure, en évoquant cet épisode de Zurich, je me suis borné à parler de mon copain Armand, le khâgneux germaniste qui m'avait fait connaître Hegel et Hölderlin. Je ne pouvais pas introduire brutalement le libraire d'occasion des arcades du théâtre de l'Odéon dans ce récit. Ce n'était pas son heure, il fallait qu'il attende son heure. L'ordre des récits n'est pas capricieux, même s'il est énigmatique. Son heure est arrivée.

Je suis sur un bateau blanc qui fait le tour du lac de Zurich. En route vers Prague ou Moscou, quelque réunion urgente. Tout est marqué au sceau de l'urgence et du secret, dans l'univers de la nomenklatura internationale du communisme.

Je regarde Fernand Barizon, je hoche la tête. Il a raison, sans doute. Bientôt, un de ces jours, je serai assis en face de Mikhaïl Souslov, je l'écouterai parler longuement. Je me dirai que Barizon était dans le vrai, même s'il y était comme on est dans le rouge, avec angoisse.

Fernand n'était pas un dieu de la théorie marxiste-léniniste, ce n'était qu'un métallo, militant de base. Il avait combattu en Espagne, dans la XIVe brigade internationale. Chaque fois que je le rencontrais, je pensais à la page de Malraux qui décrit le premier engagement des internationaux dans le faubourg de la Moncloa, sur les rives du Manzanares. Ou bien je me souvenais du poème de Rafael Alberti : *Venís desde muy lejos, mas esa lejanía/ ¿qué es para vuestra sangre que canta sin fronteras ?/ La necesaria muerte os nombra cada día...*

Mikhaïl Souslov, lui, n'avait pas combattu en Espagne. Il avait plutôt participé à l'extermination des Soviétiques qui y avaient été envoyés pour combattre auprès de la République, à leur retour en URSS. Mais c'était un dieu de la théorie, un maître ès dialectiques.

Quelque temps plus tard, assis à une longue table recouverte d'un tapis vert, parsemée de carafes d'eau et d'orangeade, présidant la réunion de travail entre les deux partis frères, l'espagnol et le soviétique — il y était rigoureusement interdit de fumer : « Le camarade Souslov ne supporte pas l'odeur du tabac », nous avait-on chuchoté avant la séance — ce survivant de toutes les volte-face, tous les virages et tous les carnages, ce théoricien de l'absolu (éphémère mais chaque fois contraignant de façon mortifère) prônera pour le parti communiste espagnol, avec un luxe d'arguments dialectiques, une ligne politique exactement à l'op-

141

posé de celle que le PC d'Union soviétique avait inspirée jusqu'à la veille, avec le même genre d'arguments, toujours aussi suavement, sataniquement, dialectiques.

Mais c'est que la raison d'État russe exigeait un changement, quelles qu'en fussent les conséquences pour les communistes espagnols se débattant dans une situation de rude clandestinité.

À Zurich, sur le blanc bateau de promenade, je n'avais pas encore fait l'expérience de la duplicité dialectique de Mikhaïl Souslov. Je regardais Barizon et me souvenais du lycée Henri-IV et des arcades du théâtre de l'Odéon. D'Armand J. et du bouquiniste vêtu de velours à côtes, qui fumait la pipe.

— La dialectique, venait de répéter ce dernier, sous les arcades de l'Odéon et sans doute pour que son irruption dans ce récit ne passât pas inaperçue, la dialectique, ça leur sert à justifier n'importe quoi et son contraire !

Là-dessus, d'une voix posée, en agitant l'exemplaire de *Paludes* qu'il avait repris en main, il me fit un cours sur les méfaits du léninisme.

Vingt-cinq ans plus tard, sur le lac de Zurich, je m'étais souvenu d'un mot de Napoléon que Lénine aimait à citer, parfois fort à propos, hors de propos souvent : *On s'engage, et puis on voit...*

Sur le mitan de ma vie, le milieu de mon âge, sur la ligne de partage des eaux — le fleuve ne coulerait désormais que vers l'océan de la mort, de plus en plus rapidement —, je me suis demandé ce qu'il en était. N'aurait-il pas mieux valu voir davantage, y voir de plus près, avant de m'engager ?

N'aurait-il pas mieux valu écouter tous ceux qui, directement ou indirectement, comme le bouquiniste de l'Odéon, m'avaient mis en garde ?

J'ai essayé d'imaginer ma vie sans l'engagement, corps et âme, dans l'aventure du communisme. À ce moment-là, en 1960, l'élan premier de ma ferveur s'était déjà épuisé. Je n'attendais plus rien de vraiment créatif de la pratique du marxisme, même épuré selon mes déviances personnelles, encore intimes. Même la fraternité de la clandestinité espagnole, qui avait été prodigue en richesses émotionnelles, laissait apparaître ses travers de rituel et de routine. Pourtant, je n'arrivais pas à imaginer ma vie passée sans cet engagement total. Sans lui, elle aurait été plus confortable, certainement. Mais peut-être avait-il fallu toute cette folie, cette perte de soi, cette exaltation, ce goût amer d'un lien transcendant, cette illusion de l'avenir, ce rêve obstiné, cette rationalité somptueuse mais contraire à toute raison raisonnante et raisonnable, toute cette haine, tout cet amour, cette tendresse pour les compagnons inconnus de la longue marche interminable, ces bribes de chants, de poèmes, de mots d'ordre lancés à la face du monde comme un appel d'espoir ou de détresse, cette souffrance sous la torture et l'orgueil d'y avoir résisté : peut-être avait-il fallu tout cela pour donner à ma vie une sombre et rutilante cohérence. Peut-être sans cette folie me serais-je éparpillé en petits malheurs et minimes bonheurs privés, au jour le jour d'une longue suite involontaire de jours qui auraient fini par me faire une vie.

Quoi qu'il en fût, je n'arrivais pas à m'imaginer

une autre existence. Mais peut-être n'ai-je pas eu assez d'imagination.

— Vous savez pourquoi Gide a été capable de percer à jour les mensonges du stalinisme, malgré son désir de bonne conscience et ses complexes de culpabilité ? me demandait le bouquiniste de l'Odéon.

C'était la première fois que j'entendais le mot *stalinisme*. De toute façon, même si j'en avais connu le sens exact, je n'aurais pas su quoi répondre.

Mais c'était une question rhétorique, dont l'homme à la pipe connaissait déjà la réponse.

— C'est parce qu'il a écrit *Paludes* que Gide en a été capable !

Je ne voyais pas le rapport et l'étonnement a dû être lisible dans mon regard.

— C'est un raccourci, bien sûr ! a-t-il poursuivi. C'est parce qu'il a conservé rigoureusement son autonomie d'écrivain qu'il a gardé l'esprit clair, critique, dans le domaine de la politique. Quand on écrit comme ça, on ne peut pas admettre la vulgarité de la pensée. Et le stalinisme c'est aussi cela : une pensée vulgaire !

Il me rendit alors l'exemplaire de *Paludes*.

— Je vous le laisse pour un franc, dit-il soudain.

Je réunis les pièces de petite monnaie nécessaires pour parvenir à cette somme. Je bredouillai quelques mots d'adieu.

Il m'interpella, au moment où je tournais les talons.

— Le Baedeker que vous m'avez fauché, je vous l'offre... Mais ne recommencez pas, si vous revenez !

144

Je ne revins pas, justement, pour ne pas être confronté à ce souvenir humiliant. Je le regrette parfois. Je songe aux conversations que j'aurais pu avoir avec le bouquiniste de l'Odéon, deux ans plus tard, quand j'étais en classe de philo. Elles m'auraient été profitables.

Une voix de femme tout à coup m'appela avec un accent de surprise ; la voix de Julie. « Alison ! » J'étais tellement rempli de l'image de la jeune femme que je crus tout d'abord que cette voix sortait de ma pensée. Mais Julie se tenait devant moi ; elle était baignée par un rayon de soleil qui illuminait son visage et ses épaules, mais laissait le reste de son corps dans l'ombre. Je pris ses mains entre les miennes et je les tins un moment ainsi. Il me semblait que ce geste était le couronnement de mes désirs intimes, qu'il nouait mes souvenirs à la réalité et faisait du temps passé, perdu, un présent merveilleux, un temps retrouvé que je désirais voir déjà devenu avenir...

C'est ma sœur Maribel qui a conservé ma première rédaction française, écrite au printemps 1939, en classe de troisième A'2 du lycée Henri-IV. Je l'avais montrée à Soutou, ai-je déjà rappelé. Et celui-ci a épousé ma sœur en 1942, à Lyon. Ensemble ils ont travaillé avec l'abbé Glasberg aux Amitiés judéo-chrétiennes, une association qui a sauvé des centaines de Juifs étrangers réfugiés dans la région lyonnaise. Interrogé par Klaus Barbie dans le cadre d'une enquête de la Gestapo sur ces activités, libéré sur intervention de l'épiscopat, Jean-Marie Soutou gagna ensuite la Suisse clandestinement, avec ma sœur. En Suisse, il fut le représentant de la Résistance.

Toutes les péripéties de ces années n'ont pas empêché Maribel de conserver les cinq feuillets de ma rédaction française. Je n'en savais plus rien, je n'avais qu'un vague souvenir de son sujet. Vaguement, je me rappelais que j'avais brodé autour de ma lecture de *Fontaine* de Charles Morgan. Quand elle a appris que j'écrivais un récit autour de cette époque de mon adolescence, Maribel m'a donné les feuillets que j'avais oubliés. Qu'elle et Soutou avaient conservés, malgré la Gestapo, le passage en Suisse, leur vie mouvementée sous l'Occupation. Elle m'a donné aussi quelques photos. Et un cahier d'écolier, dont le bleu de la couverture cartonnée a pâli, acheté à Lequeitio (aujourd'hui Lekeitio, maintenant que les Basques mettent des *k* partout où la phonétique le permet, pour nationaliser fantasmatiquement leur passé, parce que la lettre *k* leur semble plus authentique — parce que plus archaïque ? — que le *q* castillan) : *Estanco, Droguería, Perfumería, Papelería y Objetos de escritorio* CELESTINO ELORDI, *Lequeitio,* voilà les mots inscrits sur ce cahier, acheté sans doute lors des dernières vacances, dans ce village de pêcheurs où la guerre civile nous avait surpris.

Les premières pages du cahier sont remplies d'exercices d'algèbre, probablement des devoirs de vacances. On y trouve aussi des centaines de lignes en allemand : des punitions, bien évidemment, imposées par la Suissesse, déjà marâtre. *Ich soll gehorchen,* je dois obéir. *Ich soll die Schürze anzie-*

hen, je dois mettre un tablier, des centaines de lignes de la sorte.

Mais ce cahier contient surtout des poèmes écrits par moi à l'âge de treize ans, d'une écriture encore enfantine et malhabile. Autant que les vers eux-mêmes. Quoi qu'il en soit, l'amour d'une sœur aimée m'a permis de retrouver ces rares vestiges du passé, qui m'ont aidé à approfondir mon travail de réminiscence. (Anamnèse est le terme le plus approprié, mais j'en connais que l'emploi de mots savants irrite, même si ceux-ci se trouvent dans les dictionnaires usuels.)

Julie avait raison peut-être en disant que tout change. L'homme, Montaigne l'a dit, est un « être ondoyant et divers ». Mais fallait-il se résigner et accepter cela sans objection ? L'homme serait donc un être sans continuité, une série d'états de conscience superposés et sans aucun lien ? Ne trouve-t-on pas au fond de soi-même un état immuable qui garde sa continuité, un mouvement intime changeant mais ininterrompu ?

On peut se poser toutes ces questions quand on entend dire que « tout » change.

Quant à l'autre question, qui me préoccupait plus, mon esprit avait trouvé une réponse.

Julie, qui semblait morte pour moi dans la vie réelle, ne l'était pas dans la vie « spirituelle ».

Dans mon esprit, puisque je gardais d'elle une image intacte, elle pourrait continuer à vivre. Sa vie devenait maintenant ma création, ma propriété. Ma mémoire me permettait de la sentir toujours présente. Son être intime serait en moi, poursuivrait en moi son mouvement.

147

Sa durée et la mienne se confondant nous ne faisions qu'un seul être.

Je pensais avec un peu d'amertume que peut-être cette possession, cette liaison étaient plus parfaites que la première et je croyais que je pourrais à l'aide de ma mémoire faire revivre en moi le fantôme charmant de Julie.

Telle était la conclusion de ma rédaction.

On pourra en dire ce qu'on voudra : la trouver prétentieuse, trop intellectuelle (de fait, M. Audibert, dans la phrase suivante d'un autre paragraphe — ... *une union plus profonde où nos deux esprits confondus garderaient leur individualité, leur dualité...* —, avait souligné ces deux derniers mots et noté en marge : *termes trop abstraits!*); on pourrait y déceler des influences avouées — lecture de Charles Morgan, de Montaigne — ou inavouées, comme celle de Bergson, dont j'avais déchiffré les *Données immédiates* quasiment mot à mot, les derniers temps de notre séjour à La Haye. Mais il me semblait et me semble toujours incongru que M. Audibert ait barré la première page de ma copie avec l'observation, *si ce n'est pas trop copié!* De qui, sinon de moi-même, pourrais-je avoir copié ces élucubrations?

En somme, ce n'est pas seulement à une commerçante xénophobe du boulevard Saint-Michel, c'est aussi à ce professeur de français — par ailleurs non négligeable : je lui dois la découverte de Giraudoux et des *Thibault* — que je répondais, tant d'années plus tard, en écrivant en français mon premier livre, dans la langue que Gide m'a fait aimer passionnément, aussi bien dans les bonheurs de l'écriture que les malheurs de l'aridité.

Mais l'appropriation de la langue française — nouvelle patrie sans aucune des horreurs du patriotisme ; enracinement dans l'universel et non dans un quelconque terroir ; ouverture sur le ciel et non sur le clocher ; sérénité d'une beauté à son apogée, à l'heure entre toutes émouvante d'un déclin historique prévisible (le charme nostalgique de Giraudoux ne se niche-t-il pas précisément là ?) — n'entraînait pas dans mon cas l'oubli, encore moins le reniement de l'espagnol.

Si j'avais, comme la plupart de ceux qui ont choisi le français en tant que véhicule d'expression littéraire, les raisons que Cioran, exemple notoire, a proclamées pour faire ce choix de rigueur, de discipline (à tous les sens du mot), de concision, de renversante densité, je n'avais en revanche aucun des motifs qui le poussaient à oublier le roumain. Je n'avais encore rien écrit en espagnol dont j'aurais dû avoir honte, dont l'atroce souvenir aurait rongé, comme on peut l'imaginer dans le cas de Cioran, ma mémoire de la langue maternelle.

Mon amour du français était donc désintéressé. Il n'y avait dans sa conquête nul enjeu trouble ou inavouable. Il n'y avait que du désir, de la curiosité, une prémonition de plaisir. J'étais séduit, c'est tout, heureux de l'avoir été : ça se passait dans le bonheur.

La langue espagnole ne cessa pas pour autant d'être mienne, de m'appartenir. De sorte que je ne cessai jamais d'être à elle — traversé par elle, soulevé par elle —, de lui appartenir. Je ne cesserai pas d'exprimer avec ses mots, sa sonorité, sa flamboyance, l'essentiel de moi-même, à l'occasion.

En somme, du point de vue de la langue, je ne devins pas français mais bilingue. Ce qui est tout autre chose, de bien plus complexe, on peut l'imaginer.

III

Voilà la Cité sainte,
assise à l'occident...

5

La place du Panthéon était le centre de l'univers. Du mien, cela va sans dire. Mais peut-être aussi celui de l'univers connu et civilisé.

Je sais bien que Jean Giraudoux (est-ce dans les *Aventures de Jérôme Bardini* ?) a situé le centre du monde ailleurs. Toujours à Paris, bien sûr, mais du côté de Montparnasse. Quelque part au carrefour Vavin, entre les cafés du Dôme et de la Rotonde. Ses arguments ne sont pas négligeables. Mais l'endroit qu'il a désigné, pour des raisons culturellement respectables, manque de l'un des traits les plus appropriés à un centre réel de l'univers : la hauteur de vue, l'élévation de la perspective.

Le carrefour Vavin, quel que soit le nombre de génies des lettres et des arts qui s'y sont pressés au mètre carré depuis la fin du siècle dernier, est un terrain plat. De la pire platitude, d'ailleurs, celle qui cache son jeu et décourage les promeneurs vélocipédiques, car il s'agit d'un faux plat. La place du Panthéon, en revanche, ne trompe pas son monde : elle s'étend sur l'une des collines ou montagnes de Paris. Il faut y accéder par des rues en pente, de tous côtés.

J'y arrivais par la rue Clovis, ce printemps-là, en quittant le lycée Henri-IV, les jours de sortie. Plus tard, pendant les vacances d'été, alors que j'habitais rue Blaise-Desgoffe et que je fréquentais la bibliothèque Sainte-Geneviève, j'y arrivais par la rue Soufflot. Et encore plus tard, en 1942, lorsque je louais une chambre près de la place de la Contrescarpe, j'y débouchais par la rue Clotilde.

Quelle que fût l'époque, pourtant, et quel que fût l'itinéraire choisi, ou plutôt imposé par la configuration de l'espace urbain et le site de mes domiciles respectifs, et provisoires, quand j'arrivais sur la place du Panthéon j'étais persuadé de me trouver au centre de l'univers.

Elle n'était pas redevable, à mes yeux, de ce statut exceptionnel à l'imposant et lugubre édifice religieux qui en occupe une bonne partie et que Louis XV commanda à Soufflot pour commémorer je ne sais quoi ; pour perpétuer une présence sacrée sur l'emplacement de l'église Sainte-Geneviève tombant en ruine. Dont ne subsistent que de rares vestiges : la tour dite de Clovis — à tort, car elle est bien postérieure ; mais c'est quasiment une règle : bien des choses attribuées à Clovis le sont à tort — ainsi que certaines salles de l'ancienne abbaye, vestiges englobés aujourd'hui dans les bâtiments du lycée Henri-IV.

L'un des premiers jours de sortie, j'avais visité le Panthéon. Je n'y suis plus jamais revenu depuis, découragé par la froideur de l'édifice et la niaiserie des images de Laurens et de Puvis de Chavannes.

Dans un texte des *Lieux de mémoire*, Mona Ozouf a observé avec pertinence que le mouvement étudiant de 1968, si appliqué à réinvestir des monuments et des institutions dans son délire de symbolisation révolutionnaire, a pourtant oublié ou méprisé le Panthéon, malgré sa centralité topographique dans la commune de la rive gauche. Sans doute parce que ce lieu, enjeu de tant de batailles du siècle passé quant à sa destination religieuse ou laïque, ne réveille plus aucune passion. Aucune passion juvénile, du moins.

Moi-même, dans *L'Algarabie*, m'amusant à prendre à revers la mythologie révolutionnaire de Paris — ou, bien au contraire, à la prendre tout à fait au sérieux, jusqu'aux ultimes conséquences dudit, devenu par là caricatural ou blasphématoire, j'ai négligé le Panthéon. Je l'ai oublié dans la réorganisation délibérément ironique d'un paysage urbain chargé de traditions. Alors que l'église Saint-Sulpice devient dans le roman un gigantesque établissement municipal de plaisirs aquatiques — bains-douches, piscines : tout ce qui va avec — et que le parking souterrain de cette même place se voit transformé en luxueux lupanar, le Panthéon échappe à toute métamorphose délirante. Il n'est même pas mentionné. L'idée de l'utiliser à quelque fin sarcastique ne m'est même pas venue.

La seule occasion, ces derniers temps, où l'imposant édifice rébarbatif fut utilisé à des fins qui ne sont pas les siennes propres de cimetière des éléphants, fut celle de l'intronisation de François Mitterrand à la présidence de la République. On pouvait y déceler déjà la rhétorique à la fois hypocrite et désuète qui marqua de son empreinte le long règne de ce fossoyeur.

Le cœur content, je suis monté sur la montagne/ D'où l'on peut contempler la ville en son ampleur... Ces deux derniers vers — médiocres, pour une fois — de l'épilogue poétique que Baudelaire écrivit pour ses proses du *Spleen de Paris* me conviennent parfaitement. À ceci près que je n'avais pas à monter sur la montagne Sainte-Geneviève : j'y vivais déjà.

Charles Baudelaire ne m'a pas seulement introduit aux beautés de la langue française, il a aussi été mon guide — avant même Baedeker — dans ma découverte de Paris. La première fois que j'ai franchi la Seine et foulé la rive droite — expédition considérable, de tous les points de vue, qui me devint cependant familière pendant les vacances d'été, lorsque je fréquentais assidûment les cinémas de la rue de Rivoli et que j'apprenais par cœur les répliques d'Arletty, Louis Jouvet ou Michel Simon — ce fut pour explorer l'esplanade du Carrousel. Pour y penser moi aussi à Andromaque, pour y sentir les battements de mon cœur à l'unisson des rumeurs du vieux Paris.

Baudelaire et Baedeker : tels furent mes cartographes pour les expéditions à travers la Ville. Toujours à partir de la place du Panthéon, centre du monde et base de départ. Ce qui allait de soi lorsque j'étais interne à Henri-IV. Mais même plus tard, lorsque j'habitais ailleurs, rue Blaise-Desgoffe, par exemple, ou rue de Blainville, ou rue de Vaugirard, je revenais encore vers ce lieu central, les jours où j'avais envie de flâner dans les rues de Paris, pour rayonner ou randonner à partir de là.

Malgré le charme des poèmes baudelairiens, et l'imaginaire fertile qu'ils suscitaient, ce fut dans le guide plus prosaïque de Karl Baedeker, *Paris und Umgebung, Handbuch für Reisende* (Paris et ses environs, Manuel pour voyageurs), que je trouvais les plus utiles renseignements.

De retour à Henri-IV, l'un des premiers jours de sortie, pendant l'heure d'étude qui précédait le coucher et l'enfermement du dortoir, j'avais entrepris une lecture systématique du Baedeker que je venais d'acquérir frauduleusement, en commençant par les chapitres consacrés à la rive gauche. C'est ainsi que j'appris que le théâtre de l'Odéon avait été construit de 1779 à 1782, et reconstruit par deux fois, en 1807 et 1819, après les incendies qui le ravagèrent à ces dates-là.

L'information suivante, rappelant que l'Odéon comportait des arcades, en partie occupées par des bouquinistes — *Bogengänge im Erdgeschoß, die zum Teil von Buchhändlern besetzt sind* —, ne me fut pas d'une grande utilité : je venais d'en faire l'expérience.

J'en étais à lire les quelques lignes sur le lycée Henri-IV et les vestiges de l'abbaye Sainte Geneviève qui lui sont incorporés (... *der viereckige romanisch-gotische Turm von St. Etienne, ein Rest der Abtei Ste. Geneviève, gehört zum Lycée Henri IV...*) lorsque je perçus une présence à mes côtés, avant de sentir qu'on me tapotait l'épaule.

Je dressai la tête. Le surveillant se tenait debout, dans le couloir qui partageait les rangées de bancs. Il m'observait.

C'était un pion d'internat que je connaissais déjà. Il avait la phobie des lectures licencieuses, donc interdites. Et un flair particulier pour découvrir les élèves qui, à l'abri de quelque rempart de dictionnaires grecs ou latins, dévoraient les brochures pornographiques dont la circulation monnayée était intense parmi nous.

— Montrez-moi ce que vous lisez! me disait-il, impératif.

Il avait l'air émoustillé, savourant d'avance, semblait-il, la découverte qu'il semblait sûr de faire. Certains internes le soupçonnaient d'être friand des publications obscènes qu'il confisquait. Sa vigilance louable n'aurait été, selon ceux-là, qu'un moyen hypocrite de se procurer gratuitement les textes et les images qui l'excitaient. Morpion le Branleur, tel était le surnom dont on l'avait affublé.

Je lui tendis sans dire un mot le guide Baedeker, pour qu'il en jugeât par lui-même.

Il eut l'air déçu, en voyant apparaître le petit volume rouge. Le prit pourtant pour le feuilleter, suspicieux.

— De l'allemand! Pourquoi de l'allemand? aboya-t-il peu après.

Quelques jours auparavant, nous l'avions tous vu rougir et rugir de plaisir quand il avait coincé Étienne Bleude. Celui-ci, semble-t-il, c'est ce que le pion avait proclamé, sans réussir d'ailleurs ni à intimider le présumé coupable ni à lui faire honte, se masturbait paresseusement sous la table en

158

feuilletant un petit roman cochon. Ce jour-là, il triomphait, le pion.

Nullement, aujourd'hui. Il contemplait assez piteusement le petit volume rouge du guide Baedeker. Tous les internes de l'étude — de la troisième aux terminales — avaient le regard fixé sur nous.

À écouter le ton hargneux de sa voix, on aurait pu croire que le simple fait de lire en allemand était un crime. Un délit, du moins. Une faute, en tout cas.

— Allemand ou chinois, quelle importance ? ai-je demandé de la façon la plus suave, la plus polie. La plus suavement polie.

— Vous prétendez savoir le chinois ! s'est-il exclamé, visiblement excédé.

J'ai haussé les épaules. Il n'y avait rien à répondre à semblable sottise. Et puis, mon mauvais accent, dont je ne m'étais pas encore débarrassé, me rendait laconique.

Mais il était décidé à me trouver noise.

— Vous faites de l'allemand en première langue ? m'a-t-il demandé.

Non, je faisais latin-grec : de l'espagnol en deuxième. Mon professeur s'appelait Jean Camp. Je le lui ai dit.

Il a ricané.

— De l'espagnol ? Vous ne vous fatiguez pas, hein ?

Dans l'étude, il y a eu des murmures. Les internes les plus âgés ont commencé à emboîter le pion.

Celui-ci a accéléré le mouvement.

— Bon, je vous colle un avertissement ! Lectures frivoles sans rapport avec le programme d'études... Vous irez voir demain le surveillant général !

Il avait toujours mon Baedeker à la main. J'ai eu l'impression qu'il voulait me confisquer le guide. Mais l'ensemble des internes l'a hué de telle façon qu'il a posé brusquement le volume sur mon pupitre. Il a regagné sa place sur l'estrade sous les invectives.

J'étais assez content. Non seulement d'avoir assisté à l'explosion de solidarité de la part des autres internes. Aussi parce que les conflits avec l'autoritarisme des pions, de quelque sorte qu'ils fussent, m'ont toujours émoustillé. C'était très bon de sentir affluer le sang de la colère, de la haine contre l'imbécillité arbitraire. Je ne participais pas au chahut, bien sûr. Je demeurais en apparence impassible, le visage lisse et souriant. Mais je sentais une boule de chaleur réconfortante dans la poitrine, je me promettais de somptueuses revanches.

Le surveillant général était un Corse — la blague des Thibault, *ô Corse, ô cheveux plats,* pouvait lui être appliquée — aux cheveux plats, en effet, aux cravates voyantes, aux vestons cintrés. Olivâtre et sardonique, il tenait son petit monde d'une main de fer gantée de crin rugueux.

— C'était quoi votre lecture frivole ?

J'avais apporté le Baedeker, à tout hasard. Il l'a pris et feuilleté.

— Vous vous débrouillez bien en allemand ? a-t-il demandé ensuite.

J'ai fait un geste affirmatif.

Soudain, le surveillant général avait dressé la tête. Il regardait, au-dessus de mon visage, quelque point idéal de l'infini.

— *Wer reitet so spät durch Nacht und Wind...*

Curieusement, lui qui parlait français avec un accent prononcé — si l'on prend le parler pointu parisien comme référence — récitait les vers du « Roi des Aulnes » dans un allemand châtié — il faut toujours punir une langue pour qu'elle se tienne —, du pur *hochdeutsch* littéraire.

J'ai enchaîné sur le premier vers du poème de Goethe : ... *es ist der Vater mit seinem Kind...* Et nous avons continué à réciter ensemble.

Le Grand Mac — c'est ainsi que les internes les plus vétérans nommaient le surveillant général — a annulé l'avertissement qui m'avait été flanqué par Morpion le Branleur. C'est la première fois que la connaissance de la langue allemande m'a été utile : il y en eut d'autres.

Au moment où j'allais franchir la porte, renvoyé d'un geste, mais bienveillant, il s'adressa de nouveau à moi.

— Il va durer longtemps, Franco ?

Je me retournai, la main sur la poignée de la porte.

— Aussi longtemps que Hitler, monsieur ! lui dis-je.

Pronostic fondé en raison, certes, mais bien trop optimiste, l'histoire l'aura montré.

Il fit un geste d'approbation résignée.

— N'hésitez pas à venir me trouver, ajouta-t-il, si vous avez des problèmes... J'ai eu un faible pour la République espagnole !

161

Mais la place du Panthéon était le centre de l'univers.

Certains jours de sortie, quand j'étais interne à Henri-IV, ou bien, plus tard, au cours de l'été, pendant les vacances, lorsque je revenais dans le quartier, à la bibliothèque Sainte-Geneviève, jours de soleil, en tout cas — sous la pluie, la neige, le phénomène ne semblait pas pouvoir se produire —, il flottait sur la place une odeur étrange. Étrangement familière, aussi. Éphémère et par là difficile à saisir, à définir. Troublante et délicieuse.

La seule fois où j'ai essayé de cerner cette odeur, pour la décrire, la qualifier, c'est précisément sur la place du Panthéon que j'ai situé ce souvenir olfactif.

J'arrivais par la rue Soufflot, ai-je écrit, *je m'arrêtais devant la porte de la bibliothèque Sainte-Geneviève... Immobile en haut des marches, je respirais sournoisement l'air tiède, caramélisé, qui circulait sur la place déserte...*

Voilà le mot le plus approprié, le plus évocateur : caramélisé. Je le retrouve dans un livre déjà ancien, *Quel beau dimanche !* C'est ce mot qui reflète le mieux, me semble-t-il, la réalité sensible que je prétends suggérer.

L'odeur caramélisée, fugace mais prenante, ne flottait pas sur toute la place du Panthéon, indistinctement. Elle semblait avoir des endroits préférés. Le parvis de Saint-Étienne-du-Mont, par exemple. Le coin de la rue Valette et de la place, également. Mais, surtout, le bout de trottoir devant l'hôtel des Grands Hommes et des Étrangers, où commence la rue Clotaire.

Effluves évanescents mais entêtants : insolite parfum urbain. Jamais il n'aura été rural, se manifestant parmi les fragrances multiples des prés, bois ou landes. La dernière fois que j'ai senti ce parfum, plus volatil et éphémère que jamais, ce fut à Londres, dans un square de Soho, non loin de Dean Street, l'un des domiciles de Karl Marx, mais il n'y avait aucun rapport assurément. Il a disparu depuis fort longtemps des rues de Paris. Des places, plutôt : c'est sur certaines places parisiennes que cet air odoriférant soufflait parfois, léger, presque imperceptible, autrefois.

Je m'immobilisais, essayant de comprendre son origine et sa nature, perplexe mais ravi. En ces temps de détresse, cette odeur me tenait lieu, pour imprévisible et volatile qu'elle fût, de lien avec le passé disparu, détruit, de signe d'appartenance. Car c'est à Madrid — d'où elle a aussi disparu depuis longtemps — dans les rues calmes de mon enfance, dans le quartier de Salamanca, que j'ai pour la première fois, inoubliable, perçu cet étrange parfum.

Peut-être est-ce l'expansion sauvage des calmes villes d'antan, devenues mégapoles luisantes et bruyantes, qui a fait disparaître l'odeur d'enfance. Madrid, alors, avant la guerre civile, était encore traversée par les parcours des *cañadas reales*, chemins royaux de transhumance pour les troupeaux de moutons changeant de pâturages, selon les saisons.

Qui ne se souvient de la page de *L'espoir* où

Garcia et Scali, une nuit de bombardement franquiste et d'incendies, à Madrid, sont quasiment submergés par le fleuve tintinnabulant et bêlant d'un troupeau de moutons déversé interminablement sur la promenade du Prado?

J'ai parfois rêvé à cette scène, tournée par quelque grand cinéaste sensible aux métaphores historiques — un Visconti, un Angelopoulos, un Coppola, pourquoi pas? — dans une version cinématographique de *L'espoir*. Car le troupeau de moutons n'apparaît pas dans un Madrid nocturne, éclairé par la lueur des incendies, seulement par goût du pittoresque : cette apparition vient interrompre une conversation entre Garcia et Scali, à propos de Miguel de Unamuno, mort à Salamanque, solitaire et brisé par le régime des militaires et des phalangistes qu'il a cru devoir appuyer, au début de la guerre civile. Et Garcia, poursuivant un argument qui court comme un fil rouge au long du roman, repris sans cesse par l'un ou l'autre des personnages principaux, vient de dire : *Le grand intellectuel est l'homme de la nuance, du degré, de la qualité, de la vérité en soi, de la complexité. Il est par définition, par essence, antimanichéen. Or les moyens de l'action sont manichéens parce que toute action est manichéenne. À l'état aigu dès qu'elle touche les masses ; mais même si elle ne les touche pas. Tout vrai révolutionnaire est un manichéen. Et tout politique.*

Peut-être, tout compte fait, est-ce ce passé rural qui émettait la vapeur volatile et odoriférante dont je parle et dont le souvenir a fini par s'estomper ; que je crains fortement de ne plus jamais nulle part retrouver, si elle a été, comme il semble raisonnable de le penser, effacée par l'expansion effrénée des ensembles urbains.

Cette hypothèse se verrait confortée par la contemplation des images de la montagne Sainte-Geneviève au moment où le temple conçu par Soufflot y fut édifié. Regardons, par exemple, une reproduction de l'estampe de B. Hilaire qui représente le transfert des cendres de Jean-Jacques Rousseau au Panthéon, en 1794. C'est au milieu d'une vaste esplanade agreste, bordée d'arbres, que s'élève le monument. L'impression est encore plus saisissante si l'on contemple la gouache d'Alexandre-Jean Noël, *Orage sur Paris, avec la coupole du Panthéon*, car cette dernière se dresse — et je sais bien qu'il faut tenir compte des excès du style romantique de ladite gouache —, pâle et fantomatique, au milieu d'un paysage de collines et de vallons à peine urbanisés.

L'odeur caramélisée ne serait donc que la trace d'un passé évanoui. Il suffirait peut-être pour qu'elle revienne de suivre à la lettre le conseil ironique d'Alphonse Allais : construire les nouvelles villes à la campagne.

Parvenu sur la place, quoi qu'il en soit, oublieux du monument funèbre qui en occupe le centre et que j'ai fini par ne plus même regarder, au fil des semaines je pouvais choisir l'itinéraire de ma flânerie.

Certains jours, lorsqu'il était convenu que je rende visite à mon correspondant, Pierre-Aimé

Touchard, je contournais le lycée par la rue Clotilde et je traversais la place de l'Estrapade pour gagner la rue Lhomond, où P.A.T. habitait. Au numéro 58, si je me souviens bien.

Il y avait toujours du monde, chez Touchard. C'était vivant et convivial. J'y retrouvais Jean-Marie Soutou, qui, au sortir de son aventure espagnole, commençait à travailler à la rédaction d'*Esprit*. Il y avait souvent d'autres membres de cette rédaction. Mounier y passait en coup de vent. Landsberg y poursuivait sa réflexion à voix haute sur les thèmes qui le passionnaient, parfois d'une actualité immédiate, parfois relatifs à l'horizon de transcendance de sa philosophie chrétienne.

Mais je rencontrais aussi chez Touchard des garçons et des filles d'à peu près mon âge, lycéens ou étudiants qui étaient les copains de Janine, sa belle-fille. Ma timidité quasi maladive m'empêcha néanmoins, à l'époque, de nouer des amitiés qui s'offraient à moi et que P.A.T. aurait aimé à favoriser, j'en suis certain. Ce n'est que deux ou trois ans plus tard, lorsque ce dernier dirigeait la Maison des lettres, rue Soufflot — où il accueillait volontiers, intrigué par son intelligence, lui prédisant un grand avenir, un jeune Roumain au parler déjà aphoristique, d'une grande drôlerie souvent, qui s'avéra devenir Cioran — que je parvins à établir de vrais rapports avec certains d'entre eux, surtout avec les Dessau.

En sortant de la rue Lhomond, ces jours-là, je prolongeais ma promenade vers les Gobelins et la barrière d'Italie, en gagnant la rue Mouffetard, toujours animée, bariolée, par le square Vermenouze, dont le nom me paraissait singulièrement harmonieux et prometteur, je ne sais pourquoi.

C'est par la Mouffe, que je remontais toujours pour revenir à Henri-IV, après une station plus ou moins prolongée à la Contrescarpe. De toute façon, même lorsque mes moyens ne me permettaient pas de m'offrir un demi d'au revoir dans l'un des cafés de la place, je regardais longuement tournoyer les vols de pigeons, que bien plus tard Alain Resnais aura captés dans mes souvenirs pour les faire exister dans la réalité de son film, *La guerre est finie*.

D'autres fois, je choisissais la rue Soufflot pour quitter le centre du monde.

De ce côté, une fois parvenu devant chez Capoulade, il fallait opter entre plusieurs itinéraires possibles. Le premier, sans doute le plus évident, était celui du boulevard Saint-Michel proprement dit. On pouvait y consacrer l'après-midi entier du jeudi, à le descendre et à le remonter, seul ou en compagnie d'autres internes, généralement plus âgés que moi. Armand J. fut souvent l'un de ces compagnons de piétinement du boul'Mich'. Avec lui, on s'occupait davantage à feuilleter des livres dans les librairies qu'à effeuiller les filles du regard sur la promenade. Les questions du sexe ne semblaient pas l'intéresser; sa conversation était d'un puritanisme absolu.

Un deuxième itinéraire, à travers le jardin du Luxembourg, menait vers Montparnasse, exploré jusqu'au cimetière du même nom. Mais c'est seulement plus tard, avec l'entrée en scène d'Édouard-Auguste F. et la découverte de Jean Giraudoux que ce quartier de Montparnasse me devint plus familier et plus attirant.

E.A.F., tous les dimanches de cet été 1939, dès que je m'étais installé dans son appartement tout proche de la rue Blaise-Desgoffe, m'amenait pour le déjeuner à La Coupole, au premier étage de l'établissement, qui offrait une restauration plus sophistiquée que celle de la brasserie du rez-de-chaussée. C'était toujours l'un des frères propriétaires, un monsieur Laffon, qui venait prendre la commande. Non seulement parce que F. était un vieil habitué, mais aussi parce que l'un desdits frères, si je me souviens bien — ou les deux, qui sait? —, habitait le même immeuble de la rue Blaise-Desgoffe.

Plus rarement, après quelque soirée théâtrale, F. m'invitait chez Dominique, le restaurant russe de la rue Bréa. Il y parlait aux serveurs dans leur langue.

Quant à Jean Giraudoux, il se trouve associé à ces sorties dans Montparnasse parce que c'est à cette époque estivale que j'ai commencé à le lire. Surtout, cependant, parce que le premier souper chez Dominique eut lieu après une représentation d'*Ondine*, avec Louis Jouvet et Madeleine Ozeray.

Il est facile de comprendre que tout concourait à rendre une telle soirée inoubliable.

Finalement, il était possible, en longeant les grilles du Luxembourg, de se laisser glisser sur la pente de la rue Médicis, vers l'Odéon. Non seulement le théâtre mais aussi le carrefour de ce nom, un peu plus loin.

À partir de là commença l'exploration de l'un des

quartiers de Paris les plus chers à mon cœur. L'un des plus transformés aussi — *Le vieux Paris n'est plus (la forme d'une ville/change plus vite, hélas ! que le cœur d'un mortel)* — par les mœurs et les modes de l'après-guerre. Saint-Germain-des-Prés, où je peux encore énumérer les commerces : boucher, poissonnier, serrurier, bougnat, boulanger, vitrier et j'en passe, qu'il y avait, antan, à la place qu'ont prise tous les magasins, tapageurs ou d'un chic discret, de fringues, fripes et frivolités de luxe, a cessé d'être un village pour devenir un quartier de Milan. Tant mieux, peut-être, pour l'urbaine prospérité. Tant pis pour mes souvenirs d'adolescent.

Au centre de ce quartier volatilisé dans son essence, sinon dans son apparence, au centre de ma mémoire de Saint-Germain-des-Prés, du moins, reste pourtant identique à elle-même, comme un diamant d'une eau très pure, inaltérable, la place Furstemberg. L'emphase de mon évocation montre bien à quel point ce lieu est lié à des souvenirs trop personnels pour être dits à voix haute.

Mais la voie que j'empruntais le plus souvent, peut-être même le plus volontiers, était celle de la rue Valette. Était-ce parce que sa pente était plus raide que les autres et qu'elle m'attirait d'autant plus ? Était-ce parce que je n'ignorais pas qu'elle suivait le tracé de la voie romaine qui reliait l'emplacement fortifié de la colline à d'autres colonies urbaines de la Gaule césarisée, et que tant d'ancienneté m'excitait ?

Le fait est que j'ai dévalé la pente de la rue Valette plus fréquemment que toute autre. Droit devant, jusqu'à buter sur la frontière liquide et mouvante de la Seine. Au-delà, c'était la savane sauvage à l'infini, le territoire comanche, l'aventure. À l'entrée de chaque pont j'aurais pu écrire, comme les cartographes du Moyen Âge à l'orée des vastes territoires d'Afrique inexplorés : *hic sunt leones*. Au-delà de la Seine, en effet, maraudaient les lions, toute sorte de fauves à l'affût : l'inconnu.

De très rares fois, au cours de ce printemps d'internat, ai-je délibérément franchi la Seine, mais l'une d'entre elles était justifiée : c'était pour la bonne cause, pour aller jusqu'à la place du Carrousel m'y remémorer un très beau poème de Baudelaire.

Butant sur cet obstacle fluvial, je me laissais dériver en amont ou en aval. Dans ce dernier cas, je parvenais sur les arrières du quartier Saint-Germain, dont je regagnais le cœur par la rue Bonaparte ou celle des Saint-Pères, en tombant en arrêt devant chaque devanture d'antiquaire ou de marchand d'art.

Vers l'amont, je longeais la Seine jusqu'au Jardin des Plantes et la Halle aux vins, découvrant aux alentours des lieux aussi fascinants qu'inquiétants : la gare d'Austerlitz et l'hospice de la Salpêtrière. Lieux de voyage : de départ et d'arrivée. Lieux pour quitter la ville ou la vie.

Je me faufilais dans les cours de l'hospice. Je regardais longtemps les vieillards assis au soleil, une canne entre les genoux. Immobiles, silencieux, attendant la fin à la chaleur de cet été d'avant-guerre.

À Austerlitz, en revanche, tout était mouvement, affairement, brouhaha apparemment brouillon.

170

Bruyant. Un jour, j'eus un coup au cœur, une surprise accablante. Descendant d'un rapide qui venait d'entrer en gare, un groupe de voyageurs, hommes et femmes, s'avançait vers moi. Avant de comprendre les mots de leur conversation à tue-tête, je reconnus des compatriotes à leurs gestes, leur habillement, leur teint, la couleur de leurs cheveux. Ainsi, l'Espagne existait encore ? Des Espagnols en arrivaient encore, pour un voyage que leurs vêtements luxueux et leurs bagages à main en cuir cossu laissaient présager de loisir ? Un innocent voyage de vacances estivales ? Ainsi, sans nous, sans moi, malgré la douleur de notre exil, la perte de nos racines, l'Espagne n'était pas morte ? Elle n'était pas devenue fantomatique, irréelle ?

J'ai regardé passer ces Espagnols, bavards et visiblement heureux — bien portants, bien habillés, bien dans leur peau —, avec un effroi étrange. Comme si leur aisance vitale m'enfonçait encore davantage dans la solitude bourbeuse d'une agonie. D'une certaine façon de ne plus être au monde, en tout cas. La surprise a été si forte que je n'ai pas eu la présence d'esprit de les insulter ni même de les haïr.

Jour après jour de sortie, au cours de ce trimestre d'internat, mes promenades délimitaient un territoire dont seule la frontière nord était nette, tranchée même : la Seine. Les autres étaient plus floues, mouvantes au gré des longues marches.

Vers l'ouest, le limes se situait du côté de la tour Eiffel, qui ne m'a jamais intéressé. Même le beau

171

poème de Guillaume Apollinaire n'est pas parvenu à fléchir mon indifférence. J'avais du mal à imaginer la tour en bergère du troupeau des ponts de la Seine ! Ce n'était qu'une sorte de borne, un repère, rien d'autre. Je n'ai jamais visité la tour Eiffel et n'en connais, et encore, depuis peu, que l'étage où se trouve le restaurant, dont le principal mérite était pour moi d'avoir un maître d'hôtel espagnol, affable, qui m'évitait les affres de la méconnaissance ou de la froideur des loufiats qui m'accablent habituellement dans les lieux publics.

À l'est, je l'ai déjà suggéré, la frontière s'établissait autour de la gare d'Austerlitz et de l'hospice de la Salpêtrière. En revenant de là-bas, un jour, ayant traversé le Jardin des Plantes et me disposant à suivre le relief contrasté de la rue Monge vers Saint-Médard, où je voulais retrouver mon itinéraire habituel de retour le long de la rue Mouffetard, j'ai découvert les arènes de Lutèce. Jean Paulhan n'y était pas. C'est facile à déduire *a posteriori* : il n'y avait pas de joueurs de boules.

Au sud, les Gobelins et les barrières d'Italie et d'Orléans étaient les limites du monde habité. Peut-être même habitable. J'en revenais, vers le centre dudit monde, mon lycée Henri-IV, par des itinéraires improvisés. Tous étaient jalonnés d'espaces verts, d'arborescences ombragées. La fragrance rose et blanc des marronniers du boulevard Arago, parfois, ou, à d'autres occasions, les vallonnements verdoyants du parc Montsouris m'offraient des havres de repos, avant la dernière halte devenue rituelle dans l'un des bistrots de la place de la Contrescarpe.

Pendant une bonne partie du trimestre, jusqu'aux vacances scolaires de juillet 1939 — après le congrès d'*Esprit* à Jouy-en-Josas — à quelques exceptions près, dont celle de l'incursion baudelairienne sur la place du Carrousel (*Andromaque, je pense à vous...*), je me cantonnai dans mon territoire de la rive gauche, que j'explorai systématiquement, une fois que j'en eus établi les frontières approximatives.

Comme rien n'est jamais parfait, pourtant, j'étais obligé de quitter ce cocon protecteur — je ne m'y sentais plus en exil, ni déraciné, ayant désormais surmonté l'obstacle de mon accent étranger — les dimanches où j'allais retrouver ma famille à Saint-Prix.

Sur *la colline qui joint Montlignon à Saint-Leu*, comme dans un vers connu de Victor Hugo, les amis d'*Esprit* avaient trouvé, en effet, un appartement dépourvu de confort mais non de charme, malgré son étroitesse vermoulue, dans une vieille maison appartenant à Philippe Wolf, journaliste à l'agence Havas, collaborateur de la revue sous le pseudonyme de Borrel — après l'Occupation, il se faisait plutôt appeler Desjardins — qui le mit à la disposition de mon père pour un loyer symbolique.

La maison Sedaine, c'est ainsi qu'elle se dénommait dans le village — et une plaque apposée sur la façade grisâtre et délabrée rappelait que cet écrivain, dont je n'avais et n'ai toujours rien lu, sans ignorer que son œuvre la plus célèbre était un drame bourgeois, *Le philosophe sans le savoir*, y avait vécu au XVIIIe siècle —, était située dans la partie haute du village, à flanc de l'hugolienne colline, à Saint-Prix proprement dit. La partie basse, où se trouvait la gare, s'appelait Gros-Noyer, l'ensemble constituant une seule municipalité.

Pour s'y rendre, il fallait prendre un train à la gare du Nord, dont la destination finale était Persan-Beaumont ou Pontoise, alternativement. Il s'arrêtait à Saint-Denis, Enghien-les-Bains, Ermont-Eaubonne, Ermont-Halte, avant de parvenir à la station de Gros-Noyer-Saint-Prix et de poursuivre vers Saint-Leu et Taverny.

Ces deux derniers villages ont eu de l'importance dans ma vie. Dans mon adolescence et ma prime jeunesse, du moins. Le premier, parce que la famille de Jean David, dit « Petitjean », qui devint deux ans plus tard l'un de mes meilleurs amis (il est aujourd'hui le plus ancien : un ami de toujours, en somme), y possédait une maison où nous nous sommes beaucoup retrouvés, en bande, pour des week-ends et des vacances. Saint-Leu-la-Forêt, donc, de joyeuse mémoire, à l'extrémité de la colline et du vers de Victor Hugo.

Le second village, Taverny, fut important pour de tout autres raisons. Avant de devenir le site du quartier général souterrain de la force de frappe gaulliste, il fut chef-lieu policier. Pour nous, rouges espagnols. En tant que réfugiés politiques, nous dépendions du commissariat de Taverny : ce n'était pas négligeable.

À Saint-Prix, en tout cas, dans l'appartement de la maison Wolf, ou Sedaine, mon père et la marâtre avaient gardé auprès d'eux les deux plus jeunes membres de la fratrie, Carlos et Francisco, qui ont souffert sous la férule obtuse et arbitraire de la

Suissesse. Le dernier, jusqu'à sa mort, n'a parlé de ces années que sur le ton de l'humour noir, féroce et désopilant, dont il était, avec fulgurance, coutumier. Le premier, Carlos, en a fait des romans qui montrent à quel point il fut blessé par cette expérience.

Tous les autres étions dispersés ici ou là, au vent de l'exil et du hasard, qui nous fut plutôt bienveillant, tout compte fait. Je veux dire : nous y avons survécu. Au prix de quelle angoisse, quelle fêlure interne, il faudrait demander à chacune et à chacun. À ceux qui sont encore vivants, bien sûr. Je ne suis pas certain qu'ils répondraient. Moi, en tout cas, n'en dirai rien.

Pour parvenir à la gare du Nord, les jours où je devais retrouver mon père à Saint-Prix, je prenais le métro à Saint-Michel : nul ne s'en étonnera.

Les premiers temps, je n'utilisais pas volontiers ce moyen de transport dans Paris. Je m'y perdais, dans le réseau des lignes et des correspondances, quand j'entreprenais quelque expédition lointaine. Il fallait demander mon chemin et cela se passait mal, souvent. Les gens étaient confus, peu aimables. Pas seulement à cause de mon accent. Je crois qu'ils étaient peu aimables, en général : pressés, bourrus, solitaires.

De surcroît, il n'y avait pas de station de métro dans le périmètre le plus proche de la place du Panthéon, centre de mon univers.

J'avais donc décidé d'utiliser les lignes de tramway. J'avais l'habitude des trams. À Madrid, dans mon enfance, à Genève et La Haye, plus tard, c'était mon moyen de transport habituel. Et j'aimais bien. Le tram roulait en surface, on pouvait voir à tout moment où on était. On pouvait en descendre en marche, si le paysage urbain cessait de vous intéresser, ou alors, bien au contraire, si quelque édifice, quelque parc entrevu avaient attiré votre attention.

J'avais repéré dans mon Baedeker les têtes de ligne de tramway les plus proches. Il y en avait une à Saint-Germain-des-Prés, la ligne 127, qui suivait la rue de Rennes jusqu'à Montparnasse, et ensuite, par le boulevard Raspail et l'avenue d'Orléans, gagnait la porte du même nom, d'où elle s'élançait vers Fontenay-aux-Roses. Ce nom me parut charmant, j'en fis le but rêvé d'une excursion prochaine.

Deux autres lignes de tramway, la 18 et la 25, avaient leur point de départ sur la place Saint-Sulpice. Elles aboutissaient toutes les deux à Saint-Cloud, place Georges-Clemenceau, mais par des itinéraires fort différents.

Quelque lecteur attentif aura déjà froncé les sourcils d'étonnement, mêlé d'un peu d'irritation, ce n'est pas impossible, à me voir énumérer ainsi tous ces renseignements du Baedeker, comme si j'avais encore le volume sous les yeux. Mais c'est que je l'ai sous les yeux, précisément. Pas le même, bien sûr. Un autre exemplaire de la même édition de 1931. Le mien a disparu dans la tourmente de ces années. Tous mes livres de jeunesse ont disparu dans la tourmente. Mais ce Baedeker que j'ai sous les yeux, je l'ai acheté à Vienne, dans une librairie d'occasions. Acheté, pas subtilisé, soyez rassurés. À Vienne, en 1989. J'étais ministre espagnol, à l'époque, je ne pouvais vraiment pas me permettre de chiper le petit volume rouge et or du Baedeker.

J'étais entré dans cette librairie viennoise à la recherche de tout autre chose. Voilà que je tombais sur le Baedeker : une édition de la même année, 1931, c'était merveilleux ! Je me suis souvenu du bouquiniste de l'Odéon, le poids du temps est tombé sur mes épaules, soudain. Impalpable, implacable. Je me suis ébroué, les années ont voltigé autour de moi, comme une poussière qu'on balaie d'un geste, sur le col de la veste. J'étais vivant, c'est tout ce qu'il y avait à en dire, j'ai acheté le guide. J'aurais bien aimé le subtiliser, pourtant : ça m'aurait rajeuni.

Quoi qu'il en soit, j'avais prévu des itinéraires de parcours en tramway, à l'aide de mon Baedeker. Mais à mon grand regret, il n'y avait plus de tramways à Paris, au printemps 1939. Ils avaient disparu deux ans plus tôt, m'a-t-on dit. C'était fini, je n'irais pas à Fontenay-aux-Roses, ni à Saint-Cloud, sur une plate-forme de tramway !

La raison majeure pour laquelle je préférais la promenade, le piétinement piétonnier, à toute autre forme de déplacement dans Paris, était encore imputable à Charles Baudelaire. Et plus précisément à son sonnet « À une passante ».

J'en rêvais : la rue assourdissante autour de moi hurlerait ; longue, mince, en grand deuil — ma préférence pour les femmes minces, gainées de noir, bras et jambes, buste et hanches, vient de là : facile à deviner ! —, douleur majestueuse, une femme

177

passerait. Certes, la suite, la main fastueuse balançant le feston et l'ourlet — seuls les mannequins, les modèles de haute couture marchent avec la légèreté majestueuse, ondoyante, des femmes de Baudelaire —, je savais bien que ce n'était plus possible, que ça ne se faisait plus dans la vie de tous les jours, tant pis !

Mais l'essentiel, les mots qui me brûlaient la gorge en les disant, l'âme en m'en souvenant : *la douceur qui fascine et le plaisir qui tue* (j'aurais eu une observation à faire au beau-fils du général Aupick : n'est-ce pas plutôt le désir qui est mortifère ? mais bon, on se comprenait quand même), ces mots-là correspondaient encore à une vérité possible, à une incarnation pensable d'une beauté passagère, n'importe où, dans n'importe quelle rue de Paris que j'arpenterais, un jour de sortie quelconque.

Ai-je besoin de préciser que mon regard, quel que fût le nombre de belles indifférentes croisées dans Paris, ce printemps-là, en 1939, ne réveilla aucun écho, aucun éclair de reconnaissance ou d'intérêt, qu'il demeura stérile, ne produisant nul mirage dans le désert de mes traversées de la Ville ?

Une seule fois, pourtant, s'il faut dire toute la vérité dicible — personne, je l'espère, n'est naïf ou pervers au point de croire que toute vérité intime soit bonne à dire — une fois je fus accosté par une passante.

Mais celle-là, je ne l'avais pas remarquée, pas vue venir. Elle n'était pas en deuil, mais se protégeait de la pluie, cependant, avec un long ciré noir, apparemment léger, luisant. Car il pleuvait : un rideau de gouttelettes très fines, que l'air éparpillait, vaporisait.

C'était le jour auquel j'ai déjà fait allusion et ce n'est pas agréable d'y revenir, car c'est celui, sinistre, où Madrid est tombée. La ville de mon enfance et avec elle mon enfance, ma mémoire, ma vie. C'était le jour où, soudain, comme un sanglot, un hoquet du corps qui remplirait l'âme d'amertume, des bribes de vers espagnols — nicaraguayens, plutôt, mais retentissant de la sonorité âpre, impériale, ou tout simplement impérieuse, du castillan — de Rubén Darío m'étaient revenus en mémoire. *¿ No oyes caer las gotas de mi melancolía ?*

Mais celui-ci n'était que le dernier vers du sonnet, et je me murmurais le sonnet tout entier, imbibé de moi-même, de mon chagrin, de l'amère satisfaction de tant de tristesse, qui me distinguait du commun, lorsqu'une passante, soudain, revêtue d'un ciré noir, luisant sous la pluie, très long, lui battant presque les chevilles, s'est adressée à moi.

N'étais-je pas sur le point de me trouver mal ? Était-ce de l'espagnol, cette langue étrangère que je chuchotais ? Elle avait cru reconnaître quelques mots.

C'était bien tout cela, Madrid était tombée.

Elle s'apitoyait sur mon état. Trempé de pluie, hagard, balbutiant, je devais être pitoyable, en effet. Elle me proposait une boisson chaude. Elle m'invitait à venir chez elle, son appartement était voisin, rue Racine, pour me sécher, me réconforter.

Boisson chaude? J'ai failli lui demander si elle pouvait m'offrir une tasse de chocolat très noir, brûlant, servie à côté d'un grand verre d'eau glacée où fondrait un petit pain de sucre, légère dentelle cristallisée, comme autrefois. Mais c'était impossible : ce n'est pas parce que Madrid était tombée et que je me rappelais de vers mélancoliques d'un poète du Nicaragua, que je pouvais exiger le chocolat brûlant et amer de mon enfance !

La dernière fois que j'en avais bu, le dernier souvenir, du moins, que j'avais de cette boisson, c'était à Santander, dans la maison de vacances du Sardinero. Il y avait eu des invités, un après-midi. Ma mère avait fait préparer du chocolat, des pâtisseries. Le sucre en dentelles de cristal fondait dans l'eau glacée du grand verre. Je fermais les yeux, faisant couler dans ma bouche cette douce fraîcheur qui se mélangeait, en s'y opposant, à l'amertume brûlante du chocolat dégusté à toutes petites gorgées.

On avait dressé une table dans le jardin, face aux massifs d'hortensias, dans la maison du Sardinero.

Je regardais la passante qui faisait des propositions on ne peut plus honnêtes à ce garçon efflanqué, au regard éploré, sans doute méfiant, mal fagoté, aux cheveux rebelles : je peux m'imaginer ainsi, sûr de ne pas me tromper. Ce n'était pas une *fugitive beauté*, jamais je n'aurais pu lui crier : *ô toi que j'eusse aimée*, jamais. C'était une femme encore jeune, nette, claire, limpide, sans doute décidée, catho certainement : un peu scout, pour tout dire. Quelqu'une sur qui compter, qui chanterait joliment aux veillées, aux feux de camp des randonnées sainement pédagogiques.

Non, tout allait bien, j'allais me reprendre, disais-je plutôt par gestes, plutôt par monosyllabes, Madrid était tombée, elle n'y pouvait rien, il était l'heure, d'ailleurs, de rentrer à Henri-IV.

Ai-je été trop peu disponible ? Ou trop peu généreux ? Ai-je manqué une occasion de tendresse, de douceur féminine ? Ça m'est arrivé, dans ma jeunesse, de manquer ces choses-là. L'orgueil de la solitude, de la différence, vous joue des tours, souvent.

Pourtant, malgré les désagréments réels ou supposés du métro, j'étais bien obligé de le prendre à Saint-Michel pour aller à la gare du Nord, les jours de rendez-vous familial à Saint-Prix. Le trajet, par ailleurs, était direct : il n'y avait rien à demander à personne pour parvenir à destination.

Mais j'étais malheureux, la foule m'a toujours incommodé. Angoissé, peut-être. L'irrationalité fréquente de ses comportements. Les odeurs, les sueurs de la promiscuité. La vacuité de la plupart des regards. Ou alors, tout au contraire, une curiosité trop visible, une interrogation, quelque chose de fébrile et d'exigeant dans ces yeux qui m'effleuraient. Un désir voilé de viol. Et puis je détestais les mouvements saccadés qu'imprimait à la masse des corps d'un wagon de métro toute brusque oscillation de la rame. Je détestais cette sorte de joie infantile, haletante, avec laquelle le magma des corps, toute individualité abolie, se laissait aller aux saccades du trajet, ô les rires niais, les criailleries, de la foule ballottée !

181

Pour annuler, limiter, du moins, les effets néfastes de ce chahut des heures de presse et de pointe — je n'en pouvais pas choisir d'autres : c'était le matin de bonne heure ou à la fin de la journée que j'étais obligé de faire le trajet aller-retour Saint-Michel-Gare-du-Nord, aux heures du commencement ou de la fin de la journée de travail — je m'accrochais solidement à la barre verticale qui occupe le centre des espaces dépourvus de sièges. Là, je m'efforçais de ne pas être rejeté vers le fond du wagon par une vague montante de voyageurs, ni projeté vers la porte par un reflux violent, aux stations les plus courues.

Je pratiquais alors l'exercice qui m'a beaucoup servi, en de très diverses circonstances, pour conserver un semblant de quiétude intérieure et pour m'abstraire des circonstances désagréables du harcèlement collectif. Communautaire, même. Je me récitais des poèmes à voix basse, ou des pages de certains livres préférés.

Ô lâches, la voilà ! Dégorgez dans les gares ! / Le soleil essuya de ses poumons ardents / Les boulevards qu'un soir comblèrent les Barbares, / Voilà la Cité sainte, assise à l'occident !

J'avais progressé, on peut le constater. Mais sans doute n'est-ce pas le terme approprié : ce verbe de « progresser » peut avoir une connotation morale. Or, ce n'était pas mieux de me réciter un poème de Rimbaud que des vers de Baudelaire : c'était différent, c'était autre chose. C'était sans doute aller plus loin, plus profond, dans la forêt de Brocéliande de la poésie française. Baudelaire m'avait incité à cela : à cette curiosité, cette hâte, à ce besoin d'en savoir plus, de m'initier à d'autres musiques, d'autres bouquets de sens.

De Charles Baudelaire, mes lectures poétiques avaient remonté le fil du temps pour découvrir Ronsard et Villon. Et puis j'avais progressé, dans le sens que je viens de dire, vers Rimbaud, Mallarmé, Valéry. De ce dernier, pourtant, l'écrit qui m'avait davantage impressionné à l'époque — une partie de ma jeunesse j'ai rêvé d'en faire une suite ou commentaire — fut l'*Introduction à la méthode de Léonard de Vinci*.

« Paris se repeuple », quoi qu'il en soit, murmuré dans le vacarme du métropolitain, entre Saint-Michel et Gare-du-Nord. À ce moment, on devait probablement se trouver vers Cité ou Châtelet, je présume.

Je ne prétends pas être très original si je dis quelle fut mon émotion à découvrir Jean-Arthur Rimbaud. De nombreuses générations de garçons de quinze à dix-sept ans ont fait cette même découverte, ont succombé à cette fascination, ont appris par cœur les mêmes poèmes. Les mêmes proses incandescentes des *Illuminations* et d'*Une saison en enfer*. Ma seule originalité, mais je la revendique hautement, celle-là, fut de ne jamais tomber dans le piège habituel, rituel, universitaire, clérical, à propos du silence de Rimbaud, de son soudain mépris pour la littérature, sa haine froide de la poésie.

Que Rimbaud désertât les cafés parisiens pour devenir, au loin, marchand d'armes ou d'esclaves, de n'importe quoi, ne me semblait pas passionnant, du point de vue de la littérature. Les raisons pour cesser d'écrire, pour changer de vie, pour partir à jamais, sont tellement nombreuses, toujours, en toutes circonstances, qu'on n'a que l'embarras du choix.

La vraie question est tout autre. Au cours de l'été, j'avais écrit une dissertation sur ce sujet. Que je n'ai pas conservée, que personne n'a retrouvée pour moi. Je l'avais écrite rue Blaise-Desgoffe. Car la pratique pédagogique d'Édouard-Auguste F. était un mixte de *paideia* classique et de méthode Montessori. Ou peut-être était-ce sa fréquentation de la bonne société calviniste genevoise qui lui avait insufflé cette rigueur comptable : tout se paie, on n'a rien pour rien. Il me fallait mériter sa générosité. J'étais logé, nourri, blanchi, j'avais de l'argent de poche, mais il fallait que j'écrive chaque semaine un devoir sur quelque lecture. J'en discutais le choix avec lui, nous discutions le résultat. Et l'une de ces dissertations estivales porta sur Jean-Arthur Rimbaud.

La vraie question était d'essayer de comprendre pourquoi ce charmant jeune poète, habile, doué, roué, mièvre souvent, rhétorique d'autres fois, inséré de façon naturelle, sans rupture d'aucune sorte, dans la tradition poétique française, devenait soudain Rimbaud : météorite tombée du ciel, brûlant tout autour de sa chute d'ange déchu, portant à un point d'incandescence inouïe, de sensualité polymorphe, de précision bouleversante, inépuisable du point de vue du sens et des sens, toutes les possibilités de la langue française.

Cela s'est joué sur une période de temps très courte, quelques mois entre 1871 et 1872 : orage,

184

coup de tonnerre, révélation? Sans doute, mais lesquels? L'expérience, même indirecte, de la Commune de Paris? La découverte de soi-même comme un autre, grâce à Verlaine et contre lui, à travers l'épiphanie charnelle de l'homosexualité? La crise retardée, mais d'autant plus violente, provoquée par l'absence du père, l'omniprésence chérie et haïe de Vitalie Cuif — quel nom prédestiné de roman cochon! —, Mme Rimbaud mère? Une accumulation explosive et incontrôlable de toutes ces raisons? Ces déraisons? Ou tout autre chose?

N'importe, pour l'heure.

Je suis dans le métro, sur la ligne Orléans-Clignancourt, de bon matin, un jour du printemps 1939. La guerre d'Espagne est finie, je suis un rouge de quinze ans de l'armée en déroute. Je m'isole du *profanun vulgus* de mes versions latines en me récitant à voix basse « L'orgie parisienne » ou « Paris se repeuple » de Jean-Arthur Rimbaud.

Malgré des fulgurances lexicales, des tournures qui lui sont propres, surprenantes et prenantes, c'est un long poème d'avant Rimbaud, emporté par le flot torrentiel de la rhétorique hugolienne, peut-être même hugolâtre. Mais je n'ai pas encore fait mon devoir sur cette question, qui me vaudra je ne sais combien de jours d'indulgences, de vivre et de couvert. Et d'amitié quasi paternelle, aussi : il ne faut jamais oublier cette amitié-là. Je ne me suis pas encore expliqué avec Claudel et Berrichon, avec Bouillane de Lacoste et Renéville, avec Starkie, Gauclère et Étiemble. Je devine déjà où le mystère Rimbaud se niche, mais ne m'en préoccupe guère.

185

D'ailleurs, si je me récite ce long poème de Rimbaud, c'est, ne soyons pas hypocrite, pour des raisons bien plus personnelles : pour en arriver au premier vers du neuvième quatrain. Où en serai-je de mon trajet souterrain, infernal, à l'instant où ces mots vont silencieusement fleurir sur mes lèvres ? Du côté d'Étienne-Marcel ?

Voilà, j'y suis : *Parce que vous fouillez le ventre de la femme...*

Je sais désormais comment cela se passe. C'est un savoir abstrait, certes, purement théorique, mais irréfutable. Aucune ombre de doute, aucun éclat d'incertitude ne plane désormais sur ma science du corps féminin. Science récente, du moins dans son actuelle précision aveuglante : elle date des dernières semaines d'initiation parmi les internes d'Henri-IV.

De tous les verbes pour désigner le mouvement de possession charnelle, enregistrés depuis trois ou quatre ans, depuis nos affrontements avec les jeunes Madrilènes des faubourgs populaires, avec curiosité, désarroi, excitation ou désir agonique, c'est celui-ci, *fouiller*, qui m'a semblé le plus inquiétant. Peut-être par la violence qu'il évoque : on fouille en général quelqu'un contre son gré. Peut-être pour son voisinage phonétique avec *fouailler*, et *fouet*, avec tout ce que ces mots suggèrent.

Par ailleurs, le vers de Rimbaud : *Parce que vous fouillez le ventre de la femme*, me rappelait, en m'en faisant comprendre le sens, enfin !, une phrase du roman de Charles Morgan, *Sparkenbroke*, que j'avais lu à La Haye, peu avant mon départ pour la France.

186

Comme *Fontaine*, qui m'avait fourni le décor et les personnages — leurs noms, du moins — de ma première dissertation française, cet autre roman de Morgan est construit sur le même schéma dramatique : une femme entre deux hommes, aimée des deux — différemment —, amoureuse des deux, d'un amour dissemblable mais semblablement engagé, et la mort — c'est-à-dire, le destin, le hasard : la vie — venant sanctionner la défaite de l'un des deux hommes, si tant est qu'on puisse utiliser ce mot, « défaite », pour parler d'une sorte d'accomplissement mortifère.

Dépouillés de leurs oripeaux britanniques d'époque — goût des longues descriptions et introspections ; langage chantourné, lourdement philosophique, par moments —, les romans de Charles Morgan, dont les jeunes gens d'aujourd'hui, me semble-t-il, n'auront même pas entendu parler, mais qui étaient à l'époque célèbres et célébrés, objets des plus savantes études, ont conservé, réduits à leur nudité structurelle, une extrême et violente acuité sentimentale. D'où, sans doute, l'influence qu'ils exercèrent sur tant de jeunes esprits. Sur le mien, en tout cas.

Lors d'une conversation entre Etty, femme trahie de Piers Sparkenbroke, lord de son état et néanmoins écrivain — Morgan ne résiste malheureusement pas au plaisir égoïste de nous livrer certains des poèmes, plutôt laborieux et surchargés de sens, de sa créature —, et George, médecin et ami de la famille, qui se dispute avec Piers l'amour de Mary, elle dit en parlant de son mari, pourtant peu attentif à son corps depuis longtemps : *Je sais que d'être fouillée par lui, c'est être fouillée par un dieu,* phrase qui m'avait plongé, quelques mois avant mon séjour initiatique à l'internat d'Henri-IV dans une perplexité fébrile, où les interrogations théologiques se mêlaient aux questions les plus profanes.

En quoi pouvait donc consister cette *fouille* dont la référence de perfection était d'ordre divin ? L'internat et la lecture de Rimbaud m'avaient apporté simultanément des lumières sur cette question capitale.

Nous quittions la station Réaumur-Sébastopol sur ces entrefaites lorsque vint se glisser dans l'univers solipsiste de ma récitation rimbaldienne un événement du monde extérieur. Un visage, plutôt. Ou encore mieux : c'est sur un visage de femme qu'il se passait quelque chose. Que l'événement s'annonçait.

Le wagon était bondé depuis la station Châtelet où la rame avait recueilli une foule de voyageurs en correspondance. J'avais réussi à garder ma place centrale, mon bras droit s'enroulait autour de la barre d'appui verticale. Le magma des corps serrés les uns contre les autres oscillait dans les cahots et les regards avaient l'habituelle hébétude : absence à soi, au monde, au songe même qu'on pourrait laisser se dévider brumeusement de soi et du monde, à cette heure matinale, qui n'était plus celle des usines mais plutôt celle des bureaux, grands magasins et commerces en tout genre.

La femme me faisait face, s'appuyant contre le dossier d'une banquette, les strapontins prévus à cet endroit étant relevés, vu la presse de la foule. Une seule rangée de corps nous séparait, plus précisément un seul corps d'homme, massif, dont je ne voyais que la nuque épaisse, les larges épaules soulevées dans une sorte de respiration haletante. L'homme, visiblement, la serrait de près, se laissait aller de tout son poids sur elle, dans l'indifférence générale. Malgré l'étroitesse de mon angle de vision, le manque de recul, il m'était possible de deviner l'avancée d'un genou de l'homme entre ses jambes à elle. La lente rotation du bassin masculin, se frottant à celui de la femme, était également perceptible.

Elle, c'était lisible sur son visage extasié, dans son œil exorbité, était aux anges. Elle s'offrait à cette pression brutale de l'homme, y ajustant toutes les courbes et creux de son corps. Allait-elle crier ? Elle a fermé les yeux, une fraction de seconde, serré les lèvres, comme si elle voulait retenir en elle, au chaud de son ventre, le cri qui s'enflait dans les tréfonds.

Les yeux fermés, la bouche pincée dans cet effort de retenue, mais tremblant du désir d'exulter, elle avait un air fragile, vulnérable, dans sa blondeur de bon aloi. Je veux dire, blondeur d'une coiffure soignée, qui s'accordait au reste d'une silhouette élégante.

C'était ce contraste, au premier abord, qui était frappant, entre cet homme massif, rugueux, portant des vêtements de travail et cette jolie bourgeoise de trente ans, peut-être moins, pomponnée, fraîche, fragile ; contraste évident, saute-aux-yeux, entre deux mondes, deux classes sociales, deux façons de vivre, qui s'évanouissait soudain au frottement lascif des deux corps l'un contre l'autre.

On pouvait imaginer : la frêle et jolie bourgeoise de trente ans aurait dit au revoir à son mari, directeur commercial, haut fonctionnaire, n'importe, elle lui aurait rappelé quelque course à faire, ou quelque message à envoyer aux Untel, attendus à dîner un jour prochain ; peut-être auraient-ils échangé quelques mots sur une réunion familiale lors des prochaines vacances de Pâques ; des choses comme ça, banales, qui balisent une vie quotidienne, conjugalement. Mais à peine son mari parti — l'aime-t-elle encore ? absurde, elle hausserait les épaules : ce n'est pas le problème !, elle en a l'habitude, l'usage, l'assurance, la jouissance en quelque sorte, mais le mot est équivoque, il faut le prendre en tant que terme juridique, exclusivement, elle en a l'usufruit, en somme, pas question de jouir, dans cette affaire, pas avec lui, du moins, trop poli pour faire rêver, trop délicat pour susciter l'afflux brutal des sucs et des humeurs, trop comme il faut pour bousculer, jambes écartées, par-dessus tête, le corps frêle et gracile qui n'attend que la possibilité exaltante, exultante d'une soumission inventive, exaspérée, au désir masculin le plus primitif, privé de bonnes manières qu'on puisse imaginer ; on est au lit, avec Alfred (ou Anatole, ou Antoine, ou André), comme à table : il faut savoir tenir sa fourchette, ne pas se tromper de verre pour le vin blanc, ne pas finir les plats ! question absurde, donc, à propos de l'amour — elle aime les hommes taciturnes et décidés, qu'elle va chercher dans le métro, à peine son mari parti, un ou deux jours par semaine, dont la main s'égare aussitôt à bon escient, qui lui caressent rudement l'entrejambe, qui fondent leur corps membré au sien, dans la cohue indifférente, qui jamais ne lui rappellent André (ou Antoine, ou Anatole, ou Alfred), surtout pas, qui n'auront jamais, ce serait rédhibitoire, sa blondeur longi-ligne, la finesse de ses traits, son regard transi de gentillesse, et un jour prochain, un jour quel-conque, dès que le concours de circonstances s'y prêtera, elle suivra dans quelque hôtel de passe l'un de ces hommes taciturnes et massifs, anonymes. Tyranniques et brutaux aussi : elle le souhaite du moins, éperdument.

Mais je viens de m'apercevoir que je suis en train d'interpréter la scène qui s'offre à mon regard dans ce wagon de métro à l'aide de mes souvenirs de *Belle de jour*.

Le roman de Joseph Kessel se trouvait à Lestelle-Bétharram, dans la bibliothèque de la maison familiale des Soutou, où vivaient la mère et le frère de Jean-Marie. Celui-ci était apparu à Bayonne, où nous avions débarqué, en septembre 1936. On nous avait vaccinés, à la descente du chalutier *Galerna*. Il y avait les gendarmes et les estivants nous regardaient nous éparpiller, désorientés, sous les ombrages de l'esplanade, autour du kiosque à musique. Mon père était parti aussitôt pour appe-ler le numéro de téléphone que Soutou lui avait laissé, quelques semaines plus tôt, à Lekeitio.

Celui-ci est accouru, donc, accompagné par quelques amis du groupe *Esprit*. Il nous a pris en charge.

Mes souvenirs de ces premières heures d'exil sont vagues, confus. Il y avait les estivants, qui nous regardaient avec une curiosité plutôt hostile. Indifférente, au mieux. Pas forcément parce qu'ils étaient partisans de Franco. Plutôt parce que notre arrivée leur rappelait la proximité de la guerre, les dangers de l'histoire, du monde réel. Cette irruption de la réalité que nous incarnions était dérangeante. Dégoûtante, peut-être. À cette époque, il me semble que les Français auraient donné n'importe quoi pour éviter la guerre. Ils ont d'ailleurs donné n'importe quoi, mais ils ont eu la guerre en prime.

Il n'y avait pas que les estivants et leur regard où la compassion était battue en brèche par l'inquiétude. Il y avait aussi du pain blanc dans les boulangeries, toute sorte de gâteries délicates et croustillantes. Nous avons dévoré le pain blanc en attendant que mon père revienne.

Il a eu de la chance : Soutou était précisément à l'endroit dont il avait donné le numéro de téléphone.

Après, c'est confus, je le disais. Sommes-nous partis ce même jour pour Lestelle-Bétharram ? J'en doute : il y a des images d'une grande maison avec un jardin qui flottent, cotonneusement, dans ma mémoire, avant celles de la maisonnette des Soutou. Ce qui est sûr c'est que nous découvrîmes le lendemain que la plupart des journaux — à une exception près, si je me souviens bien, qui disait « loyalistes » ou « gouvernementaux » — nous traitaient de « rouges ». Et de « nationalistes » les insurgés. Ce fut un mystère sémantique à élucider.

Ce qui est également sûr c'est que l'ami du groupe *Esprit* qui nous accompagna à Lestelle-Bétharram s'appelait Thérond. Il avait une voix grave et chantante, portait le béret basque et travaillait dans les Ponts et Chaussées. Je ne sais plus pour quelle raison il apparut à Ferney-Voltaire et à Genève, plus tard. Le fait est qu'il connut dans cette dernière ville les sœurs Grobéty, qui nous hébergeaient, Gonzalo et moi. Il en épousa une, Yvonne, ma préférée.

Mais *Belle de jour* de Kessel se trouvait dans la maison des Soutou, à Lestelle-Bétharram. Un instinct très sûr me fit le dénicher aussitôt, parmi les Dumas, Balzac ou Zola qui composaient le fonds romanesque de la bibliothèque. Est-ce le titre qui m'attira? Je ne saurais le dire, aujourd'hui. L'essentiel est que je me plongeai dans cette lecture, difficile, vu mon insuffisante maîtrise de la langue. Certains passages, je fus obligé de les déchiffrer mot à mot, littéralement. Mais le sens général ne m'échappa point, me bouleversa.

Je me cachais pour lire ce roman, bien entendu. Je l'emportais au fond du jardin, en promenade, dans les lieux d'aisance. Je n'ai jamais voulu relire *Belle de jour*, depuis ce lointain mois de septembre 1936, à Bétharram. Je n'ai pas voulu risquer une déception probable. J'ai voulu garder intacte dans ma mémoire la violence confondante de cette première lecture, la suffocante découverte des désordres de l'amour, des mystérieux ravages de la féminité.

Le film que Luis Buñuel a tiré du roman de Kessel — d'une niaiserie surprenante — n'est qu'un très pâle reflet de la vérité noire et rayonnante de *Belle de jour*.

C'était l'histoire de cette jolie bourgeoise — j'ai oublié son prénom : qu'importe, tous les prénoms de femme lui iront bien — apparemment heureuse en ménage (comme on dit à la va-vite, trop souvent) qui va chercher le plaisir dans les maisons de rendez-vous entre les bras d'hommes de force et de peine — charretiers, forts des halles, maquignons, garçons bouchers, charpentiers — qui la possèdent sans raffinements préliminaires, la traitant sans considération, comme pur objet de désir ; c'était l'histoire de *Belle de jour*, et non une expérience personnelle inexistante, qui m'a permis, ce jour-là, sur la ligne Orléans-Clignancourt, dans un wagon de métro étouffant, de déchiffrer la scène qui se déroulait au vu et à l'insu de tout le monde.

Ça y est, elle va crier.

Son visage se rejette en arrière, se fige dans une transparence énigmatique, ses lèvres s'entrouvrent et tremblent. Elle reste ainsi, dans le cristal d'un fragment de temps infime, d'une sorte d'éternité douloureuse. Au faîte d'un bonheur visible, sur la crête d'une vague qui l'a emportée et la ramène désormais : elle ouvre les yeux, regarde alentour. Et me voit.

Nous quittons la station Strasbourg-Saint-Denis, l'homme continue de la besogner, de toute la masse de son corps, de ses mains laborieuses.

Que voit-elle dans mes yeux ? Son regard est tout d'abord d'une fixité déroutante. Un sourire juvénile, enjoué, carnassier à vrai dire, s'ébauche ensuite et gagne son visage, rompant son immobi-

194

lité extatique. Sa main droite, soudain, se pose sur le dos de l'homme, à hauteur des reins, comme si elle voulait le serrer encore plus fort contre son giron offert. Dans le même mouvement, alors que le sourire, franchement espiègle désormais, l'a transfigurée, elle m'empoigne au bas-ventre, là où, c'est la moindre des choses, il y a depuis un instant quelque chose à empoigner.

Elle est visiblement heureuse de la situation où elle se trouve. Moi aussi. Quant à l'homme dont je n'ai toujours pas vu le visage, dont le corps massif me sépare de la délicieuse gourgandine, il s'ébroue tout à coup, avec un râle sourd. La rame est en train de freiner pour s'arrêter à Gare-de-l'Est et l'homme, semble-t-il, doit y descendre.

Il s'ébroue, dit très fort, à la cantonade : « Vous descendez ? », commence à se frayer un passage vers la sortie. Il se retourne, juste avant de sauter sur le quai. Il regarde la femme qu'il a comblée de sa présence massive. Il a un visage lourd mais des yeux extraordinairement bleus. Je veux dire : d'un bleu peu ordinaire, très pâle, coupant comme de la glace. Un voile de malheur a embué l'expression de son regard ; tout son visage montre les signes d'une tristesse révoltée. Il est retombé dans les contraintes sociales du travail, des horaires : sans doute doit-il pointer quelque part, se pointer dans une boîte quelconque. Il n'a pas la liberté de dégager son corps massif, sa force, de ce travail qui l'attend, qui va le dévorer peu à peu, l'engloutir dans l'uniformité gluante des jours sans fin, semblables à l'infini. Il aura eu quelques minutes de liberté, de plaisir, lorsque cette gonzesse — il va commencer à la traiter de gonzesse, pour ne pas succomber aux regrets, aux illusions —, lorsque cette bourgeoise parfumée, bien coiffée, poupée de mon cul, est venue se coller à lui, le provoquant d'une main distraite mais habile sur sa braguette, quelques minutes de joie, toujours bon à prendre, il en fera un récit succulent pour les copains, à l'heure de la pause du déjeuner.

Dans le remous des sorties nombreuses à Gare-de-l'Est, de la montée de nouveaux voyageurs, nous avons été séparés, la blonde fraîche et joyeuse et moi. Alors, au moment où le métro repartait vers la Gare du Nord, comme si elle avait deviné que j'allais y descendre à mon tour, elle a dit en me regardant, d'une voix posée, distincte, argentine : « Nous descendons à Marcadet-Poissonniers ! »

J'ai acquiescé, d'un signe de tête qu'elle a enregistré d'un geste. Mais elle n'avait pas eu l'air inquiet, avant : elle était sûre de ma réponse. Elle avait raison, que pouvais-je faire d'autre ? — J'allais rater le train de Gros-Noyer-Saint-Prix que j'avais prévu de prendre, mais c'était une ligne fréquemment desservie, à l'époque : je prendrais le suivant. Ou un autre, plus tard. De toute façon, il n'y avait pas le choix. Je veux dire, il n'y avait pas à hésiter sur le choix à faire. Quel que fut mon amour filial, et il n'était pas démesuré, une journée de conversation attristée à la maison Sedaine-Wolf — il est vrai que l'avenir familial se présentait sous de sombres auspices — ne faisait pas le poids face à l'aventure de Marcadet-Poissonniers avec une blonde d'autant plus ravissante que c'était elle qui me ravissait, ayant pris toutes les initiatives. La première femme de ma vie, ça en avait l'air.

Je laissai donc filer la station Gare-du-Nord, elle en fut visiblement satisfaite.

Avais-je lu dans mon Baedeker quelque détail sur Montmartre dont il vaudrait le coup de me rappeler ? Il y en avait un, sans importance, peut-être même sans intérêt, mais qui m'avait frappé, comme une coïncidence amusante.

Sur la place d'Anvers, en effet, à la limite méridionale de la butte, le Baedeker mentionnait l'existence d'une statue en bronze de Sedaine. Mais nous ne descendions pas à Anvers — il aurait pour cela fallu changer de ligne à Barbès-Rochechouart —, nous descendions à Marcadet-Poissonniers. La petite dame avait été catégorique, à ce sujet, malgré la douceur argentine de sa voix.

Il n'empêche : c'était cocasse, que Sedaine se trouvât soudain sur tous les chemins de ma vie !

À Marcadet-Poissonniers, nous quittâmes le wagon. Elle marcha vers la sortie, sans se retourner, sûre d'être suivie. Elle pouvait l'être, je la suivais. Dans la rue, d'un pas vif, elle emprunta un itinéraire que je pourrais reconstituer, avec les noms des rues pertinents, si j'avais un plan du 18e arrondissement sous les yeux. Mais je n'ai aucun plan à ma portée. De surcroît, ce n'est pas l'itinéraire qui est intéressant, c'est la suite de cette histoire.

Même sans recourir à un plan de Paris, pourtant, je peux dire qu'à la fin nous descendions la rue des Saules : le nom m'est resté. Cette allusion nominale à un passé champêtre m'a rappelé l'odeur mystérieuse, volatile et caramélisée, de mon enfance madrilène, que j'avais certains jours retrouvée place du Panthéon. Sitôt pensé, sitôt fait : l'odeur fut présente, soudain. Éphémère, elle s'évanouit très vite.

Je m'immobilisai, touché par le bonheur de ce présage. Tout s'enchaînait à merveille, semblait-il : la vie était une fête.

Debout, figé sur le pavé de la rue des Saules, j'ai regardé autour de moi. Le spectacle était charmant, ce surplomb de la *Cité sainte assise* dans la brume évanescente d'un matin de printemps.

Dix ans plus tard, j'ai vécu quelque temps au pied de la butte Montmartre, rue Félix-Ziem. Je pensais que ce nom évoquait la mémoire de quelque obscure personnalité municipale. Un jour des années 50, à Prague, lors d'un voyage clandestin, j'ai appris que ma supposition était fausse : Ziem était un peintre. À Prague à la Galerie nationale de peinture, dans une salle qui regroupait les peintres français préimpressionnistes, je suis tombé sur une petite toile de Félix Ziem. C'était drôle parce que des œuvres de Daubigny, Charles François, étaient accrochées dans le voisinage. Or les deux fois de ma vie où j'ai vécu rive droite, à Paris, c'était rue Daubigny et rue Félix-Ziem, dans cet ordre, comme si ma vie d'exilé de la commune de la rive gauche devait se placer sous l'invocation de deux peintres mineurs d'une même époque.

Les attraits de la rue Félix-Ziem n'étaient en rien redevables, pourtant, à cette ascendance artistique, par ailleurs ignorée. Ils tenaient tout d'abord au fait que j'y vivais seul et que j'en profitais avec discernement. C'est-à-dire, au maximum. En deuxième lieu, l'emplacement de cette petite rue, entre celles de Lamarck et de Damrémont, m'a amené à explorer nuitamment — dans la journée je travaillais à l'Unesco — la butte Montmartre. Exploration qui ne réserve que des bonheurs de toute sorte, quand on se décide à éviter les circuits touristiques et leurs points de massification bruyante et vulgaire. Et puis, pour finir par ce qui n'est pas le moins important — en anglais, ça se dit mieux et plus vite : *last but not least* — le retour vers mon appartement me permettait de flâner au cimetière Montmartre.

Que l'autobus ou le taxi fût mon moyen de transport — plus souvent le dernier : le traitement de fonctionnaire international de l'Unesco était considérable —, je descendais toujours place de Clichy, pour faire à pied la dernière partie du trajet. Je me donnais pour motif de cette habitude mon goût de la marche dans Paris, qui ne m'a jamais quitté depuis les promenades inoubliables de mes quinze ans. Mais peut-être mon corps, mes instincts les plus charnels, inscrits dans le code génétique d'une destinée encore indécise, me poussaient-ils à cette façon de faire que j'ai plus tard pratiquée sans relâche, et sans relâchement d'aucune sorte, à Madrid, lors de mes longues années de clandestinité, lorsqu'il fallait que je m'assure à tout prix de ne pas avoir été suivi, en regagnant mon domicile secret. Quoi qu'il en soit, je flânais dans le cimetière Montmartre, comme je l'avais fait, naguère, dans celui de Montparnasse. Ici aussi, à Montmartre, il y avait des tombes amies, auprès desquelles se recueillir et s'émouvoir : celle du Milanais Henri Beyle, bien sûr. Mais aussi celles de Heinrich Heine et d'Alphonsine Plessis, dite Marie Duplessis, la Dame aux camélias.

Dix ans auparavant, je ne pensais pas à la Dame aux camélias. Je suivais une jolie femme dont ni la silhouette élégante ni le charme gracile ne pouvaient laisser supposer le dévergondage patent quelques instants plus tôt, dans une rame du métro Orléans-Clignancourt.

Au bout de la rue des Saules, au moment où elle s'engageait vers l'avenue Junot — le tombeau de la duchesse d'Abrantès, épouse de ce maréchal de Napoléon, se trouve aussi au cimetière Montmartre, orné d'un médaillon de David d'Angers : mais je ne reviendrais pas m'y recueillir, dix ans plus tard, on me comprendra —, elle ralentit l'allure de sa vive démarche. Elle me laissa arriver à portée de sa voix. Alors, elle me lança quelques chiffres, d'une voix nette, bien articulée : pas question qu'on les entendît de travers ! Elle me dit un numéro de l'avenue Junot et m'indiqua que c'était au troisième étage.

C'est ensuite que les choses se gâtèrent et que je dus redescendre de mon nuage.

Lorsque je sonnai au troisième étage — il n'y avait qu'une porte par palier, aucun doute n'était possible — on tarda à réagir. Ma timidité habituelle reprit le dessus. Je n'osais pas sonner une nouvelle fois, avec plus d'insistance peut-être. Je me demandais s'il ne valait pas mieux repartir. Est-ce que j'avais bien vu, est-ce que je ne m'étais pas trompé en déchiffrant les signes ?

La porte s'ouvrit, au moment où j'avais décidé de m'en aller.

Elle était devant moi, ou plutôt, une femme était devant moi, une autre femme. Je veux dire : elle-même, mais autre. À moins que je n'aie suivi l'autre et que maintenant elle soit elle-même. Redevenue ce qu'elle était vraiment. Mais sans doute les deux étaient vraies : elle et l'autre. Celle du métro et celle qui m'ouvrait la porte, le visage lisse, démaquillé, les cheveux tirés en arrière dans un chignon sévère, le regard terni par des lunettes de professeur.

— Que désirez-vous ? a-t-elle demandé d'une voix sèche, pas du tout argentine.

En vérité, je ne désirais rien. Plus rien, ça s'était évanoui. Le mot « désir » ne signifiait plus rien. Avais-je d'ailleurs désiré quelque chose ? N'avais-je pas plutôt été aspiré par son désir à elle ? Mais était-ce vraiment le mot qui convenait, « désir », pour exprimer ce que je croyais avoir vu éclater sur son visage, s'épanouir comme une fleur carnivore ?

J'étais muet. La possibilité de lui parler s'éloignait à tout jamais, m'a-t-il semblé. J'ai tourné les talons, j'ai fui comme un malpropre. Comme un fou, plutôt, comme un idiot. Je n'avais pas encore seize ans, dirai-je. Je ne pouvais pas comprendre quelle comédie elle jouait. Ni dans quel but.

J'étais déjà au rez-de-chaussée lorsque j'ai entendu claquer la porte du troisième, avec une violence inouïe.

Dehors, j'ai marché vers l'esplanade du Sacré-Cœur dont je voyais se dresser l'architecture meringuée.

Tu sais bien, ô Satan, patron de ma détresse, / Que je n'allais pas là pour répandre un vain pleur; / Mais comme un vieux paillard d'une vieille maîtresse, / Je voulais m'enivrer de l'énorme catin / Dont le charme infernal me rajeunit sans cesse...

J'avais le choix. Avec Paris à mes pieds — je voyais, droit devant, au milieu de la brume vaporeuse de printemps, dorée, striée de rayons de soleil, le dôme du Panthéon — je pouvais choisir de réciter la suite du poème de Baudelaire qui clôt les proses du *Spleen de Paris*, ou bien d'autres strophes de celui de Rimbaud.

Celle-ci, par exemple : *Syphilitiques, fous, rois, pantins, ventriloques,/ Qu'est-ce que ça peut faire à la putain Paris,/ Vos âmes et vos corps, vos poisons et vos loques?/ Elle se secouera de vous, hargneux pourris!*

Jamais jusqu'alors le charme de Paris ne m'avait paru infernal. Ni me serait venu à l'idée de traiter cette ville de catin ou de putain, comme le faisaient à l'unisson Baudelaire et Rimbaud. Paris me semblait gaie, laborieuse, primesautière, revêche, sage, frondeuse : inimitable. Différente de toutes les villes que je connaissais typiquement française et décidément cosmopolite; ouverte au monde et fermée sur elle-même, secrète.

Une fois pourtant, après le jour que j'évoque ici, alors que j'avais mis de côté juste de quoi payer un aller-retour Paris Gros-Noyer en chemin de fer, je me suis retrouvé le jour dit sans un sou supplémentaire. Même pas de quoi acquérir un ticket de métro. Il n'y avait pas d'autre solution que de traverser Paris à pied. Ce n'était pas pour m'effrayer, d'ailleurs, habitué comme je l'étais déjà aux longues marches. Cela avait même un certain goût de nouveauté.

C'est ainsi, après avoir établi un itinéraire sur un plan du Baedeker, que je me suis retrouvé à arpenter la rue Saint-Denis, en route vers la gare du Nord.

Déambulant sur les trottoirs, ou bien debout, immobiles, cigarette aux lèvres, prenant la pose, cambrées, dans les encoignures des portes et les couloirs des maisons de tolérance, des femmes se proposaient, par dizaines. Des jeunes et de moins jeunes ; des brunes, des blondes, des rousses, des vertes et des trop mûres ; des ravissantes, élancées, longues jambes, talons aiguilles, fesses glorieuses ; des vieillardes flasques, couturées comme des chevaux de picador, d'autant plus provocantes et verbalement prometteuses.

Je ne comprenais pas la moitié des mots qu'elles employaient pour appâter le client possible, mais je retrouvais dans leur langage — sans doute à un niveau plus fruste, moins articulé — les tournures lestes et le vocabulaire inventif qui me plaisaient tant au cinéma, dans le personnage d'Arletty.

Je me suis égaré. Quoi qu'il en soit, abasourdi, la bouche sèche, dans cet univers de perdition. Je veux dire : où j'aurais aimé me perdre pour de bon. Pour du mauvais, plutôt : délicieusement.

Soûlé d'images insolites, inouïes, glorieuses et misérables, j'ai traversé le quartier, en route vers la gare du Nord. Je comprenais soudain certaines expressions, apostrophes ou anathèmes des poèmes de Baudelaire ou de Rimbaud.

Elles pouvaient aller se rhabiller, les petites dames en gaine et porte-jarretelles, icônes du Harper's Bazaar, contemplées à la dérobée, c'est le cas de le dire, car je dérobais les pages de publicité pour lingerie féminine dans les magazines américains reçus à la légation, à La Haye, pour m'en délecter dans la solitude nocturne de ma chambre ; elles étaient pitoyables, dans leurs poses de papier glacé, comparées aux demoiselles de petite vertu qui pullulaient rue Saint-Denis.

Ainsi, la nécessité de traverser à pied le cœur de Paris — ou plutôt son bas-ventre — me fit comprendre la colère de Baudelaire et de Rimbaud, leur dégoût fasciné pour le sombre revers du monde bourgeois qu'ils détestaient.

Il va sans dire qu'à partir de ce jour-là, pendant tout l'été, j'explorai consciencieusement et les lignes du métro parisien et le quartier avoisinant la rue Saint-Denis, pour retrouver les mêmes sensations.

6

Rue Bonaparte, des singes faisaient de la musique.

C'était le mois d'août, nous venions du café des Deux Magots, Jesús Ussía et moi. Bientôt, il allait quitter la France pour le Mexique. La plupart des intellectuels de l'exil républicain espagnol ont suivi ce chemin, en 1939.

Les vieilles douleurs s'étaient sans doute ravivées dans sa jambe droite, ce jour-là. Ussía s'appuyait sur une canne, il marchait lentement. J'avais quitté la rue Blaise-Desgoffe après le déjeuner. J'étais seul, Édouard-Auguste était en voyage, à Genève je crois bien. Sa gouvernante, Mariette, m'avait servi dans la grande salle à manger. Efficace et discrète, elle était originaire d'un village des environs de Zurich, mais pas celui de Wädenswill, comme notre Suissesse à nous.

Était-ce la dernière fois que je voyais Ussía, avant son départ? En tout cas, c'est la dernière fois dont je me souviens. Si je l'ai revu ensuite, le souvenir s'en est effacé. Ou bien, plutôt, l'ai-je effacé moi-même.

Il m'avait donné rendez-vous aux Deux Magots, après le déjeuner. Je n'irais pas à la bibliothèque Sainte-Geneviève, cet après-midi-là. Il y avait une longue tablée d'Espagnols, au café. J'en connaissais certains de vue, d'autres de nom : des amis de mon père. Des écrivains, des professeurs, des savants, jetés dans la déréliction de l'exil par la victoire des armées de Franco. Certains allaient franchir l'océan et gagner les Amériques. D'autres avaient décidé de rester en France, pour ne pas trop s'éloigner de l'âme souffrante de la patrie. L'un de ceux qui étaient aux Deux Magots, ce jour-là, allait regretter cette décision, on peut le supposer.

Un an plus tard, en effet, après la défaite de la France, Cipriano Rivas Cherif allait être livré à Franco par la police française de Philippe Pétain. Il serait aussitôt condamné à mort par une cour martiale et fusillé. Rivas Cherif était un homme de gauche, certes, comme l'immense majorité des intellectuels espagnols : auteur dramatique, metteur en scène lié à l'avant-garde, ami de Lorca. Mais son tort principal, aux yeux de Franco et de ses sbires, c'est qu'il était le beau-frère de Manuel Azaña, le dernier président de la République espagnole, haï par la droite. Rivas Cherif, pendant la guerre civile, avait occupé des postes diplomatiques de la République.

Les Espagnols avaient reconstitué aux Deux Magots, au grand effarement d'une clientèle clairsemée par le mois d'août, une *tertulia* madrilène : lieu de polémique bruyante et brûlante mais néanmoins conviviale.

C'est Cipriano Rivas Cherif qui avait la parole

quand je me suis assis à côté d'Ussía, qui me présenta d'un mot : un fils de Semprun Gurrea. L'orateur — Rivas Cherif tenait un vrai discours — inséra dans sa péroraison une parenthèse pour me dire, en guise de bienvenue, qu'il m'avait déjà rencontré à La Haye, à la légation de la République, un an auparavant. Il poursuivit ensuite la défense d'un livre de son beau-frère, Azaña, écrit dans les derniers mois de la guerre civile et dont la traduction française venait d'être publiée par Gallimard.

La veillée à Benicarlo, traduite par Jean Camp, mon professeur à Henri-IV, est une longue conversation, au cours d'une étape sur la route de Barcelone à Valence. Les interlocuteurs, au nombre d'une dizaine, sont des écrivains, des hommes politiques, des officiers partisans de la République. Il y a aussi une jeune femme, Paquita Vargas, une comédienne. Leur discussion porte sur la guerre civile, ses causes et son issue probable. Mais il s'y développe aussi une analyse en profondeur de l'histoire sociale et intellectuelle de l'Espagne, qui exorcise ses vieux démons d'intolérance, quelle que soit l'origine partisane de celle-ci.

Étant donné le renom et l'autorité de Manuel Azaña, grand écrivain, orateur incomparable, chef d'un courant politique de la gauche libérale, longtemps Premier ministre de la République, dont il fut élu président en 1936, *La velada en Benicarló* avait provoqué des discussions passionnées dans les cercles politiques de l'exil espagnol. Était-ce un livre d'une lucidité positive, bien que douloureuse, ou un pamphlet néfaste par son noir pessimisme sur l'Espagne ? Les opinions étaient partagées.

Un demi-siècle après le jour de cette discussion aux Deux Magots, alors que je faisais partie du gouvernement de Felipe González, je reçus une note de la directrice des Archives de l'État au ministère de la Culture, Margarita Vázquez de Parga, femme charmante, fonctionnaire de très grande qualité.

« Ministre, me disait-elle, je t'envoie une photocopie de cette lettre que José Maria de Semprun Gurrea a envoyée à Manuel Azaña pour commenter *La veillée à Benicarlo*. Elle se trouvait parmi les papiers d'Azaña qu'on a retrouvés au ministère de l'Intérieur. Je pense que cela peut t'intéresser. »

Quelque temps avant mon arrivée à Madrid, en effet, on avait retrouvé par hasard dans une dépendance du ministère de l'Intérieur une partie des archives personnelles du dernier président de la République espagnole. Ces archives, saisies en juin 1940, par les troupes nazies, à Pyla-sur-Mer, où Azaña s'était réfugié, avaient été livrées ensuite à Franco.

Azaña lui-même avait réussi alors à gagner Montauban, en zone non occupée, où une mairie de gauche fut accueillante pour les réfugiés étrangers. Il y mourut un peu plus tard, en novembre 1940. Pendant quelques mois, cependant, — je ne me lasserai pas d'y penser, de m'en souvenir : quel roman historique, si on avait le goût d'en écrire ! — Azaña vécut à l'hôtel du Midi, non loin de la famille Cohn-Bendit et de Hannah Arendt.

Quoi qu'il en soit, à Saint-Prix, où il date sa lettre le 15 février 1940, mon père écrivit à Manuel Azaña, à Pyla-sur-Mer, pour lui dire tout le bien qu'il pensait de son livre, qu'il venait de relire en castillan, dans un exemplaire de l'édition originale chaleu-reusement dédicacé par l'auteur, si j'en crois les remerciements émus de mon père à ce sujet.

Si celui-ci avait été aux Deux Magots — suppo-sition tout à fait vraisemblable, tous les convives de cette *tertulia* étant de ses amis —, il aurait partagé le point de vue de Cipriano Rivas Cherif. À en juger par la lettre que j'ai sous les yeux, il aurait abondé dans le même sens, soulignant la lucidité déchi-rante du texte d'Azaña.

Nous écoutions Rivas Cherif. Il parlait avec volubilité, passionné, convaincant. Nul d'entre nous ne pouvait imaginer qu'il se trouverait moins d'un an plus tard face aux fusils d'un peloton d'exé-cution franquiste, livré à la mort par la police de l'État français.

Mais rue Bonaparte, dans une boutique d'anti-quaire, des singes faisaient de la musique.

Ils étaient habillés de soie et de velours lisse, de couleur chatoyante, comme de petits maîtres du XVIIIe siècle. Ils avaient des violons et se tré-moussaient tout en maniant l'archet : c'était un bel ensemble d'automates musiciens.

Lorsque nous nous sommes écartés de la vitrine de l'antiquaire, Jesús Ussía m'a dit qu'il voulait me montrer quelque chose à Saint-Sulpice, dans l'église elle-même. C'étaient les fresques d'Eugène Delacroix. Ça tombait bien : j'en avais lu la des-cription dans un article de Baudelaire.

Plus tard, assis à l'ombre des marronniers de la place, à une terrasse de café, Ussía me parla du Mexique. Il faisait une chaleur caniculaire, pas un souffle d'air ne circulait. Pas d'odeur caramélisée non plus, ce jour-là. Accablé, le garçon qui nous avait servis s'épongeait le front. La place était déserte, plongée dans un silence provincial.

J'ai regretté que les renseignements du Baedeker ne fussent plus valables, en ce qui concerne, du moins, les tramways de Paris. Nous aurions pu prendre une voiture de la ligne 18. Ou de la ligne 25. Toutes deux nous auraient menés à Saint-Cloud. Sans doute y aurait-il fait plus frais. Nous aurions pu choisir, pour aboutir au même terminus, l'itinéraire de la ligne 18, par la rue Lecourbe, celle de la Convention, par le pont Mirabeau et l'avenue de Versailles. Ou bien celui de la ligne 25, par le boulevard et le pont de Grenelle, la porte d'Auteuil et le bois de Boulogne.

Mais il n'y avait plus de tramways à Paris. Nous sommes restés place Saint-Sulpice, dans l'immobilité poreuse d'une journée caniculaire.

Jesús Ussía me parlait du Mexique. Il venait de recevoir une longue lettre de José Bergamín, qui s'y trouvait déjà. Il m'en lut un passage, où Bergamín regrettait la décision finale de mon père de ne pas quitter la France, d'essayer de survivre à Saint-Prix. Il y avait du travail et des possibilités immenses au Mexique, disait-il, pour des intellectuels comme lui. L'accueil des réfugiés espagnols que le président Cárdenas avait voulu et organisé était magnifique.

Bergamín, me disait Ussía, lui proposait de travailler avec lui dans une maison d'édition qu'il était en train de créer, qui serait bientôt en activité. Editorial Séneca, tel était le nom qu'il avait choisi pour son entreprise.

L'un des premiers titres qu'il voulait y faire paraître était un recueil de travaux de Paul-Louis Landsberg comprenant l'essai sur *L'expérience de la mort*, une étude sur saint Augustin, et sans doute une série de réflexions et de notations autobiographiques que Landsberg avait rassemblées sous le titre *Pierres blanches*.

Bergamín souhaitait que Ussía traduise en espagnol une partie des textes de Paul-Louis Landsberg : il pourrait s'y mettre dès qu'il arriverait à Mexico.

Six ans plus tard, féroce infirme retour des pays froids, je brûlais ma vie à la neige des nuits blanches, à Saint-Germain-des-Prés. Une jeune fille, sous la lumière moirée des lampadaires de la place Furstemberg, m'avait autorisé à lui baiser les mains, à frôler ses lèvres entrouvertes et douces. Un jour d'été, rue Jacob, il y eut des singes qui jouaient du violon. Les mêmes singes vêtus des mêmes livrées de soie multicolore. La même musique de menuet gracieux : le passé retrouvé.

J'ai ri tout seul, comme un idiot de village. Personne n'a compris pourquoi, autour de moi. Nous nous déplacions toujours en bande, cet été-là, mais aucun d'entre eux, d'entre elles, n'a compris pourquoi je riais comme un crétin. Je ne voulais rien leur dire, de toute façon, pour me justifier.

Le lendemain — il fallait s'attendre à quelque chose de semblable — un télégramme de Jesús Ussía envoyé à l'adresse de mon père à Saint-Prix, 47, rue Auguste-Rey, Maison Sedaine, annonçait son retour imminent en Europe.

Notre premier rendez-vous, quelques semaines plus tard, eut lieu aux Deux Magots, bien entendu.

La première chose qu'il fit, en me retrouvant — il traînait toujours quelque peu la jambe mais ne s'aidait pas d'une canne, ce jour-là —, fut de m'offrir un petit volume de la maison d'édition de José Bergamín, Editorial Séneca. C'était le recueil de textes de Paul-Louis Landsberg, dont nous avions parlé, et qui comprenait, en effet, *Pierres blanches, L'expérience de la mort* et *La liberté et la grâce selon saint Augustin*. Il avait été publié en mars 1940.

Le premier texte du recueil, *Pierres blanches*, c'est Ussía qui l'avait traduit. *Versión española de Jesús Ussía*, était-il imprimé sur la page de garde du petit volume, dont la présentation — typographie raffinée, beau papier — était particulièrement soignée. Mais Bergamín a toujours été un éditeur obsédé par la qualité : les collections de sa revue *Cruz y Raya* et la revue elle-même l'ont prouvé abondamment.

L'expérience de la mort ? C'était quelque chose qui pouvait m'intéresser. J'ai ouvert le livre et j'ai lu la première phrase que le hasard mettait sous mes yeux. *Nadie pretenderá que mi experiencia de la muerte del prójimo...* Ce n'est pas Ussía qui avait traduit cet essai, c'est Eugenio Imaz. Landsberg l'avait écrit lui-même en français, avec l'aide de Pierre Klossowski. Dans sa version originale, la phrase en question dit ceci : *Nul ne saurait prétendre que l'expérience de la mort du prochain soit un équivalent de l'expérience de ma mort, que je ferai ; mais sa signification pour moi est si profonde qu'elle appartient essentiellement à mon expérience personnelle et non point à l'On...*

212

La traduction espagnole, d'ailleurs impeccable, me suffisait pour l'heure, c'est elle que j'avais sous les yeux. Aux Deux Magots, je sursautai de joie : nul ne pouvait mieux formuler ma propre pensée. L'expérience de la mort du prochain m'appartenait, en effet. Et je lui avais appartenu. Elle m'était essentielle, elle me constituerait, désormais. Mon identité serait douteuse sans cette altérité partagée de la mort du prochain. J'ai fermé le livre, suis revenu à la conversation avec Ussía. Je savais déjà à quoi j'allais consacrer ma soirée, à quelle fervente lecture.

J'ai toujours eu de la chance avec les philosophes. Avec les poètes aussi, d'ailleurs. J'ai toujours découvert le poète ou le philosophe — les deux à la fois, parfois — dont j'avais besoin, aux moments de crise ou d'incertitude.

Ainsi, j'ai découvert Emmanuel Levinas à la bibliothèque Sainte-Geneviève, ses articles de la *Revue philosophique* sur Husserl et Heidegger. J'étais en classe de philo, à Henri-IV : ça tombait à point, la philosophie de l'existence, pour élargir l'horizon quelque peu confit en dévotion spiritualiste de M. Bertrand, mon professeur au lycée. Indirectement, c'est à Levinas que je suis redevable de mon prix de philosophie au concours général, en 1941. Le sujet en était la connaissance intuitive, et sans les quelques lumières sur Husserl qu'il m'avait procurées, ma dissertation aurait été moins pertinente.

En 1945, de même, lors de cet été de nuits blanches. J'avais retrouvé Ussía — à peine empâté par l'âge et le mariage, toujours aussi séduisant, aussi vif d'esprit — et il m'apportait fort opportunément l'essai de Paul-Louis Landsberg sur l'expérience de la mort, que je lirais ce soir-là, d'une traite.

Mais je n'en suis pas encore là : j'en suis à une journée d'août, six ans auparavant, en 1939. Jesús Ussía me parle, place Saint-Sulpice, de ses projets au Mexique. Je n'ai encore rien lu de Paul-Louis Landsberg. Je l'ai écouté, simplement. À La Haye, à Paris, à Jouy-en-Josas. Mais j'ai été sensible au charme et à la profondeur de cette voix.

Depuis quelque temps, j'avais remarqué le manège d'une jeune femme assise à une table voisine, pour attirer le regard d'Ussía. Seul être vivant dans ce coin ombragé de la place, à part nous deux et le garçon de café affalé un peu plus loin, elle fixait mon ami d'un œil engageant — ma science des regards engageants était récente, fondée sur mes aventures métropolitaines — sans doute avec l'espoir que cette intensité finirait par lui faire tourner la tête. Elle bougeait, croisant les jambes, les décroisant. Elle arrangeait sa coiffure d'un geste nonchalant, néanmoins aguicheur.

Apparemment, rien n'y faisait : Ussía demeurait de marbre.

Je le soupçonnais pourtant, au pli sarcastique de son sourire, de feindre l'indifférence. À quelques coups d'œil dans le vague qui balayaient discrètement la zone où la jeune inconnue se tenait assise.

Alors, sans préambule — sans préméditation non plus, emporté plutôt par le flux d'associations :

214

images, pensées-souvenirs, pensées-fantasmes, mis en route ou en déroute par le regard de la jeune inconnue sur mon ami, qui évoquait d'autres convoitises perçues, parfois subies, dans mes vagabondages métropolitains —, je racontai à Ussía mes voyages d'Ulysse dans le paradis souterrain de la Cité sainte.

À la fin — mais je ne prétends pas affirmer par là que mon récit fût terminé ; toute narration est par nature interminable : plus je me remémore, plus le vécu d'autrefois s'enrichit et se diversifie, comme si (c'est mon cas, en effet) la mémoire ne s'épuisait pas, ne se vidait pas lentement de l'eau moirée des souvenances stagnantes, ne rétrécissait pas telle une peau de chagrin, mais bien au contraire, s'épanouissait, foisonnant dans la durée, l'épaisseur du temps accumulé ; ce n'est pas que mon récit fût terminé, donc, c'est, plus simplement que Jesús Ussía profita d'une pause ou césure dans mon monologue pour y mettre son grain de sel, ou de sable — à la fin, toute provisoire, il me posa à brûle-pourpoint la seule question brûlante. « C'est arrivé ou pas ? » La bonne question, certes ! Mais non, ce n'était pas arrivé. « Tant mieux, ça tombe bien. » Énigmatique, mon aîné, ça lui arrivait.

Il se leva, agita un billet, reprit sa canne, jeta un coup d'œil vers la jeune femme, gringueuse. Ou gueuse, tout court. Le garçon de café, sorti pour un instant de sa torpeur, lui rendit la monnaie. Nous voilà en route.

En quittant la terrasse ombragée, Ussía s'arrangea pour frôler la table de l'allumeuse. Allumée, plutôt. Il se pencha vers elle, lui susurra quelques mots à l'oreille. Un rendez-vous pour plus tard, m'imaginai-je, à voir le sourire de bonheur de la jeune femme.

Rue Servandoni, il s'arrêta devant un beau portail. Des attelages, sans doute, autrefois, s'y étaient engouffrés.

Il traînait la jambe, nous avions marché lentement. Il s'était immobilisé par moments, peut-être pour reprendre des forces, se reposer de la douleur que la promenade réveillait dans sa jambe. Mais aussi, probablement, s'arrêtait-il lorsqu'il voulait ponctuer ou souligner quelque aspect de son discours.

Il me parlait de Delacroix, dont nous avions contemplé les peintures, à Saint-Sulpice, auparavant. Plutôt : il me parlait de Baudelaire parlant de peinture, en général, de Delacroix, en particulier. Avec Baudelaire, j'étais en terrain connu, balisé, je pouvais lui donner la réplique, honorablement.

Sans doute est-ce la première fois où il fut question de l'art moderne, de la modernité, sous tous ses aspects. Ce jour-là, caniculaire, du mois d'août, entre la terrasse d'un café qui s'appelait de la Mairie et un hôtel particulier au fond d'une cour-jardin, rue Servandoni. Entre le récit de mes voyances et voyeurismes dans les souterrains du métro et mon initiation véritable dans une chambre — à coucher, c'est le cas de le dire — ouverte sur des arbres et une rumeur de fontaine. Entre le regard captivé, captif déjà, d'une jeune femme qui dévorait mon ami des yeux, et les gestes inouïs d'une amie de ce dernier qui s'occupait de l'éveil de mon corps. Je veux dire, mais sans doute l'aura-t-on compris, qui conduisait

216

l'éveil de mon corps vers une fin jamais encore atteinte, que le mot « fouiller » m'avait fait concevoir dans les affres, l'effroi et la fureur inassouvis. (Des voilages blancs, gonflés par un courant d'air, s'agitaient légèrement dans la pénombre.)

Mais j'anticipe quelque peu : on aura déjà constaté cette habitude et on me l'aura pardonnée. J'accepterais même qu'on la qualifiât de manie. Ou de tic. En revanche, si on parlait de cette procédure narrative comme d'un truc rhétorique, je ne serais pas d'accord. Parce que cette façon d'écrire dans le va-et-vient temporel, entre anticipations et retours en arrière, m'est naturelle, dans la mesure même où elle reflète — ou révèle, qui sait ? — la façon dont je m'inscris, corporellement, mentalement, dans la durée.

Quoi qu'il en soit, entre la terrasse ombragée d'un café de la place Saint-Sulpice et le rez-de-chaussée d'un hôtel particulier, rue Servandoni, nous avions parlé d'art moderne. De la modernité, comme ça, en gros, en bloc, en mouvement. De cette conversation — ou plutôt, de ce monologue d'Ussía, entrecoupé seulement par quelques questions et observations de ma part, dont j'ignore désormais la pertinence possible, pour les avoir oubliées — je retiens un moment fort, qui s'est gravé dans ma mémoire.

Voulant distinguer la modernité de l'art, dans sa vérité, de toute sorte de formes de faux, d'imitations, de toc — il n'utilisa pas le mot *kitsch*, qui n'était pas encore d'usage courant ailleurs qu'en Europe centrale, mais souvent, en revanche, un mot espagnol, *cursi*, intraduisible en français, mais dont le sens recoupe partiellement celui du premier — Ussía eut recours à un exemple concret et récent.

Comme illustrations de fausse modernité, il me cita les pavillons de l'URSS et de l'Allemagne hitlérienne à l'Exposition universelle de Paris, deux ans plus tôt, qui se faisaient face dans le même style grandiloquent et creux. La vraie modernité, selon lui, était représentée, aussi bien du point de vue architectural que de celui proprement artistique, par le modeste pavillon de la République espagnole, conçu par Sert dans une bouleversante sobriété de lignes, et orné du *Guernica* de Picasso, de la fontaine de mercure de Calder, d'œuvres de Miró et d'Alberto Sánchez, entre autres.

À Berlin, des années plus tard, des décennies plus tard, en visitant l'extraordinaire exposition sur l'histoire comparée de l'art nazi et de l'art stalinien, je me suis rappelé les propos de Jesús Ussía, leur pertinence. À contempler la similitude profonde, essentielle, — effrayante, par ailleurs — pas seulement formelle, des expressions culturelles produites par les deux systèmes politiques, l'éternelle discussion sur le concept de « totalitarisme », et sur la possibilité de l'appliquer pareillement au nazisme et au stalinisme, devenait misérablement académique : l'essence existentielle commune aux deux systèmes, quelle qu'ait été leur altérité historique, sautait aux yeux, littéralement.

Devant le portail de la rue Servandoni, Ussía, qui ne pratiquait pas souvent le genre noble, devint soudain grave. Pour me dire à quel point, à l'Exposition universelle, il avait été fier d'être espagnol. Républicain espagnol, bien sûr, rouge espagnol.

J'étais seul, une heure après. Tout à fait seul, malgré une charmante compagnie.

Une brise légère gonflait les voilages d'une blancheur immaculée de cette chambre à coucher. Ussía m'avait abandonné entre les mains expertes et douces d'une amie chère. « Cadeau d'adieu », m'avait-il murmuré, en souriant, lorsqu'il nous avait laissés seuls après quelques préliminaires de conversation mondaine. « Il est temps de devenir un petit homme », m'avait-il dit. En espagnol, certes : *hombrecito*. Sans hâte, avec une habileté suave et savante, qui n'avait rien d'obscène bien qu'elle fût totalement impudique, L. m'initia au plaisir masculin.

Je n'écris pas cette seule initiale, la lettre L. majuscule, pour cacher quoi que ce soit ni ménager nulle mémoire. De toute façon, il y aurait prescription. La mort en aura été le meilleur agent, d'ailleurs. J'écris cette seule lettre, L., pour « elle ». Une femme, n'importe laquelle : Elle. L'important n'était pas son nom, ni même son prénom, qu'on aurait pu murmurer dans la pénombre le cas échéant, à l'heure des gratitudes. L'important fut sa féminité, sa façon de se renverser en arrière, après maint préparatif, ses cheveux se répandant sur l'oreiller, en s'ouvrant à moi. *Abrirse de piernas*, rare bonheur : le sang de l'enfance me battait aux tempes.

Je tenais mon rôle, guidé par sa voix murmurante, tendrement pédagogique. Mais je n'étais pas soucieux de mon plaisir, inévitable. Je ne guettais

219

rien d'autre que l'explosion sur son visage du cri que j'avais vu sourdre, monter, s'épanouir en halètements contenus sur celui de la jeune femme de la ligne Orléans-Clignancourt.

Rien d'autre : mais le cri ne vint pas. Son visage demeura lisse, son regard à peine voilé, ne perdant rien de son attentive lucidité. Elle mena mon affaire à son terme, sans hâte mais sans ardeur, dans la maîtrise rouée, désengagée, de chacun de ses gestes. J'appris avec L., en une seule leçon, tout ce qu'il faut savoir avant d'inventer l'essentiel : le bonheur de l'autre. Fragile, éphémère, menacé de partout, arraché au néant, à la routine des jours, défiant les on-dit et les non-dit, foudroyante infortune, certitude d'être enfin au monde : plaisir des femmes, notre bonheur.

Jusqu'à la fin j'aurai guetté sur leur visage la sauvage béatitude que me donna à voir une inconnue, un jour du printemps 1939, dans la foule d'un wagon de métro. Elles n'ont pas su, jamais, que je me souviens d'une autre à ces instants, voyeur bouleversé, touché au cœur par un éclat de cristal aigu comme un cri.

IV

*Bientôt nous plongerons
dans les froides ténèbres...*

7

À Biriatou, de la terrasse ombragée du restaurant, je regardais l'Espagne, sur la rive opposée de la Bidassoa.

Le soleil se couchait sur l'océan, invisible, au loin. L'horizon de nuages légers, cotonneux, voguant dans un ciel pâle, était encore rougi par son absence imminente.

L'Espagne toute proche, interdite, condamnée à n'être qu'un rêve de la mémoire.

Toute la journée, la lumière d'août qui s'évaporait dans la brume du soir avait été remuée, traversée par des reflets d'automne : du chatoyant, du mordoré, émiettant quelque peu la densité, l'aplomb du soleil estival. Septembre s'insinuait déjà dans le paysage, dans la langueur renouvelée, l'obsolescence des couleurs, la nostalgie rose et bleu des massifs d'hortensias.

Orientée au sud, la terrasse du restaurant de Biriatou surplombait le cours de la Bidassoa. Les ombres de cette fin d'après-midi semblaient monter de cette gorge humide sur les versants des collines espagnoles d'Elizondo, juste en face, au sud ; de Fontarabie, à l'ouest.

Dans le groupe des amis d'Édouard-Auguste F. qui s'apprêtaient à ce dîner d'adieu — bon nombre d'entre nous rentrions à Paris le lendemain — quelqu'un venait de raconter une anecdote. Le ton désinvolte et enjoué de son récit laissait penser qu'il la trouvait pittoresque. Trois ans auparavant, disait-il, lorsque les colonnes navarraises du général Mola, l'un des chefs militaires de l'insurrection contre la République, avançaient vers Irún et Fontarabie, on pouvait suivre leur progression à la jumelle, de la terrasse de Biriatou.

On y était aux premières loges, vraiment. Les familles d'estivants venaient s'y installer, prenant un verre de citronnade dans le vacarme des armes automatiques.

Appuyé à la balustrade de pierre de la terrasse du restaurant, je regardais les ombres du couchant s'étendre sur le pays de mon enfance.

Les vacances d'été se terminaient, ce serait bientôt la rentrée des classes. Mais la perspective d'une année de première à Henri-IV ne m'effrayait pas du tout, ça m'excitait plutôt. Je me demandais si j'allais avoir le même professeur de français que Gonzalo. Mon frère aîné en vantait l'érudition et le sens de l'humour. Mais il fallait s'intéresser à la littérature, disait Gonzalo, pour qu'il s'intéressât à vous. Sinon, il survolait la classe, l'air lointain, parfois même méprisant, lorsqu'il butait sur la bêtise adolescente.

Ce professeur que Gonzalo avait eu en première, l'année écoulée, s'appelait Georges Pompidou. J'en aurais retenu le nom, même s'il n'était pas devenu célèbre, parce qu'il était cocasse : de pompier à

Pompadour, en passant par pomponner et pom-
peux, il se prêtait à nombre d'assonances et des
bouts-rimés comiques ou malveillants.

*Hacia las hondonadas violetas del Poniente / ya,
en un gran cabeceo, hunde su proa el día...*
Sur la terrasse de Biriatou, un peu à l'écart du
groupe bruyant des convives qu'Édouard-Auguste
— c'était lui l'amphitryon — était en train de placer autour de la longue table, je me suis souvenu
de ce poème espagnol. Le lieu se prêtait à une
remémoration de ce genre. C'était même l'endroit
idéal pour se souvenir d'un poème de l'enfance.
*Vers les vallonnements violets du Ponant / le jour
enfonce sa proue dans un long hochement...*
Ce n'étaient pas des vers de Rubén Darío, le
Nicaraguayen. C'étaient des vers de mon père, d'un
des poèmes qui m'étaient partiellement restés en
mémoire, parce qu'il nous les récitait à Santander,
dans le jardin de la villa des vacances.
Soudain, saisi dans le vertige de ce souvenir,
une sorte de sentiment de culpabilité m'envahit.
Les vacances estivales n'avaient été qu'une suite
de flâneries, de lectures, de séances de cinéma, de
joies corporelles sur les pistes du Stade français,
à la Faisanderie de Saint-Cloud : une suite de bonheurs, en somme, de découvertes.
Certes, à plusieurs occasions, le monde réel,
assombri par la perspective d'une nouvelle guerre,
s'était rappelé à moi. Lors du congrès d'*Esprit,* par
exemple, en juillet. Et les grands titres des journaux étaient de plus en plus inquiétants.

L'Espagne, son malheur, le désarroi et la souffrance des miens, exilés, *Espagnols de l'armée en déroute*, ou, comme le disait le poète León Felipe, *del éxodo y del llanto*, de l'exode et des larmes, avaient continué à m'habiter.

Pourtant, j'en prenais soudain conscience, sur la terrasse de Biriatou qui surplombait l'Espagne — si proche : inaccessible, territoire d'une enfance disparue, d'une vie familiale annihilée —, ce souci constant qui pouvait à l'improviste lacérer les instants de bonheur intense accumulés au long des vacances, avait été, sinon effacé, du moins compensé — en quelque sorte, relativisé — par le succès de mon appropriation de la langue française, qui m'avait introduit dans une communauté idéelle où personne ne me demandait de montrer mes pièces d'identité. Ni Gide, ni Giraudoux, ni Guilloux, ni Malraux, ni Sartre, ni Martin du Gard, ni Leiris n'exigeaient un passeport pour m'ouvrir leurs pages pleines d'émerveillements, pour m'introduire aux exigences austères de la littérature.

À l'idée de tout ce bonheur immérité — mérite-t-on le bonheur de toute façon ? —, insolite, en tout cas, vu les circonstances réelles, un sentiment aigu de nostalgie me serra le cœur. Une sorte de pressentiment funeste : la fin s'annonçait, de toutes ces joies minimes, inoubliables.

Nous étions arrivés à Biarritz quelques jours plus tôt, accueillis dans une villa proche de la Chambre d'Amour chez des amis d'Édouard Auguste F. Le maître de maison était armateur, quelque chose d'approchant. Ses navires, ou ceux qu'il affrétait, sillonnaient les océans. Des dépêches que lui apportait une jeune secrétaire dévouée, visiblement fascinée par la puissance, la capacité de travail, l'allant infatigable de son patron, tenaient celui-ci au courant, heure par heure, des mouvements de sa flotte.

Tous les matins au petit déjeuner, tous les soirs à l'heure de l'apéritif sur la terrasse, monsieur épluchait les cours des matières premières : cuivre, nickel, cacao, café, ainsi de suite. Il cochait au crayon quelques chiffres et donnait des coups de fil. Ou dictait une note à la secrétaire apparue avec un bloc sténo, devançant son appel, comme si elle était aux aguets du moindre froncement de sourcils, de la plus légère ombre dans ses yeux, annonçant une décision non encore formulée à voix haute.

L'armateur était un associé d'Édouard-Auguste à la Sofincom, la société dont ce dernier était administrateur-gérant.

Sa femme, d'une quinzaine d'années plus jeune, au moins, se trouvait à l'orée de la quarantaine, mais rayonnante. Elle appréciait visiblement le confort que lui procuraient les activités de son mari, mais ne semblait aucunement se passionner pour la Bourse des matières premières ni le taux des assurances maritimes. Elle ne faisait d'ailleurs aucun effort pour feindre le moindre intérêt.

Arts et lettres étaient son seul souci : voilà qui était patent, proclamé d'emblée, prémice de tout rapport avec elle. À peine le chauffeur qui était venu nous attendre à la gare de Biarritz-Ville nous eût-il déposés à la villa, qu'Édouard-Auguste vanta à la maîtresse de maison l'ampleur de mes lectures et la qualité de mon brin de plume.

La semaine précédente, mon devoir habituel avait porté sur les *Essais* de Montaigne. Plus précisément, sur l'« Apologie de Raimond Sebond » et les rapports de ce texte avec les moralistes espagnols de l'époque. Avec Quevedo, en particulier.

Un rien cuistre, du moins par procuration, F. faisait l'éloge de mon travail, de l'originalité de certains rapprochements que j'y avais esquissés. Je ne savais plus où me mettre. C'était d'autant plus inconfortable que la femme de l'armateur me contemplait d'un œil où, m'avait-il semblé, derrière la politesse de convenance frisottait une lueur narquoise.

Quoi qu'il en fût, ce séjour à Biarritz devait être le dernier voyage de l'été, avant la rentrée des classes. Édouard-Auguste avait déjà exprimé à mon père son souhait de continuer à m'héberger rue Blaise-Desgoffe, jusqu'à l'obtention de mon baccalauréat. Mon père n'y avait vu aucun inconvénient, la Suissesse était ravie : une bouche de moins à nourrir. Les espérances paternelles de quelque travail rémunéré étant maigres, réduites à des leçons d'espagnol au collège religieux de Massabielle, à Montlignon, la générosité d'E.A.F. était la bienvenue

L'été, que j'avais passé entre des montagnes de livres, avait été scandé par trois voyages.

Plutôt quatre, à vrai dire. Mais le quatrième, qui n'avait pas été le dernier, d'ailleurs, mais le premier, dans l'ordre chronologique, et qui avait eu la cathédrale de Chartres pour destination — ... *la tour irréprochable et qui ne peut faillir :* nous avions lu Péguy pendant tout le trajet de chemin de fer — ce n'est pas avec E.A.F. que je l'avais fait mais avec Jean-Marie Soutou.

Trois voyages, donc.

Le premier, pour visiter Combray, je veux dire Illiers. Édouard-Auguste était un amateur inconditionnel de la *Recherche*. Il mettait Proust au plus haut, dans son panthéon littéraire. D'où son agacement à constater que je renâclais devant sa lecture. Le voyage à Illiers ne me fit pas changer d'attitude. D'ailleurs, pourquoi la réalité d'Illiers m'aurait-elle rendu plus sensible au charme imaginaire de Combray ? Tout compte fait, je préférais le village de la fiction à celui de la réalité. C'est Illiers qui embellissait à voir se répandre sur ses maisons banales et médiocres l'aura romanesque de Combray.

Dépité, Édouard-Auguste se promit de me faire connaître Cabourg, mais ce voyage resta à l'état de projet. L'explosion d'une deuxième guerre mondiale en empêcha la réalisation.

Pour l'excursion suivante, nous allâmes à Trouville, aux Roches Noires. Marc J. nous accompagnait, il était en train de me devenir proche. C'est dans sa famille, érudite et protestante, que je fus pensionnaire, l'année de ma classe de philo.

À Trouville, la seule chose qui me frappa, dont je garde quelque souvenir, fut la promenade de planches posée sur le sable de la plage. C'était insensé, d'une arrogance bourgeoise proprement débile. Je n'avais jamais vu ça. J'imaginai la plage de la Concha, l'une des plus belles d'Europe, partiellement recouverte d'un plancher de promenade.

Maintenant, en transcrivant ce souvenir lointain, je me demande comment auraient fait, à San Sebastián, pour apprendre à jouer au foot, s'il y avait eu les maudites planches, ces adolescents qui furent professionnels du ballon rond dans le club local, gardien de but le premier, avant de pointe latéral, le second, avant de devenir Eduardo Chillida et Elías Querejeta.

Nous en étions au troisième et dernier voyage, à Biarritz.

Marc J. ne nous avait pas accompagnés, cette fois-là. Il semblait qu'il y aurait sur place, dans la grande villa d'Anglet et aux alentours — mais cette possibilité s'avéra illusoire, je ne fréquentai que des adultes —, assez de jeunes gens de mon âge avec qui partager jeux, baignades et promenades.

Pour l'instant, la femme de l'armateur m'observe d'un œil qui me paraît narquois, pendant qu'Édouard-Auguste vante mes talents littéraires.

Je la trouve éblouissante. Elle a une voix aux résonances cuivrées, un peu rauque : émouvante. Comme celle d'Edwige Feuillère dans *Je suis une aventurière*, le film qui lui permit d'éclipser Arletty pour un temps dans ma fantasmagorie personnelle.

C'est le lendemain soir que je compris pourquoi la maîtresse de maison m'avait regardé d'un œil narquois pendant qu'Édouard-Auguste faisait, d'une voix enjouée, l'éloge démesuré de mes talents.

J'étais assis dans le grand salon du rez-de-chaussée, ouvert sur les rumeurs de l'océan et les senteurs sylvestres des bosquets de pins qui entouraient la maison. J'étais seul, attendant l'heure du départ vers un dîner dans une villa des environs.

E.A.F. et l'armateur s'étaient isolés sur la terrasse, ils avaient une conversation sérieuse, ça s'entendait. Des bribes m'en parvenaient. Il y était question des cours mondiaux de certains minerais que les dangers de guerre faisaient monter de façon inquiétante. J'entendais « cuivre » ou « nickel », j'entendais « Dantzig ».

C'est alors que la maîtresse de maison est apparue, vaporeusement vêtue de tissus — de tussor, à vrai dire — qui épousaient ses formes. Ses yeux brillaient, ses gestes étaient saccadés. J'eus l'impression qu'elle avait bu.

Comme si elle avait voulu me confirmer aussitôt cette hypothèse, elle s'approcha du bar et se servit une longue rasade d'un alcool mordoré. Le visage renversé, elle but quasiment d'une traite.

J'étais aux anges : c'était encore plus beau qu'au cinéma, dans les films de Jean Murat et d'Edwige Feuillère, précisément. Rien ne manquait, ni l'alcool irisé aux teintes d'or ancien, ni le téléphone blanc sur un guéridon, ni la belle femme désespérée. Mais était-elle désespérée ?

Elle m'aperçut soudain et marcha vers moi, après s'être versé un deuxième verre d'alcool qu'elle porta d'une main incertaine.

Elle vint se poser sur l'accoudoir du canapé où j'étais assis et s'excusa auprès de moi — son air narquois était revenu, mais mitigé d'une touche de gentillesse, ou de complicité, qui m'agacèrent — de m'avoir mis dans une chambre aussi éloignée.

Je ne comprenais pas : éloignée de quoi ?

Elle sourit. « Ne faites pas l'idiot, me dit-elle d'une voix suave, glissée entre ses dents comme un message grivois. Vous m'avez très bien compris : éloignée de celle d'Édouard-Auguste, bien sûr ! »

C'était donc ça, je tombai des nues. Ma réaction fut immédiate. « Je n'ai besoin d'être près de personne, je me débrouille très bien tout seul ! » Elle fut étonnée par la violence de ma voix, tendit vers moi une main apaisante. « Mais je croyais... De toute façon, il n'y a pas de mal à ça... »

Une rage m'envahit. J'imaginai des racontars, des suppositions salaces, des allusions, des plaisanteries derrière mon dos.

Jamais je n'avais pensé qu'Édouard-Auguste pouvait être homosexuel. Certes, l'absence de femmes de n'importe quel âge dans son alentour — mis à part Mariette, placée hors de l'usage sexuel par sa fonction ancillaire —; le fait qu'il vécût éloigné de son épouse ; son plaisir évident à partager les élans sportifs des jeunes athlètes dénudés du Stade français, tout cela m'avait intrigué. Sa passion pour Marcel Proust et André Gide, le fait qu'il m'eût recommandé la lecture de Jouhandeau n'étaient sans doute pas non plus dépourvus de signification.

Mais jamais, durant les deux mois et demi de mon séjour rue Blaise-Desgoffe, n'avait-il esquissé le moindre geste, ni dit le moindre mot susceptibles d'être interprétés de façon équivoque. Rien ne me permettait de supposer que son goût de la *paideia* grecque pouvait être l'origine ou la conséquence d'une pédérastie latente.

La bouffée de rage qui m'avait envahi, montant de l'aine, occupant mon plexus solaire, manquant de m'étouffer, n'avait rien de moral, cependant. Aucune indignation de cet ordre n'était en cause. Je ne portais aucun jugement sur l'homosexualité masculine. Malgré les traditions de mon milieu familial — catholique, bourgeois et patriarcal —, j'avais toujours entendu mon père parler des homosexuels avec légèreté, sans doute parce que Federico García Lorca faisait partie du cercle de ses amis les plus proches et qu'il admirait ses multiples talents. En quelque sorte, l'homosexualité, telle qu'on en parlait autour de moi, était une bizarrerie assez innocente, un travers ou caprice d'artiste : il faut bien que talent se passe.

Un jour, quelque temps avant la guerre civile, et à l'occasion, sans doute dominicale, d'une réunion de la famille au grand complet — je veux parler des sept frères et sœurs : ce fut après la mort de ma mère —, mon père nous rapporta, fort joyeusement, un mot de Lorca, la veille, à leur *tertulia*, réunion conviviale et discursive qui se tenait trois fois par semaine, à la fin de la journée, au café Lyon d'Or de la rue Alcalá.

Observant un jeune homme fort beau qui se trouvait à une autre table, Lorca aurait demandé : « Il est pédé, celui-là ? » *Y ése, ¿ es maricón ?* Quelqu'un du groupe connaissait le nouveau venu et affirma que non, qu'il n'était pas *maricón*. « Tant pis pour lui, dit Lorca, il est en train de perdre son temps ! » *Peor para él, está perdiendo el tiempo...*

Mon père riait de bon cœur de ce bon mot et

nous riions avec lui, même si la cocasserie du propos de Federico nous dépassait en partie.

Quelque temps plus tard, en lisant la belle et troublante « Ode à Walt Whitman » que contient le recueil *Poète à New York*, il me sembla comprendre que l'amour homosexuel n'était pas pour Lorca seulement un style de vie léger et artiste. Il me sembla deviner quelle était sa part d'ombre, de tragique insatisfaction, de défi existentiel : *Tu cherchais une nudité qui fût comme un fleuve,/ songe et taureau joignant la roue et l'algue,/ mère de ton agonie, camélia de ta mort,/ qui gémît dans les flammes d'un équateur occulte...*

Mais c'est dans le commerce de Rimbaud, durant cet été fabuleux de lectures, que j'appris à mesurer vraiment la part d'absolu incandescent, de violence virile, que peut contenir l'amour masculin des hommes.

« Vous allez vous trouver mal ? » s'inquiétait la maîtresse de maison, à me voir me décomposer.

Non, je me trouvais très bien. Je retrouvais mon corps, je le sentais tout entier, du bout de l'orteil à la mâchoire crispée, à mes mains convulsives. Je sentais chaque fibre de mon corps : un faisceau de sensations aiguës.

« Non, lui dis-je dans un murmure, je me trouve très bien... J'aimerais étrangler celui qui vous a fait croire ça... »

Elle sursauta, dessoûla d'un seul coup, s'ébouriffa les cheveux, alluma une cigarette.

« De quoi parlent-ils là-bas ? » demanda-t-elle pour faire diversion.

À son regard, je compris que c'était son mari qui lui avait rapporté ce ragot. Peut-être connaissait-il les penchants, probablement réprimés, autocensurés, d'Edouard Auguste, et s'était-il moqué de moi, en me voyant apparaître dans l'entourage de son associé. C'est cette idée que je ne supportais pas qu'elle ait pu penser que j'étais extérieur à l'univers des femmes, à l'univers rutilant et assoiffé de leur amour.

Quelques années plus tard, par le témoignage direct de quelqu'un qui m'est proche, témoignage que je ne peux mettre en doute, j'ai appris que le ragot n'en était pas un. Cela ne change rien à rien, bien sûr. Mais j'aurai peut-être été l'exception dans la règle de vie d'Édouard-Auguste : je ne sais s'il faut m'en féliciter ou en être vexé !

« Ils parlent des cours du nickel et de la guerre », lui dis-je.

Elle haussa les épaules, elle était très belle, ça faisait vraiment mal. « La guerre, dit-elle, ça nous changera peut-être de cet ennui ! » Et puis, sans transition : « Quel est le dernier livre que vous avez lu ? »

En un éclair, une sorte d'illumination, je compris que je tenais ma revanche. Elle avait cru me rayer de la carte en m'attribuant le rôle du giton, elle allait voir, la garce ! Ma colère fondit comme neige au soleil.

« *Belle de jour* », lui dis-je aussitôt.

Elle fut désarçonnée, visiblement. « Le roman de Kessel ? » Bien sûr, Kessel, justement. « Je me suis souvent demandé, ai-je dit, à quoi pouvait ressembler l'héroïne de Kessel. Je sais, désormais :

235

vous êtes une *belle de jour* idéale. Si on faisait un film avec ce roman, c'est vous qui devriez jouer le rôle. Je vous vois très bien dans les scènes de la maison de rendez-vous, vous livrant aux caprices brutaux des charretiers et autres forts des halles. Vous y seriez tout à fait crédible ! »

Elle ne se formalisa pas, eut soudain un rire très juvénile.

Son corps bascula par-dessus le bras du canapé où elle se tenait assise. Dans le mouvement de virevolte qui la rapprochait de moi, ses jambes se découvrirent jusqu'à l'orée d'une jarretière.

Je fermai les yeux, c'était affolant.

D'autres images affluèrent : celles, rêvées, de Catherine Rosenthal dans *La conspiration* de Paul Nizan. Celles, réelles, de la blonde épouse de Paul-Louis Landsberg, sortant de son cabriolet, du côté de Ville-d'Avray.

Elle murmurait à mon oreille, d'une voix canaille : « Ce serait plutôt le contraire, vous savez ? Le charretier, je l'ai tous les soirs dans mon lit. Oh, ça ne dure pas une éternité : juste le temps de tirer sa crampe ! À la maison de passe, je choisirais plutôt de jeunes poètes romantiques... »

Elle s'écarta un peu, prit sa voix la plus chaude. « De *très* jeunes poètes romantiques ! » Elle éclata d'un rire qui n'était plus juvénile. Plus tout à fait, du moins. Un rire amer, assez méchant. Elle parla en soulignant les verbes de sa phrase. « Il faudra l'étrangler, lui, ou le type qu'il met à mes trousses pour me surveiller... »

Mais les voix de l'armateur et d'Édouard-Auguste se rapprochaient. Elle fut debout, redevint aussitôt lisse, déplissée de partout, lointaine : impénétrable.

À Biriatou, donc, le 22 août, la veille du retour à Paris.

Si je suis aussi catégorique, aussi sûr de la date, ce n'est pas parce que je m'en souviens, qu'elle s'est gravée dans ma mémoire. Pourquoi m'en souviendrais-je, d'ailleurs ? Mais parce que c'est une date que je peux aisément calculer. Le lendemain, en effet, peu avant de prendre le train du retour, toutes les radios et les journaux du soir annonçaient la signature d'un pacte germano-soviétique à Moscou.

C'est suffisant pour établir la date du dîner à Biriatou, la veille de ce jour-là ; le 22 août 1939, donc.

Depuis ce soir lointain, je n'ai pas cessé de revenir à cette terrasse ombragée sur la Bidassoa. Certes, après cette première fois, il y eut la longue interruption de la guerre. J'étais occupé ailleurs. Mais dès que Jesús Ussía revint du Mexique, je repris le chemin de Biarritz avec lui. Celui de Biriatou aussi, par voie de conséquence et de proximité.

Tous les étés, vers la fin des années 40, début des années 50, Ussía louait une grande villa proche des plages derrière le Miramar, qui n'était qu'un palace, pas encore un institut de thalassothérapie.

Il avait fait à Mexico un beau mariage, riche et heureux apparemment. L'apparence concernait le bonheur, je le précise, car la richesse était bien réelle. Plus âgée que lui, ayant rompu par amour avec un premier mari, Rafaela, dite « Rafita » — diminutif qui lui allait bien, car elle était de petite taille, bien qu'elle portât sur le monde et les gens un regard altier, que la tendresse ou l'intérêt amical irisaient souvent —, était une femme de caractère. Elle lui avait donné, comme on dit dans les carnets mondains des journaux de droite, une petite fille ravissante, Sonsoles, qui se promenait parmi nous, aussi bien dans les villas louées de Biarritz que dans l'appartement acheté à Paris à l'orée du Bois, porte de la Muette, dans les robes amidonnées et ourlées de dentelles qui habillent en Espagne les enfants des riches : tenues vestimentaires inspirées probablement par celles des infantes de Vélasquez ou de Goya dans leurs portraits des familles royales. Sonsoles, outre ses robes délicieusement ouvragées, désuètes, se distinguait, dès ses plus jeunes années, par un babillage désinvolte et particulièrement pertinent.

À Biarritz, dans les villas louées pour toute la saison estivale, je rejoignais habituellement Ussía vers la fin des vacances. Après une longue semaine biarrote, je revenais ensuite vers Paris avec eux, en faisant un long parcours automobile — celles de mon ami me rappelaient les voitures de mon enfance, américaines, immenses et silencieuses, fendant l'air d'une allure feutrée — à travers la France.

Si je connais le Goya de Castres, les remparts de la cité de Carcassonne, la rudesse envoûtante des Cévennes, les églises d'Auch et d'Albi, la beauté austère d'Uzès, l'enchantement de Vézelay — mais je ne vais pas transformer ce récit en guide touristique : je m'arrête là —, c'est grâce à ces voyages de retour de Biarritz. C'était toujours la lumière de septembre sur la variété inouïe des paysages français et j'avais tous les jours quelque occasion de réciter à voix haute — Rafita en était enchantée — une page de Jean Giraudoux.

Dès mon premier séjour dans la villa des Ussía à Biarritz, nous allâmes dîner un soir à Biriatou. Je retrouvai la terrasse ombragée, la vue sur l'Espagne au-delà de la Bidassoa. Le pays de mon enfance était toujours soumis à la dictature du général Franco, malgré la victoire des démocraties en Europe. Nous étions toujours des exilés.

Ce soir-là, le soir de ces retrouvailles, le travail de réminiscence fut à la fois facilité et alourdi par la présence parmi nous d'un ami de Jesús Ussía. Carlos Montilla, tel était son nom, avait été livré par la police française de Philippe Pétain à celle de Franco. Il faisait partie du même lot — de la même livraison policière — que Cipriano Rivas Cherif, beau-frère du président Azaña, dont j'ai déjà parlé. Comme ce dernier, Montilla fut condamné à mort par une cour martiale franquiste. Mais il ne fut pas fusillé, sa peine étant commuée. Mis en liberté conditionnelle huit ans plus tard, Carlos Montilla se débrouilla pour franchir la frontière et demander asile à la France, malgré sa cuisante expérience de la fois précédente.

À nouveau, le soir tombait sur Biriatou.

Dix ans avaient passé, à peu de chose près, depuis le mois d'août 1939, à la veille du pacte entre Hitler et Staline. Oui, le compte est bon, car j'étais seul dans la vie, à ce moment. Personne ne m'avait accompagné à Biarritz, personne ne m'attendait à Paris. Libre comme un oiseau : *Vogelfrei*, me disais-je lorsqu'il m'arrivait de me parler à moi-même en allemand, ce qui était assez fréquent en souvenir de certaines époques de ma vie, pas seulement de l'enfance. C'est en 1949 que j'ai été de nouveau seul dans la vie pour un certain temps après une période relativement conjugale, le compte est bon, donc.

En 1949 — mais cela n'avait aucun rapport avec le fait que trois ans de vie avec une femme venaient de s'évanouir : neige des amours de jeunesse fondue au soleil du quotidien — en 1949, quoi qu'il en soit, je m'efforçais, après une délicieuse période de bohème à Saint-Germain-des-Prés, de devenir militant communiste. On aurait dit en espagnol — et c'est dans le parti espagnol que je faisais mes classes de bon communiste — que *hacía méritos*. Littéralement, que je « faisais des mérites » ; c'est-à-dire que je m'efforçais de mériter d'être choisi pour travailler dans l'appareil clandestin en Espagne même.

Je savais que, pour brillantes que fussent mes contributions aux publications ou aux activités intellectuelles de l'exil communiste, ce n'était pas de cette façon que je finirais par être remarqué, par accéder au saint des saints : à la commission de travail que présidait Santiago Carrillo et qui sélectionnait les cadres du parti pour le travail clandestin en Espagne.

En 1949, je venais de commencer ce « chemin de perfection ». J'avais encore quatre ans d'efforts à faire : c'est en 1953 seulement que je réussis à obtenir ce à quoi j'aspirais par-dessus tout. À être envoyé par le parti clandestinement en Espagne. Mais c'est une autre histoire, ce n'est pas celle de ce récit.

De retour à Biriatou, dix ans après avoir découvert la terrasse ombragée sur la Bidassoa, je regardais les vertes collines du pays de mon enfance que l'ombre du soir gagnait lentement. En bas, légèrement sur la droite — à l'ouest, donc : nous étions orientés au sud —, invisible de la terrasse cependant, le vieux pont de Béhobie franchissait la rivière.

Je le traverserais des dizaines de fois, à partir de 1953, sous toute sorte de fausses identités. Mais c'était moi, sous tous ces déguisements : moi-même, le même rouge espagnol que je n'ai jamais cessé d'être. Celui que j'étais à seize ans, déjà.

Tu es passé. Une nouvelle fois tu regardes la colline de Biriatou, tu retrouves la sensation un peu fade, légèrement angoissante, du passage. Tu as roulé toute la nuit, ta bouche est desséchée par le manque de sommeil, la fumée du tabac. Tu franchis cette frontière, une nouvelle fois, dans la lumière frissonnante du petit matin. Le soleil se lève, derrière toi sur les hauteurs d'Elizondo. Une nouvelle fois, tu vas passer...

Ce sont là les mots que l'on entend, sur les premières images de *La guerre est finie*, le film que j'ai écrit pour Alain Resnais, en 1965. La perspective y était renversée, certes. Diego, le personnage du film qu'incarna Yves Montand, voyait la colline de Biriatou en face de lui, en quittant l'Espagne par le vieux pont de Béhobie, aujourd'hui disparu.

Parfois, au cours de ces années de passages clandestins, si je n'étais pas trop pressé, ni le camarade du PCF, homme ou femme, qui conduisait la voiture non plus, je demandais qu'on fasse une halte à Biriatou. On quittait la route nationale, après le passage du vieux pont de Béhobie — c'est toujours aux retours d'Espagne que je formulais ce désir : à l'aller, on était à une heure près, il y avait des itinéraires à respecter, des rendez-vous à assurer —, on montait jusqu'à la terrasse ombragée de Biriatou.

Certains de mes accompagnateurs ont dû soupçonner, je présume, que ce lieu avait quelque rapport avec ma vie personnelle, avec mon intimité. Ils me regardaient boire un verre, les yeux fixés sur les vertes collines d'Elizondo, perdu dans mes pensées, et ils imaginaient forcément quelque lien entre ce lieu et ma mémoire intime. Ils ne demandaient rien, pourtant : c'était la règle du jeu, ils n'avaient rien à savoir de ma vraie vie. J'étais pour eux Grabner, ou Salagnac, ou même Dupont, ils savaient ce qu'il fallait répondre, en cas d'incident, d'interrogatoire policier à la frontière, c'était tout.

Une fois pourtant, une femme, l'Ève que j'ai évoquée à d'autres occasions, dans d'autres livres, m'avait posé une question. Nous venions de faire un voyage rapide, jusqu'en Andalousie, à Séville. Cette fois-là, vraiment, il n'y avait pas eu une heure à perdre. L'urgence n'était pas purement fantasmatique, produite par l'idéologie messianique de la lutte elle-même ; l'urgence était réelle. À Séville, il fallait être sur place, avant un certain jour, une certaine heure, pour empêcher qu'un militant ne tombe dans un piège de la police franquiste.

Quoi qu'il en soit, à Biriatou, cette fois-là, Ève — c'est le nom qu'elle gardera, dans l'éternité fragile, friable, de la littérature — Ève m'avait observé. Le silence entre nous était calme, recouvrant une entente, une confiance qui n'avaient plus besoin d'être exprimées : latentes mais indiscutables.

« Souvenir d'enfance ? » avait demandé Ève. J'avais hoché la tête affirmativement. « Presque, avais-je répondu. J'avais quinze ans, la première fois. » Elle regardait les collines de la rive espagnole, en face de nous. Je savais qu'elle ne demanderait plus rien, qu'elle garderait le silence désormais. Alors, je me suis tourné vers elle. J'ai murmuré quelques vers.

Se acabarán las tardes, pero LA TARDE queda ;/ la clara y la perenne que hay en mi fantasía,/ y que, cuando ya todas transpongan la vereda,/ ha de hallar — no sé dónde ni cómo — el alma mía !

C'étaient les derniers vers du poème de mon père qui m'était revenu en mémoire, ici même, lorsque j'étais arrivé pour la première fois à Biriatou, sur la terrasse ombragée, en août 1939.

Ève savait parfaitement l'espagnol. Je n'avais pas eu besoin de lui traduire les vers que je venais de murmurer. Je ne les traduirai pas non plus, maintenant. Plus tard, peut-être, si la spirale du récit me permet de revenir à ce fragment de mémoire. De toute façon, Ève est morte dans un accident de voiture, peu de temps après notre halte à Biriatou, quand elle m'eut laissé à la gare de Biarritz-La-Négresse, où je devais prendre le train de Paris. Sa mémoire de ces vers s'étant effacée à jamais, je vais les laisser flotter ainsi, dans l'incertitude des limbes de l'oubli.

Est-ce cet après-midi-là, lors de ces moments de silence chaleureux auprès d'Ève sur la terrasse de Biriatou, que le souhait d'être enterré là, dans le petit cimetière qui jouxte une église rustique et rude, vint m'effleurer pour la première fois ?

En tout cas, si je ne craignais pas d'incommoder mes ayants droit, légataires ou exécuteurs testamentaires, de leur compliquer la vie en exigeant d'eux des démarches administratives sans doute longues et fastidieuses, je demanderais à être enterré dans le petit cimetière de Biriatou. Dans ce lieu de frontière, patrie possible des apatrides, entre l'une et l'autre appartenance — l'espagnole, qui est de naissance, avec toute l'impériosité, accablante parfois, de ce qui va de soi ; la française, qui est de choix, avec toute l'incertitude, angoissante parfois, de la passion —, sur cette vieille terre d'Euskal Herria. Voilà un lieu qui me conviendrait parfaitement pour que se perpétue mon absence.

D'ailleurs, si je me laissais aller à ce désir profond, dont je mesure bien l'inconvenance, du moins les inconvénients pour ceux qui se croiraient obligés de le combler, je demanderais également que mon corps fût enveloppé dans le drapeau tricolore — rouge, or, violet — de la République.

Ce ne serait pas une prise de position politique, certes non ! Je suis convaincu que la monarchie parlementaire est aujourd'hui, vu les circonstances historiques espagnoles, le meilleur système possible pour garantir la démocratie, pour maintenir

la cohésion indispensable des différentes compo-
santes nationalitaires de l'Espagne : la meilleure
forme de développement de la *res publica,* en
somme.

Le drapeau de la République autour de mon
corps ne viendrait pas s'inscrire en faux contre
toutes ces certitudes. Il symboliserait simplement
une fidélité à l'exil et à la douleur mortifère des
miens : ceux à qui je n'ai cessé de penser sur la terrasse ombragée de Biriatou, encore aujourd'hui,
quand il m'arrive d'y revenir.

Mais on m'appelle à table, on s'inquiète de mon
isolement : bouderie, peut-être ?

Je me retourne, je vois les invités d'Édouard-
Auguste déjà installés. Ce dernier me fait de grands
gestes, me montre la place qui m'est réservée. À la
gauche de la femme de l'armateur, ça tombe bien.
Je m'écarte de l'ombre qui monte dans la vallée
de la Bidassoa, je m'éloigne des lumières qui
s'allument sur la rive espagnole, je marche vers
le brouhaha de l'instant même : l'instant qui passe,
la vie.

Il me faut profiter de l'occasion. Moi, narrateur,
tant d'années plus tard, il me faut profiter de l'occasion proprement romanesque qui m'est offerte.
Qui n'était pas prévue, encore moins programmée
par une stratégie narrative. Occasion qui surgit
au fil des associations libres d'un travail de réminiscence.

Voici le garçon de seize ans — dans trois mois, en
décembre — que j'aurai été, qui m'est à la fois fami-

lier et singulièrement étranger, étrange, même ; comme si je contemplais une séquence cinématographique — encore mieux : comme si j'assistais au tournage de cette séquence, dans ce décor unique qu'a été la terrasse de Biriatou —, je le vois s'avancer vers la table où sont rassemblés les amis d'Édouard-Auguste F., le 22 août 1939. Je suis à la fois lui-même, immédiatement, dans l'intimité de ses sensations corporelles, dans la mélancolie brumeuse de ses sentiments, et extérieur à lui ; je le connais, ombrageux, noué par des timidités renversantes — je sais, par exemple, qu'il peut tourner un bon quart d'heure autour d'un café où il aurait rendez-vous, craignant d'y entrer le premier et de devoir y attendre tout seul —, métaphysiquement indécis, sûr pourtant de son intelligence, mais sans ostentation, dans la nonchalante certitude d'une supériorité qu'il serait malséant de prouver à chaque instant, convaincu qu'il faut posséder quelque forte conviction pour ordonner le désordre des croyances, sachant déjà que la vie n'a pas de sens, mais qu'il serait insensé de ne pas lui en prêter un, provisoire, sans doute, mais contraignant à chaque moment de décision ; je sais déjà, sans effort, par le simple avantage du grand âge — *más sabe el diablo por viejo que por sabio*, dit le proverbe espagnol : « le diable est sage par son âge plutôt que par son savoir » — que l'avenir qui l'attend (et il ressemble en cela aux héros de *La conspiration* de Nizan, un livre que lui avait fait lire Armand J.) est « brouillé comme un désert plein de mirages, de pièges et de vastes solitudes » ; et ce dernier trait de son avenir, les vastes soli-

246

tudes, il le pressent déjà, il n'aura pas besoin de vieillir pour en prendre conscience, pour mesurer ces étendues infinies de solitude, mais pour ce qui concerne les pièges et les mirages, j'en sais forcément plus que lui-même, bien que je ne puisse rien faire pour les lui éviter, ou, du moins, l'en avertir, qu'il en soit prévenu, puisque nous ne sommes contemporains, lui et moi, moi-même et moi, que dans cet espace de temps minuscule et mythologique, irréel du moins, de la scène qui se déroule à Biriatou, sur la terrasse ombragée ; et une autre fois me suis-je, ici même, souvenu de lui avec un brin de tendresse, d'indulgente tendresse — ce n'est pas mon habitude, sachez-le, vis-à-vis de moi-même —, c'était en 1972, lorsque je tournais *Les deux mémoires*, il m'était impossible de ne pas installer ici, sur la terrasse ombragée de Biriatou, la caméra et les magnétophones de la prise de son, pour écouter des Basques qui avaient franchi la frontière et qui témoignaient, à visage découvert ; et je me suis alors souvenu de lui, disais-je, de ce soir lointain d'août 1939 où il s'est détourné du paysage assombri de la Bidassoa, des versants d'Elizondo, pour venir à la table du dîner bruyant, agité par une fausse allégresse, ou feinte, ou forcée, car les nouvelles du monde, avant même celle, surprenante, inattendue, inouïe, du lendemain, concernant la signature d'un pacte germano-soviétique, avant cette nouvelle-là qui ouvrait toutes grandes les portes de la guerre (et il avait vu, avec E.A. et Marc J. *La guerre de Troie n'aura pas lieu*, il en pouvait réciter des passages entiers, avec une prédilection pour celui où s'énumère entre Ulysse

et Hector le poids de leurs vies et de leurs songes),
toutes les autres nouvelles déjà semblaient montrer l'inéluctabilité de son éclatement ; je me suis
souvenu de moi-même, en 1972, après tous les
mirages, tous les pièges que je n'avais pas su
déjouer mais dont j'aurai, au moins, assumé les
enjeux ; je me suis souvenu de lui s'écartant de la
balustrade de la terrasse, à seize ans, à peu de
chose près ; je me suis dit qu'il aurait pu, à cet
instant privilégié — et peut-être l'idée lui en était-
elle fugitivement venue — avant de se retourner
vers les convives dresser le poing vers l'Espagne
toute proche, inaccessible, fermer le poing pour le
salut d'autrefois.

Mais il vient de rejoindre à la table la place
qui lui était réservée, à la gauche de la femme de
l'armateur, et je n'aurai pas eu le temps de dire tout
ce que cet instant unique, d'un point de vue romanesque, aurait pu contenir.

À peine étais-je assis qu'Hélène, c'était son
prénom, se penchait vers moi, me parlant à voix
presque basse.

« Êtes-vous un jeune poète romantique ? » murmurait-elle.

Elle reprenait la conversation où nous l'avions
laissée, l'avant-veille. Depuis ce soir-là, il est vrai,
nous ne nous étions plus trouvés au voisinage l'un
de l'autre.

Je lui répondis avec les vers de Rubén Darío
qui nous avaient tant fait rire dans notre enfance,
par leur côté kitsch et grandiloquent, et que je lui
récitai sur un ton parodique : *¿Quién que Es, no
es romántico ?/ Aquel que no sienta ni amor ni*

dolor,/ aquel que no sepa de beso y de cántico,/ que se ahorque de un pino, será lo mejor...

Elle battit des mains, fit voltiger ses cheveux, rit de bon cœur.

« Je crois que j'ai compris, dit-elle. Traduisez-moi quand même ! »

Je lui en donnai une version approximative : « Comment peut-on être, sans être romantique ? Celui qui n'éprouve ni amour ni douleur, qui ignore le baiser et le chant, qu'il se pende à un pin, ce sera le mieux... »

Elle hochait la tête, ravie.

« C'est bien ce que j'avais compris... C'est de vous ? Vous écrivez en espagnol ? »

Oui, lui dis-je, j'écrivais des poèmes en espagnol. Non, ce n'était pas moi qui avais écrit ces vers.

Je n'étais pas dupe, mais j'étais heureux : elle ne s'occupait que de moi. Dans le brouhaha d'une conversation générale, où commençaient à prédominer, cependant, les voix qui parlaient des événements du monde, elle était tournée vers moi, attentive, ostensiblement. Moins ostensible était qu'elle avait posé sa main gauche sur mon genou, pendant qu'elle me fixait.

« Dites-moi quelques vers de vous, fit-elle semblant de supplier, comme si c'était une question de vie ou de mort. J'adore entendre réciter en espagnol !

— Le poème est trop long, lui dis-je, je vous en dirai la fin... Le début et la fin, plutôt... C'est un poème à l'ange gardien... Un appel au bon ange qui nous protège... »

J'étais sûr qu'elle avait déjà trop bu, ce soir-là, avant même de s'asseoir à la table du dîner. Mais elle devait trop boire tous les soirs. Quoi qu'il en fût, elle était superbe dans le rôle qu'elle jouait. Juste pour moi. Je veux dire pour moi et pour elle-même : juste pour nous deux, isolés dans le brouhaha général.

« Je ne connais que les mauvais anges, moi... »

Toute la détresse du monde était perceptible dans sa voix, lisible dans son regard : elle était belle à mourir. Elle jouait son rôle à la perfection.

Il fallait faire vite, je sentais que notre aparté commençait à énerver l'armateur. Et à préoccuper Édouard-Auguste, qui devait être sensible à l'agacement croissant de son associé.

Je lui dis à voix basse le poème sur le bon ange. Sa main gauche avait quitté mon genou et me caressait l'intérieur de la cuisse.

Vino el que yo quería,/ el que yo llamaba... Aquel que a sus cabellos/ ató el silencio./ Para sin lastimarme,/ cavar una ribera de luz dulce en mi pecho/ y hacerme el alma navegable...

Elle en était bouche bée, béate, sincèrement émue. Il y avait de quoi. Car le poème était magnifique. Il n'était pas de moi, bien sûr. Je n'aurais eu à lui dire que des bribes maladroites de poèmes encore enfantins. J'avais choisi de lui réciter quelques vers de Rafael Alberti. À l'époque où celui-ci a écrit *Sobre los ángeles*, le livre dont est tiré le fragment que je venais de dire à Hélène, Alberti était déjà communiste. Mais sa poésie ne l'était pas. Je veux dire : sa poésie n'était encore qu'au service d'elle-même, au service de la découverte de la beauté, de la beauté des découvertes. Plus tard, elle s'est mise au service du parti. Ce qui n'était pas sans risques personnels. Ni non plus dépourvu de courage civique. Mais ni les risques assumés ni le courage civique ne sont garants de beauté.

« Il est venu, celui que je désirais/ celui que j'appelais... Celui qui à ses cheveux/attacha le silence./ Afin, sans me blesser,/ de creuser dans mon sein une rive de douce lumière/ et de me rendre l'âme navigable... »

Je n'avais pas traduit les vers d'Alberti, ce soir-là. Hélène comprenait parfaitement l'espagnol, en premier lieu. Et puis le temps pressait, il fallait en rester là, revenir dans la circulation générale des commentaires, des rires, des exclamations.

Sa main m'effleura l'entrejambe, délicieusement, puis réapparut sur la nappe, voltigeant pour souligner son interjection.

« Alors, cette guerre, c'est pour quand ? »

Il y eut un instant de silence étonné, puis la conversation reprit, plus ordonnée. C'était le mari d'Hélène, l'armateur, qui avait la parole. Il commentait la nouvelle qui avait fait la une des journaux de la veille, 21 août. À Moscou, les pourparlers entre les délégations militaires de l'URSS, d'un côté, et de la France et l'Angleterre, de l'autre, en vue d'un accord pour s'opposer à Hitler, avaient été rompus. Interrompus ou suspendus, du moins. Les délégations des états-majors occidentaux avaient quitté la capitale soviétique.

Malgré cela, qu'il qualifiait d'incident de parcours, le mari d'Hélène affirmait que ce n'était que partie remise. Anglais, Français et Soviétiques étaient obligés de s'entendre et Hitler le savait. Jamais il n'oserait déclencher une guerre dans ces conditions, sur les deux fronts à la fois. Toutes ses menaces contre la Pologne à propos de Dantzig n'étaient que du bluff, du chantage aux démocraties. Il ne fallait pas céder au chantage.

Encouragé par l'attention dévorante qu'Hélène avait prêtée à mes récitations — même si celle-là était en partie simulée, et celles-ci empruntées —, encouragé surtout par le souvenir vivace de sa main caressante, je m'aventurai à prendre la parole. Il faut dire que ma timidité a toujours porté sur les sentiments et les rapports sociaux, jamais sur les idées ou les convictions.

« C'est un peu tard pour ne pas céder », dis-je, d'une voix dont l'assurance me surprit moi-même.

Les regards se tournèrent vers moi. Je fus au centre d'un cercle de visages interrogateurs. Quelque peu réprobateurs. Ou rébarbatifs.

« C'est en 36, dis-je, qu'il fallait ne pas céder... »

L'armateur haussa les épaules, eut un rire indigné. Ou méprisant.

« Bien sûr ! Vous auriez voulu qu'on se batte pour les rouges, en Espagne ! Mais le Front populaire a déjà fait assez de mal à la France sans ça ! »

J'étais comblé : j'allais pouvoir remettre cet imbécile à sa place et je sentais soudain la tiédeur de la jambe d'Hélène, qui se serrait contre moi sous la table. Je me penchai en avant pour répondre à l'armateur et dans le mouvement glissai ma main vers le genou de sa femme.

« Je ne fais pas allusion à la guerre d'Espagne,

monsieur! Je parle de mars 36, pas de juillet 36...
C'est sur la Rhénanie qu'il fallait s'opposer à
Hitler... Tout était encore possible! »

Je compris à des hochements de tête que certains des messieurs qui étaient là partageaient
mon opinion.

Qui était la mienne, bien sûr, mais que je n'avais
pas trouvée tout seul. Ce sont les conversations
entendues autour de moi, depuis le début de la
guerre civile espagnole, mais surtout depuis la
capitulation de Munich en 1938, qui m'avaient
éclairé à ce sujet. Mon père nous avait parlé
parfois de ce mois de mars 1936 — le Front populaire n'était pas encore au pouvoir en France —
où Britanniques et Français n'avaient pas bron-
ché lorsque Hitler envoya la Wehrmacht réoc-
cuper la Rhénanie démilitarisée par les accords
de paix.

Mais ce sont les arguments et les commentaires
de Paul-Louis Landsberg dont je me souvenais
surtout.

L'armateur a essayé de rétablir la situation. Sous
la table, ma main droite, qui était devenue quasiment autonome, comme une petite bête sauvage
et sournoise, a soulevé la jupe d'Hélène pour
atteindre la peau nue, au-delà de la jarretière. Mes
doigts se sont figés sur cette fraîcheur d'une inef-
fable douceur. J'aurais pu défaillir.

« La Rhénanie! s'exclamait l'armateur. Mais on
ne pouvait rien faire, l'opinion publique n'aurait
pas suivi! »

Je n'eus pas à poursuivre mon argument.
D'autres dîneurs intervenaient dans la discussion

pour défendre le point de vue que j'avais ébauché. La discussion devint générale, parfois houleuse : je m'en désintéressai.

La fraîcheur était tombée sur la terrasse nocturne de Biriatou. Les dames enveloppèrent leurs épaules nues de blancheurs laineuses qui attiraient la lumière des ampoules électriques dissimulées dans les branchages.

Beaucoup plus tard, alors que le jour commençait à poindre, je fus réveillé en sursaut. À genoux près de mon lit, Amaya me touchait l'épaule, tout en me parlant.

« *La señora quiere verte. Te espera en su cuarto...* »

Amaya devait avoir seize ans. Mais, tout comme moi, elle paraissait plus âgée, mûrie sans doute par les épreuves de la guerre civile. Son père était mort dans les rangs des *gudaris*, les combattants volontaires des milices basques qui défendaient la République. Un oncle, en revanche, membre du *Requeté* carliste avait fait mettre en prison tous les membres de sa famille restés sur place, lorsque les troupes de Mola et de Franco avaient occupé son village natal, au cours de leur offensive vers Bilbao. Amaya et sa mère avaient réussi à se réfugier en France, alors que deux frères plus jeunes avaient été évacués, avec des dizaines d'autres enfants basques, en Union soviétique.

Elles travaillaient toutes deux chez Hélène : la mère à la cuisine, où elle faisait merveille ; la jeune fille au service personnel de la maîtresse de maison, qu'elle aimait beaucoup.

« *Bebe mucho, pero es muy buena...* »

« Elle boit beaucoup, mais elle est très bonne »,

m'avait dit la jeune Basque de sa maîtresse, lors de la longue conversation que nous avions eue, le lendemain de mon arrivée dans la villa de la Chambre d'Amour.

« ¿ Y porqué bebe ? » avais-je demandé à Amaya. Pourquoi boit-elle ? La petite avait haussé les épaules. *Es desgraciada,* avait-elle dit, laconiquement. Elle ne me dit pas pourquoi Hélène était malheureuse. Mais elle vanta sa beauté et sa gentillesse. Pour la beauté, cela me semblait indiscutable. Quant à la gentillesse, ça ne m'intéressait pas.

J'avais été réveillé en sursaut et le jour se levait. « Madame veut te voir, elle t'attend dans sa chambre », murmurait Amaya.

La soirée s'était prolongée très tard, sur la terrasse de Biriatou. Même lorsqu'on eut abandonné les questions controversées de l'état du monde et des dangers de guerre, une sorte de fièvre nostalgique perdurait chez les convives. Comme si la plupart des amis d'Édouard-Auguste et de l'armateur avaient eu le pressentiment de la fin qui s'annonçait. Pas seulement la fin de l'été, des vacances : une fin plus radicale. Une rupture dans le tissu des temps, un saut dans l'inconnu.

Ce que je pèse, Ulysse ? Je pèse un homme jeune, une femme jeune, un enfant à naître. Je pèse la joie de vivre, la confiance de vivre, l'élan vers ce qui est juste et naturel...

Grisé par le vin, le brouhaha, la tiédeur de la peau d'Hélène sous mes doigts, à l'orée de la jarretière, je m'étais récité en silence des bribes du dialogue d'Ulysse et d'Hector, à la fin de la pièce de

Giraudoux. Rarement ce texte aura été davantage en situation. Cette nuit du 22 août 1939, sur la terrasse de Biriatou, les mots de *La guerre de Troie n'aura pas lieu* avaient dans mon cœur une résonance particulière.

Parfois, au cours de la soirée, j'avais trouvé prudent de retirer la main avec laquelle, sous la table, je caressais la cuisse d'Hélène. L'armateur, en effet, avait cru opportun, deux ou trois fois, de quitter sa place et de venir auprès de sa femme, avec des gestes qui n'étaient pas de tendresse mais de possession : gestes de propriétaire, en somme. Mais l'alerte passée, c'est elle-même qui reprenait ma main pour la placer de nouveau sur sa cuisse, de plus en plus près de l'entrejambe.

Elle faisait pourtant semblant, et j'admirais son savoir-faire, sa rouerie, depuis notre aparté du début, de ne pas s'intéresser à moi, la tête tournée vers ses voisins de droite, ne m'offrant la plupart du temps que la vision de son dos dénudé, avant qu'un châle espagnol brodé ne vînt le protéger de la fraîcheur nocturne, et de sa nuque gracile et touchante sous ses cheveux relevés en chignon.

À la fin de la soirée, alors que la table avait déjà été desservie et que circulaient des alcools, au moment même où elle avait conduit ma main au plus près de sa chaleur intime, elle se tourna vers moi, les yeux embués par la boisson. « Ainsi, me dit-elle abruptement, je vous ai fait penser à *Belle de jour* ? »

J'étais tout à fait gris, je trouvais tout cela délicieux, peut-être même inoubliable : sa chaleur, son regard trouble et troublant, sa bouche, sa voix que l'alcool rendait encore plus rauque, déchirée, déchirante.

Hitler était en train de masser ses divisions motorisées à la frontière polonaise, nous le savions. Ribbentrop s'apprêtait à s'envoler pour Moscou pour signer un accord avec Staline, nous l'ignorions. Les prisons de Franco étaient pleines, les exécutions massives, c'était de notoriété publique. Prague avait été envahie par les troupes nazies, en stricte conséquence de la capitulation des démocraties à Munich, nous y pensions sans cesse. Et Milena Jesenská avait pleuré de rage, ce jour-là, néfaste, en contemplant le déferlement nazi dans les rues de sa ville, cela, nous l'apprendrions plus tard, lorsqu'elle deviendrait compagne de nos rêves. À Moscou, dans les cachots de la Loubianka, Carola Neher, jeune beauté allemande, grande comédienne amie de Brecht, communiste exilée en URSS, condamnée comme espionne trotskiste, commençait le long périple à travers l'archipel du Goulag où elle perdrait la vie : où sa vie serait perdue, effacée sans laisser de traces, prise dans le gel immémorial de la steppe sibérienne, ombre glaciale et désolante semblable à la pluie de cendres grises issue des crématoires nazis. C'est seulement un demi-siècle plus tard que je rencontrerais Carola Neher, dans un court poème de Bertolt Brecht. Et Albert Einstein venait d'écrire au président américain Franklin Delano Roosevelt pour lui proposer de commencer le travail de recherche qui aboutirait à l'invention de l'arme atomique, conçue comme arme absolue des démocraties contre l'absolue folie de domination de Hitler. Et Sigmund Freud cette nuit-là du 22 août, à Londres, ne supportait péniblement qu'à l'aide de la morphine l'atroce souffrance empuantie de son cancer de la mâchoire. Et George Orwell, le lendemain, à l'annonce de la signature du pacte germano-soviétique, allait commencer ce revirement radical — prenant les choses à la racine — qui le conduirait à la réinvention de la raison démocratique, revirement exemplaire et si peu suivi, connu, apprécié par les intellectuels de gauche de sa génération. Et d'une trop grande partie des suivantes.

Pourtant, malgré ces données du réel, certaines évidentes, d'autres encore incertaines et floues, mais accessibles à une méthode rigoureuse de pensée, si l'on m'avait demandé à ce moment-là, sur la terrasse de Biriatou, interrompant ma griserie, quel bilan je ferais de ce dernier été, j'aurais répondu sans hésiter qu'il y avait eu *Paludes* et la beauté d'Hélène. Sans oublier, bien entendu, le visage de bonheur rayonnant et douloureux de la jeune femme inconnue de la ligne Orléans-Clignancourt, dont je gardais l'icône au tréfonds de la mémoire.

« Oui, *Belle de jour*, disais-je à Hélène, mais c'est surtout que je voulais me venger. — De quoi, grand Dieu ? me demandait-elle, surprise. — Vous me preniez pour un giton d'Édouard-Auguste. C'était sans importance, d'une certaine façon : je n'en avais rien à branler... » Je faisais exprès de parler crûment, c'était le moment ou jamais. « Mais de cette façon, vous me chassiez de votre univers : de l'univers des femmes ! Je n'avais pas envie de vous le pardonner... » Elle eut un rire de gorge. « Vous êtes idiot. Au contraire, ça m'excitait, que vous soyez un peu pédé... pardonnez-moi, un peu efféminé... Dès la première minute, j'avais décidé de vous dévergonder... »

Et Amaya était au chevet de mon lit, à l'aube du lendemain. Elle me serrait l'épaule, pour me réveiller. « Madame t'attend », a-t-elle répété. *La señora*... Je l'ai suivie, pieds nus, m'étant habillé à la hâte d'une chemise et d'un short sous son regard attentif mais impassible.

La petite Basque m'a ouvert la porte de la chambre à coucher de sa maîtresse et elle s'est postée dans le couloir, pour faire le guet. Hélène était dans un grand lit somptueux et satiné, nue quand elle a écarté le drap pour m'y recevoir. Mais c'est surtout la nudité de son visage que j'avais remarquée : sans apprêts, sans fards, lisse, les yeux cernés d'une irisation de rides minimes, son visage était émouvant, démasqué comme il l'était, livré à la lumière du jour naissant.

Pour une fois, je donnai tort à mon maître Charles Baudelaire. Il m'avait initié aux beautés de la langue française, à celles de Paris, mais aussi, surtout peut-être, à la beauté des femmes. J'avais désespérément cherché sa passante dans les rues de Paris. J'avais scrupuleusement noté dans mes petits carnets ses phrases, aphorismes et notations qui m'éclairaient sur le monde, sur la psychologie de la vie moderne et la nature de l'éternel féminin.

« La femme est *naturelle*, c'est-à-dire abominable », a écrit Baudelaire dans *Mon cœur mis à nu*. J'avais noté cette opinion brutale, la rapprochant dans mes carnets de l'« Éloge du maquillage », quelques pages absolument pertinentes et profondes de son essai sur *Le Peintre de la vie moderne*.

Après avoir rappelé que « le mal se fait sans effort, *naturellement*, par fatalité ; le bien est toujours le produit d'un art », Baudelaire écrit : « La femme est bien dans son droit, et même elle accomplit une espèce de devoir en s'appliquant à paraître magique et surnaturelle ; il faut qu'elle étonne, qu'elle charme ; idole, elle doit se dorer pour être adorée. »

J'imagine bien, malgré la qualité prosodique de ces phrases, quelle indignation elles ont dû provoquer dans certains cercles féministes. Mais il ne s'agit pas de féminisme pour l'heure. Il s'agit de constater qu'Hélène était une exception à la règle de Baudelaire, selon laquelle l'artifice est la condition de toute avancée culturelle, morale et esthétique qui permette d'arracher l'espèce humaine à l'horreur de la nature.

Au naturel, elle n'était pas abominable.

Dans la lividité du réveil, sans aucune sorte de maquillage, elle était aussi belle — de façon plus fragile, plus menacée, certes, mais d'autant plus touchante — que la veille au soir, à Biriatou, brillant dans la pénombre de la terrasse des mille feux de la parure et de l'apprêt.

Hélène m'attira dans son lit. « Viens, je vais t'apprendre », murmurait-elle.

Dix ans plus tard, à peu près, lorsque je revins à Biarritz chez les Ussía, j'avais revu Hélène. J'étais au Bar basque, sur l'avenue de l'Impératrice, en face de l'hôtel du Palais. Ce bar, d'un calme cossu, à la mode dans les années 50, n'existe plus, remplacé comme partout par quelque boutique de fringues.

J'y étais avec des amis espagnols, après une partie de pelote basque au fronton de Biarritz. J'avais constaté que je n'avais pas tout à fait perdu la main. C'est le cas de le dire : nous avions joué à la main nue, la modalité de ce jeu que je préfère, pour l'avoir beaucoup pratiquée à Lekeitio, dans ma première adolescence.

Soudain, je l'avais aperçue au fond du bar. Elle était avec un garçon beaucoup plus jeune qu'elle. Peut-être un jeune poète romantique, qu'elle serrait de près.

Elle était ravagée : ce mot poncif est le seul qui convienne. Par les ans, par l'alcool : par la vie, en somme, sa vie. Peut-être parce que nous parlions en espagnol, et que la voix de certains d'entre nous portait, elle s'est tournée vers notre table. J'ai essayé de fixer son regard, brouillé, quelque peu éteint. Elle m'a regardé, s'est arrangé la coiffure d'un geste merveilleusement étudié et nonchalant : preuve qu'elle avait reconnu la masculinité de mon regard.

Mais elle ne m'a pas reconnu, moi. Elle est revenue à son whisky et à son jeune homme. Fort plaisant, par ailleurs, mais plutôt du genre sportif que du genre poète romantique.

Elle était superbe, en tout cas, dans les derniers rayons d'une beauté à l'orée de l'autodestruction.

J'ai eu la tentation de me lever, de m'asseoir à sa table et de lui dire les vers d'autrefois : ceux de Rafael Alberti. Sans doute n'avait-elle pas été dupe. Elle était assez cultivée pour avoir compris que ces bribes sur l'ange gardien ne pouvaient avoir été écrites que par un grand poète dans la maturité de son talent ; jamais par un gamin de seize ans comme moi.

Je lui aurais pris le verre des mains pour boire une goutte de whisky, pour poser mes lèvres sur la trace impalpable des siennes.

Je lui aurais murmuré les derniers vers du poème, alors qu'elle se serait retournée vers moi, interloquée par mon intrusion, et que le jeune maître baigneur me regarderait avec suspicion.

« Afin, sans me blesser,/ de creuser dans mon sein une rive de douce lumière/ et de me rendre l'âme navigable... »

Je les lui murmurerais en espagnol, bien sûr. Comme je l'avais fait dix ans plus tôt, pour raviver ce souvenir. Je les transcris en version française, pour l'heure, car je ne partage pas de souvenirs avec le lecteur : c'est peu probable. En revanche, il peut y avoir un partage d'avenir, de mots et de choses à venir, entre le lecteur et moi.

Il était clair que rien ni personne ne lui avait rendu l'âme navigable, pendant ces années.

Mais je n'ai pas bougé de ma place, craignant qu'elle ne me reconnût pas, que j'eusse à lui donner, devant le jeune sportif au teint hâlé et aux belles dents blanches, des détails qui lui auraient permis de m'identifier.

L'essentiel, Hélène, lui aurais-je dit, l'essentiel ne s'apprend pas : ça s'invente. J'ai dû l'inventer par moi-même, guidé par le souvenir du visage révulsé de bonheur d'une jeune femme inconnue, dans la cohue d'un wagon de métro de la ligne Orléans-Clignancourt.

262

Ensuite, peut-être, aurions-nous pu parler, si la mémoire de moi lui était revenue.

Le 3 septembre 1939, j'étais boulevard Saint-Michel, au coin de la rue Soufflot, devant le kiosque à journaux, en face de chez Capoulade.

N'ayant plus à craindre des hostilités sur deux fronts, après son pacte avec Staline, Hitler avait envoyé ses divisions blindées à l'assaut de la Pologne. L'Angleterre et la France venaient de lui déclarer la guerre.

Ce jour de septembre, mon père m'avait donné rendez-vous. Je venais d'apprendre l'attristante nouvelle de mon affectation au lycée Saint-Louis, Henri-IV devenant un établissement pour jeunes filles. Mon père vint au rendez-vous en compagnie de Paul-Louis Landsberg, que je n'avais cessé de rencontrer, de temps à autre, ces derniers mois. Surtout chez Pierre-Aimé Touchard, rue Lhomond, ou dans les bureaux de la rédaction d'*Esprit*, près de la gare du Nord, rue du Faubourg-Saint-Denis, où Jean-Marie Soutou avait pris ses quartiers de travail.

Nous avions remonté ensemble le boulevard Saint-Michel, jusqu'au kiosque à côté de chez Capoulade.

Landsberg achetait les journaux du soir lorsqu'un homme s'approcha de lui pour le saluer. De petite taille, maigre, le visage osseux doté de grandes oreilles décollées, le front déjà dégarni, malgré qu'il fût encore, apparemment, du bon côté de la quarantaine, le regard de cet inconnu pétillait d'intelligence : ça rayonnait, ça ne trompait pas son monde. Je n'ai jamais revu Raymond Aron — car c'était lui — d'aussi près, mais cet éclat d'intelligence, ce sourire à la fois ironique et chaleureux se sont gravés dans ma mémoire. Quand je regarde, dans la biographie que lui a consacrée Nicolas Baverez, une photo où il se trouve aux côtés de Célestin Bouglé, rue d'Ulm, deux ans plus tôt, en 1937, je retrouve exactement l'impression qu'il m'a faite ce jour-là de septembre, boulevard Saint-Michel.

Landsberg présenta cet inconnu à mon père : Raymond Aron, donc. Ensuite, tourné vers moi, ce dernier me posa quelques questions sur mes études. Ignorant qui il était, je répondis sans complexe. Et me plaignis de l'arbitraire bureaucratique qui m'envoyait au lycée Saint-Louis pour ma classe de première. Souriant, il me demanda où j'avais espéré aller faire mes études. Mais à Henri-IV ! lui dis-je, c'était mon lycée. Il eut l'air de trouver que Henri-IV c'était très bien. Moi j'ai fait toutes mes études à Hoche, dit-il. Je ne savais pas où se trouvait le lycée Hoche, la conversation entre nous en resta là.

Il se tourna alors vers mon père et Paul-Louis Landsberg. Ils parlèrent de la guerre qui commençait, des chances de victoire des démocraties, de leur destin personnel.

Mon père allait péniblement survivre aux années de l'Occupation, avec les maigres revenus de ses leçons d'espagnol au collège religieux de Massabielle et les quelques économies que la Suissesse avait dû faire sur son traitement diplomatique antérieur. Très isolé, ses amis d'*Esprit* ayant pour la plupart choisi la zone non occupée, ne maintenant des contacts avec son milieu naturel que par l'entremise de l'hispaniste Marcel Bataillon et de quelques amis de celui-ci, il avait survécu dans le vase clos des idées ressassées, des illusions perdues, des fidélités symboliques. Sur la paroi de l'une des chambres du vétuste appartement de la maison Sedaine, rue Auguste-Rey, à Saint-Prix, un petit fanion tricolore républicain — rouge, or, violet — tranchait par son éclatante couleur sur la morosité des jours.

Paul-Louis Landsberg, quant à lui, après avoir continué de vivre à Paris et d'écrire dans *Esprit*, fut interné en mai 1940 dans un camp français pour étrangers indésirables, en Bretagne. Lors de la débâcle, il s'en échappa, échappant du même coup aux recherches de la Gestapo, et gagna clandestinement la zone sud. À Lyon d'abord, à Pau ensuite, il participa à la Résistance, à travers son engagement dans le mouvement Combat et le service de renseignement de ce dernier. C'est à Pau que Landsberg fut arrêté par la Gestapo, en mars 1943. Déporté au camp d'Oranienburg, près de Berlin, il y mourut d'épuisement en avril 1944.

Le destin de Raymond Aron, le troisième interlocuteur de cette conversation impromptue sur un coin de trottoir du boulevard Saint-Michel, en septembre 1939, est bien connu. Des mémoires, de longs entretiens, une excellente biographie ont quasiment fait toute la lumière sur le personnage — pas tout à fait, bien sûr : il y a un mystère de l'être qu'aucun travail de ce genre n'éclaire définitivement.

265

Mobilisé en 1939 — il avait déjà sa feuille de route en poche, lors de notre rencontre boulevard Saint-Michel —, Aron sert dans un détachement de la météorologie militaire, malgré tous ses efforts pour être incorporé à une unité combattante. En 1940, lors de l'« étrange défaite » — c'est à dessein que je cite ce titre de Marc Bloch : avec celui-ci, et Jean Cavaillès, et Georges Canguilhem, et Jean-Pierre Vernant, quelques autres, Raymond Aron a fait partie de la petite cohorte de grands universitaires qui ont choisi leur camp contre leurs intérêts de carrière et leur tranquillité familiale —, il décida à Toulouse de gagner Londres et la France libre, appellation aussi de la revue d'une extrême rigueur intellectuelle qu'il dirigea pendant quatre ans.

Aujourd'hui, quand je me remémore cette scène, devant le kiosque à journaux du boulevard Saint-Michel, au coin de la rue Soufflot — le même où, quelques mois plus tôt, j'avais acheté *Ce soir* annonçant la chute de Madrid —, quand je revois les personnages tels qu'ils étaient, dans leur apparence physique (et je me rappelle avoir pensé que ce M. Aron qu'on venait de présenter à mon père, et qui devait avoir une vingtaine d'années de plus que moi, j'aurais bien aimé l'avoir comme professeur, à cause de son regard vif et intelligent), je ne peux m'empêcher d'avoir le cœur serré.

Une coïncidence, en effet, me frappe. Me fait rêver aussi, et je la trouve tragique. Aron, au cours des loisirs forcés de son service dans la météorologie militaire, durant la drôle de guerre, a travaillé à un essai sur Machiavel. Les manuscrits des fragments terminés de cette œuvre ont été sauvés, confiés aux soins d'une famille amie, alors que Raymond Aron s'embarquait pour l'Angleterre. Ils ont été publiés plus tard : *Machiavel et les tyrannies du xxᵉ siècle.*

Mais Paul-Louis Landsberg, dont le dernier texte connu analyse *le problème moral du suicide* — à l'époque où il l'écrivit, en 1941-1942, Landsberg avait décidé de se donner la mort, s'il tombait entre les mains de la Gestapo, et le poison nécessaire à cette décision ne le quittait plus — a lui aussi écrit un essai sur Machiavel, avant d'être arrêté. Aucun des trois manuscrits de cette œuvre, cachés en trois lieux différents pour en assurer le sauvetage, n'a malheureusement été retrouvé.

Nous sommes frustrés, donc, d'une confrontation ou dialogue d'outre-tombe entre Aron et Landsberg, à propos de Machiavel. Moi, en tout cas, j'éprouve cette frustration avec un sentiment de colère désespérée. De révolte contre l'injuste bêtise de ce manque.

La conversation, quoi qu'il en soit, vient de se terminer, boulevard Saint-Michel. Raymond Aron rentre chez lui, avec la presse du soir. Mon père va redescendre vers le métro qui le conduira à la gare du Nord et au train de banlieue. Je reste avec Paul-Louis Landsberg.

Il me demande si j'ai le temps. Oui, j'ai du temps. Ce n'est qu'à la fin de la journée que je dois retrouver Jean-Marie Soutou dans les bureaux d'*Esprit*, rue du Faubourg-Saint-Denis.

Il me propose de l'accompagner, je l'accompagne. Nous allons vers Montparnasse, vers le centre du monde, selon Jean Giraudoux dont je ne

partage pas l'avis. À chacun son centre du monde :
je tiens à mon Panthéon.

Landsberg va retrouver, au Select, un groupe de
réfugiés antifascistes allemands que la guerre met
paradoxalement en danger : ils sont désormais
considérés comme ressortissants d'un pays ennemi.

Depuis que j'ai entrepris d'écrire ce récit, mettant en œuvre toutes les procédures de la réminiscence, de la reconstruction du passé (introspec-
tion ; recherche et développement des images
égarées, oblitérées, d'une mémoire assoupie, mais
restée vivace, capable de reproduire des moments
enfouis dans les trous noirs de l'oubli involontaire
ou intéressé ; analyse des documents historiques
de l'époque, pour établir les « cadres sociaux »
de mes souvenirs, etc.), depuis que j'ai commencé
à écrire *Adieu, vive clarté*..., une image me hante,
que je n'arrive pas à fixer, pour pouvoir ensuite la
déchiffrer, l'interpréter.

Est-ce un rêve, est-ce un souvenir réel ?

J'arrive avec Paul-Louis Landsberg dans un café
de Montparnasse. Pas n'importe quel café, bien
sûr : le Select. À une table, quelques hommes sont
assis. Landsberg leur dit en allemand qui je suis.
D'ailleurs, ajoute-t-il, il nous comprendra parfaitement, il parle très gentiment l'allemand. Je traduis
littéralement la phrase qu'il a dite à ses compatriotes : *er spricht ganz nett Deutsch*.

La discussion en cours porte sur l'absurdité de
leur situation. Jusqu'à la veille de la déclaration
de guerre, ils ont été surveillés, contrôlés, leur anti-

fascisme militant — en tout cas, celui de certains d'entre eux — risquant de déplaire aux autorités nazies, avec lesquelles, surtout lors du voyage de Ribbentrop à Paris, après la capitulation de Munich, la France tenait à avoir de bonnes relations d'apaisement. Contrôlés, donc, parfois avertis d'avoir à modérer leur zèle antifasciste, jusqu'à la veille — le droit d'asile ne leur donnant pas, selon les autorités françaises, celui d'intervenir dans la politique du pays d'accueil —, les voilà devenus, du jour au lendemain, ressortissants d'un pays ennemi, et donc ennemis virtuels.

Ainsi, au moment même où leur concours à l'effort de guerre de la France devenait vraiment utile, peut-être même indispensable, les voilà promus dans la catégorie des suspects, voués à l'internement dans des camps de concentration ou à l'assignation à résidence. Mis en marge et au ban de la lutte, donc.

Mais il n'y a pas de doute, pas de flou, sur cette partie de mon souvenir. C'est sur la présence de Walter Benjamin à cette table du Select que j'ai de l'incertitude. Je ne sais pas, ne saurai jamais si l'homme qui était en bout de table, dont l'opinion semblait particulièrement importer aux autres, était bien Walter Benjamin. Plus tard, lorsque j'ai vu des photos de ce dernier, il m'a semblé reconnaître l'inconnu du Select que les autres réfugiés allemands écoutaient avec attention, lorsqu'il prenait la parole, rarement.

Pendant la promenade à travers le Luxembourg, Paul-Louis Landsberg m'avait parlé de Walter Benjamin. Ou plutôt : il m'avait parlé de l'un de ses amis allemands, dont il m'avait dit le nom en passant, nom que je n'ai pas retenu sur le moment, mais qui était forcément celui de Benjamin. C'est facile à déduire des informations qu'il me donna de ce sien ami-là.

Landsberg m'avait interrogé pendant la promenade vers Montparnasse sur mon adaptation à Paris. La question de l'exil le préoccupait. La déréliction, le déracinement inévitables de l'exil. Lui-même s'essayait à écrire directement en français et me félicitait pour les progrès que j'avais faits dans la maîtrise de cette langue.

Lorsque je lui ai parlé de ma découverte de Paris, durant les longues flâneries à travers la ville, guidé par Baudelaire autant que par Baedeker, il a beaucoup ri. Il m'a dit qu'un de ses amis allemands travaillait depuis des années à un livre sur Paris : une somme de philosophie de l'histoire prenant cette ville — qu'il appelait « capitale du XIXᵉ siècle » dans un essai écrit en français quelques mois plus tôt, en mars 1939 — comme référent de sa réflexion. Il m'a donné le nom de cet ami, que je n'ai pas retenu : Walter Benjamin, bien entendu.

Était-ce lui, le personnage laconique, se tenant discrètement en arrière, mais dont chaque mot semblait particulièrement intéresser ses compatriotes ? Matériellement, c'est possible. Ce jour-là, Benjamin n'avait pas encore été pris dans la rafle de la police française qui le fit interner au camp de Nevers, d'où il fut libéré à la fin du mois de novembre. L'année suivante, fuyant ses compatriotes de la Gestapo, il franchit clandestinement la frontière espagnole et se suicida à Port-Bou, dans des circonstances qui n'ont jamais été totalement éclaircies.

Depuis longtemps, je lis et relis Walter Benjamin : ses essais, les deux volumes de *Das Passagen-Werk*, ses thèses ultimes sur le concept d'histoire. Lecture inépuisable ; on ne cesse d'y découvrir de nouvelles richesses, d'y mettre au jour de nouvelles possibilités d'interprétation. Chaque fois, à m'émerveiller de la concision à la fois hermétique et rayonnante de la prose allemande de Benjamin, je me demande si c'était lui, ce petit personnage qui semblait vouloir se cacher derrière une carafe d'eau et des monceaux de journaux, au bout d'une table du Select, un jour de début septembre 1939.

Je ne le saurai jamais, mais je donnerais n'importe quoi pour que ce fût vrai, pour avoir eu la chance de croiser, même anonymement, ce douloureux, torturé — tortueux aussi : labyrinthique, comme l'univers lui-même de ce siècle qu'il s'est efforcé de déchiffrer — génie de la pensée contemporaine.

Quelques jours après cette rencontre sur le boulevard Saint-Michel, Gouverneur Paulding vint me rendre visite, rue Blaise-Desgoffe. Il quittait avec sa famille l'Europe en guerre pour regagner les États-Unis.

Paulding était cet Américain immense et débonnaire qui avait recueilli la smala Semprun, dans sa belle maison de Ferney-Voltaire, à l'automne 1936.

Pendant quelques semaines, nous y fûmes tous hébergés. Les déjeuners étaient égayés par des discussions passionnantes avec un de ses amis de passage, un philosophe américain d'origine espagnole, George Santayana. Outre cet attrait intellectuel, les repas avaient chez les Paulding aussi un intérêt proprement gastronomique. Nutritionnel, du moins. C'est ainsi que je découvris à Ferney-Voltaire, entre autres préparations qui me semblaient exotiques, l'épi de maïs cuit à point et beurré : mets délicieux.

Au bout de quelques semaines, la famille s'étant de nouveau dispersée, en attendant d'être réunie à La Haye, à la légation d'Espagne, quelques mois plus tard, les Paulding ne gardèrent chez eux, dans la belle maison en face du château de Voltaire, que les trois plus jeunes frères Semprun. Gonzalo et moi commençâmes à Genève, chez les sœurs Grobéty et au collège Calvin, un périple d'exil qui nous maintint réunis jusqu'en 1939.

Avant de s'embarquer pour l'Amérique, Gouverneur Paulding souhaita me voir. Plutôt, il souhaita revoir quelque représentant de la famille : ce fut moi, puisque j'étais à Paris, plus accessible que mon père, isolé dans sa banlieue lointaine.

Je ne garde pas un souvenir précis des mots que nous avons échangés, des sujets abordés au cours de notre conversation. Je garde le souvenir de l'allègre présence physique du géant amical qu'était Paulding. Et l'impression que cet adieu fut en quelque sorte comme le dernier chapitre de la période de ma vie ouverte par l'arrivée à Bayonne et close par le début de la guerre mondiale : cette période d'entre les deux guerres de mon adolescence.

Vingt-cinq ans plus tard, lorsque la traduction de mon premier livre fut publiée aux États-Unis, je reçus une photocopie d'un article du *Reporter* du 21 mai 1964.

Le titre en était « And a time to hate » et c'était signé par Gouverneur Paulding.

Vers la fin de la guerre civile d'Espagne, écrivait-il, les Semprun, une famille républicaine, quittèrent le Pays basque espagnol et arrivèrent par bateau en France. Quand ils débarquèrent à Bayonne, les estivants les regardèrent avec méfiance. C'étaient des rouges espagnols. En tant que tels, ils provoquaient de la curiosité, de l'embarras, et un sentiment de malaise, comme s'ils apportaient avec eux une maladie contagieuse : le désastre qui les avait submergés dans leur pays. Certains d'entre eux, en tout cas le jeune Jorge Semprun, apportaient autre chose : une certaine répugnance à se soumettre, à être docile. Quand arrivèrent les nazis, il rejoignit la Résistance. En 1943, il fut arrêté et envoyé à Buchenwald. Le grand voyage *est le compte rendu, transposé en fiction par souci de retenue, des quatre jours et cinq nuits de voyage dans l'amoncellement des corps...*

La boucle était bouclée : Gouverneur Paulding me permettait d'en faire le tour.

Il n'y a guère, je suis revenu sur la terrasse de Biriatou.

Je ne pouvais pas écrire le mot « fin » de ce récit (je ne dis pas le finir : tout récit autobiographique est par définition infini; le mot « fin » ne marque qu'un temps d'arrêt, une césure ou respiration;

ou simplement signale l'impossibilité provisoire d'aller plus loin, de creuser plus profond), je ne pouvais écrire le dernier mot de ce récit sans revenir sur la terrasse ombragée de Biriatou.

Rien n'avait changé, tout était semblable aux images de ma mémoire. L'Espagne, certes, n'était plus inaccessible. Il n'y avait plus de Pyrénées, d'une certaine façon. Plus de contrôle à la frontière, plus de frontière, même.

C'était encore et de nouveau le mois d'août, c'était la fin de la journée. Le soleil couchant irisait de rose le ciel pâle où voguaient des nuages.

Hacia las hondonadas violetas del Poniente / ya, en un gran cabeceo, hunde su proa el día...

Comme on revoit sa vie, semble-t-il, au moment où l'on croit mourir, ainsi pouvais-je faire défiler sur l'écran de ma mémoire le film phosphorescent de mon existence. Mais je pouvais revoir, au choix, n'importe quelle séquence. J'avais choisi, c'est facile à comprendre, celle de ma première apparition à Biriatou, le 22 août 1939.

Alors, pour revivre l'arôme fantomatique de ce lointain passé, je me récitai à nouveau quelques bribes d'un poème de mon père, José Maria de Semprun Gurrea.

« Vers les vallonnements violets du Ponant / le jour enfonce sa proue dans un long hochement... »

Comme tant d'années auparavant, toute une vie, plusieurs morts auparavant, je m'étais écarté du groupe joyeux des amis présents. Je regardais monter l'ombre du soir des profondeurs du cours de la Bidassoa. Je me suis dit que le hasard faisait bien les choses : l'occasion était idéale, en effet, pour traduire la fin du poème de mon père que j'avais murmurée à Ève, au retour de notre voyage à Séville.

« Les après-midi passent, mais reste L'APRÈS-MIDI, / le clair et l'éternel qui habite ma fantaisie, / que trouvera mon âme — je ne sais où, comment — / quand tous les autres seront effacés du présent... »

C'est dans le jardin de la maison de Santander que mon père nous récitait parfois ses poèmes, qu'il mêlait par jeu, sans nous prévenir, à ceux de Rubén Darío ou de Gustavo Adolfo Becquer, pour voir si nous étions capables de les distinguer.

Susana Maura, ma mère, lui faisait face, assise dans un fauteuil en osier. Les cinq aînés étions là : deux filles, trois garçons. Quant aux deux plus jeunes, Carlos et Francisco, ils étaient vraiment trop jeunes, à cette époque-là, fin des années 20, début des années 30. Ils étaient sans doute confiés aux soins des gouvernantes et des chambrières.

Alternativement, c'est Gonzalo ou moi qui venions nous accroupir aux pieds de notre mère, qui avait un sens aigu de l'équité dans le partage des tendresses maternelles. Le but étant de sentir sa main nous caresser les cheveux pendant que mon père nous lisait ou récitait des poèmes.

Personne ne m'en voudra — Gonzalo non plus — si je choisis dans ma mémoire un jour où c'était moi qui jouissais de ce bonheur d'une main aimée et caressante. Pourquoi pas le jour, dans le jardin où fleurissaient les massifs d'hortensias, où ma mère déclara que je serais écrivain ou président de la République ?

En 1975, quelques mois avant la mort du général Franco — qui était, en fait, généralissime : le seul généralissime encore vivant en août de cette année-là, Staline et Tchang Kaï-chek étant décédés —, j'avais fait un voyage dans le nord de l'Espagne, pour retrouver les paysages de mon enfance.

À Santander, je n'avais pas retrouvé la villa des vacances d'antan. Le versant de la colline qui monte des plages du Sardinero jusqu'à l'hôtel Real avait été loti. Là où, de mon temps, du temps de mon enfance, il n'y avait que quatre ou cinq villas, il s'y dressait désormais plusieurs dizaines. Je ne suis pas arrivé à découvrir l'emplacement de l'ancienne villa, au milieu de toutes ces nouveautés.

Au long des années, à l'occasion de mes voyages à Santander, j'ai toujours échoué dans ma recherche de la maison perdue. Je savais pertinemment dans quel secteur du luxueux lotissement elle devait forcément se trouver, mais je ne parvenais pas à découvrir la voie d'accès.

Mais, il y a trois ans, faisant une nouvelle fois à pied le tour du périmètre extérieur du lotissement, à la recherche d'une entrée dans le labyrinthe, j'ai soudain découvert cet accès. Ce que j'avais pris jusque-là pour la route carrossable d'une seule villa était en réalité une allée conduisant à l'espace d'antan, où les deux ou trois maisons de l'époque préservées étaient encerclées de bâtiments nouveaux qui les occultaient à la vue.

Je contemplais la maison enfin retrouvée, je reconnaissais tout : le perron d'accès, les bow-windows, la véranda sur le jardin des hortensias.

Agité, assez ému, je parlais aux proches, très proches, qui m'accompagnaient ce jour-là. Venant de l'avenue Santo-Mauro, sur laquelle j'avais si longtemps cherché en vain l'accès à ce paradis minuscule, irremplaçable, de la mémoire, une femme arrivait à notre hauteur.

« Oui, c'est bien ta maison », me dit-elle, m'ayant reconnu.

C'étaient ses tantes, deux très vieilles demoiselles Pombo, qui avaient loué autrefois la villa à mes parents. Elle nous fit entrer, me présenta à l'une des vieilles demoiselles, qui répétait mon nom comme on égrène des souvenirs effacés par le temps. Je reconnus les pièces : les meubles, les tableaux aux murs, l'odeur d'encaustique et de fleurs fanées.

C'était insoutenable, je me suis enfui très vite, sans visiter le reste de la maison comme ces dames de la famille Pombo me le proposaient.

En regagnant la sortie, sur l'avenue Santo-Mauro, j'ai eu la certitude fugace d'avoir remonté le cours du temps. Au milieu du labyrinthe des nouvelles constructions, le paysage autour de la villa avait été préservé. Sur ce gazon, parmi ces eucalyptus, nous avions joué avec les fils et les filles de don Gabino, un Espagnol émigré aux États-Unis, y ayant fait fortune, qui revenait chaque année au pays natal. Tous les frères avions été amoureux de la jolie Eileen, pour laquelle nous aurions été prêts à affronter les plus terribles dangers.

J'avais remonté le cours du temps : cette lumière, cette odeur d'eucalyptus, ces hortensias, ce bruit des roues de voiture sur le gravier de l'allée, ces cris

277

d'enfants joueurs, tout était comme autrefois. C'était autrefois. Comme le personnage des *Fraises sauvages* de Bergman, je promenais mon grand âge dans la réalité réapparue d'autrefois.

Se acabarán las tardes, pero LA TARDE queda...

J'entendais la voix de mon père récitant des vers. Si je m'étais retourné, peut-être l'aurais-je aperçu, près du massif d'hortensias, au pied de la véranda. J'aurais vu un homme jeune, de trente-deux ans, qui aurait pourtant été mon père.

Le lendemain, j'ai demandé à Mathieu L., qui suivait des cours d'espagnol à l'université d'été de La Magdalena, de faire pour moi des photos de la villa d'autrefois. Je les regarde quand je veux, si je veux. Je peux imaginer tout le reste.

Mais on m'appelle à table, à rejoindre le groupe des convives. Pierre H. les a placés, dosant savamment les âges, les sexes et les affinités. Une fois de plus, comme tant d'années plus tôt, en août 1939, je suis à côté d'une jolie femme mélancolique.

Alors, m'écartant de la gorge de la Bidassoa d'où montent les ombres, je me dis les vers de Baudelaire qui n'ont pas cessé de m'accompagner tout au long de la durée de ce récit.

Bientôt nous plongerons dans les froides ténèbres :
Adieu, vive clarté de nos étés trop courts !

I. *J'ai plus de souvenirs que si j'avais mille ans...*   11

II. *Je lis* Paludes...   89

III. *Voilà la Cité sainte, assise à l'occident...*   151

IV. *Bientôt nous plongerons dans les froides ténèbres...*   221

DU MÊME AUTEUR

Aux Éditions Gallimard

LE GRAND VOYAGE, *roman* (Folio, n° 276)

LA GUERRE EST FINIE, *scénario*

L'ÉVANOUISSEMENT, *roman*

LA DEUXIÈME MORT DE RAMON MERCADER, *roman* (Folio, n° 1612)

LE « STAVISKY » D'ALAIN RESNAIS, *scénario*

LA MONTAGNE BLANCHE, *roman* (Folio, n° 1999)

L'ÉCRITURE OU LA VIE, *récit* (Folio, n° 2870)

LE RETOUR DE CAROLA NEHER, *théâtre*

ADIEU, VIVE CLARTÉ…, *récit* (Folio, n° 3317)

LE MORT QU'IL FAUT, *roman*. Prix Jean Monnet (Folio, n° 3730 et La Bibliothèque Gallimard n° 122)

VINGT ANS ET UN JOUR, *roman*

Chez d'autres éditeurs

L'ALGARABIE, *Librairie Arthème Fayard* (repris en Folio, n° 2914)

NETCHAIEV EST DE RETOUR, *roman*, J.-C. Lattès

AUTOBIOGRAPHIE DE FEDERICO SANCHEZ, *Le Seuil*

MONTAND : LA VIE CONTINUE, *Denoël* (repris en Folio Actuel, n° 5)

QUEL BEAU DIMANCHE !, *Grasset*

FEDERICO SANCHEZ VOUS SALUE BIEN, *Grasset*

MAL ET MODERNITÉ, *Éditions Climats*

LES SANDALES, *Mercure de France*

COLLECTION FOLIO

Dernières parutions

4062. Frédéric Beigbeder   *99 francs.*
4063. Balzac   *Les Chouans.*
4064. Bernardin de Saint Pierre   *Paul et Virginie.*
4065. Raphaël Confiant   *Nuée ardente.*
4066. Florence Delay   *Dit Nerval.*
4067. Jean Rolin   *La clôture.*
4068. Philippe Claudel   *Les petites mécaniques.*
4069. Eduardo Barrios   *L'enfant qui devint fou d'amour.*
4070. Neil Bissoondath   *Un baume pour le cœur.*
4071. Jonahan Coe   *Bienvenue au club.*
4072. Toni Davidson   *Cicatrices.*
4073. Philippe Delerm   *Le buveur de temps.*
4074. Masuji Ibuse   *Pluie noire.*
4075. Camille Laurens   *L'Amour, roman.*
4076. François Nourissier   *Prince des berlingots.*
4077. Jean d'Ormesson   *C'était bien.*
4078. Pascal Quignard   *Les Ombres errantes.*
4079. Isaac B. Singer   *De nouveau au tribunal de mon père.*
4080. Pierre Loti   *Matelot.*
4081. Edgar Allan Poe   *Histoires extraordinaires.*
4082. Lian Hearn   *Le clan des Otori, II : les Neiges de l'exil.*
4083. La Bible   *Psaumes.*
4084. La Bible   *Proverbes.*
4085. La Bible   *Évangiles.*
4086. La Bible   *Lettres de Paul.*
4087. Pierre Bergé   *Les jours s'en vont je demeure.*
4088. Benjamin Berton   *Sauvageons.*
4089. Clémence Boulouque   *Mort d'un silence.*
4090. Paule Constant   *Sucre et secret.*
4091. Nicolas Fargues   *One Man Show.*
4092. James Flint   *Habitus.*

4093. Gisèle Fournier — *Non-dits.*

4094. Iegor Gran — *O.N.G.!*

4095. J.M.G. Le Clézio — *Révolutions.*

4096. Andreï Makine — *La terre et le ciel de Jacques Dorme.*

4097. Collectif — *«Parce que c'était lui, parce-que c'était moi».*

4098. Anonyme — *Saga de Gísli Súrsson.*

4099. Truman Capote — *Monsieur Maléfique et autres nouvelles.*

4100. E.M. Cioran — *Ébauches de vertige.*

4101. Salvador Dali — *Les moustaches radar.*

4102. Chester Himes — *Le fantôme de Rufus Jones et autres nouvelles.*

4103. Pablo Neruda — *La solitude lumineuse.*

4104. Antoine de St-Exupéry — *Lettre à un otage.*

4105. Anton Tchekhov — *Une banale histoire.*

4106. Honoré de Balzac — *L'Auberge rouge.*

4107. George Sand — *Consuelo I.*

4108. George Sand — *Consuelo II.*

4109. André Malraux — *Lazare.*

4110 Cyrano de Bergerac — *L'autre monde.*

4111 Alessandro Baricco — *Sans sang.*

4112 Didier Daeninckx — *Raconteur d'histoires.*

4113 André Gide — *Le Ramier.*

4114. Richard Millet — *Le renard dans le nom.*

4115. Susan Minot — *Extase.*

4116. Nathalie Rheims — *Les fleurs du silence.*

4117. Manuel Rivas — *La langue des papillons.*

4118. Daniel Rondeau — *Istanbul.*

4119. Dominique Sigaud — *De chape et de plomb.*

4120. Philippe Sollers — *L'Étoile des amants.*

4121. Jacques Tournier — *À l'intérieur du chien.*

4122. Gabriel Sénac de Meilhan — *L'Émigré.*

4123. Honoré de Balzac — *Le Lys dans la vallée.*

4124. Lawrence Durrell — *Le Carnet noir.*

4125. Félicien Marceau — *La grande fille.*

4126. Chantal Pelletier — *La visite.*

4127. Boris Schreiber — *La douceur du sang.*

4128. Angelo Rinaldi — *Tout ce que je sais de Marie.*

4129. Pierre Assouline — *État limite.*

4130. Élisabeth Barillé — *Exaucez-nous.*

4131. Frédéric Beigbeder — *Windows on the World.*

4132. Philippe Delerm — *Un été pour mémoire.*

4133. Colette Fellous — *Avenue de France.*

4134. Christian Garcin — *Du bruit dans les arbres.*

4135. Fleur Jaeggy — *Les années bienheureuses du châtiment.*

4136. Chateaubriand — *Itinéraire de Paris à Jerusalem.*

4137. Pascal Quignard — *Sur le jadis. Dernier royaume, II.*

4138. Pascal Quignard — *Abîmes. Dernier Royaume, III.*

4139. Michel Schneider — *Morts imaginaires.*

4140. Zeruya Shalev — *Vie amoureuse.*

4141. Frédéric Vitoux — *La vie de Céline.*

4142. Fédor Dostoïevski — *Les Pauvres Gens.*

4143. Ray Bradbury — *Meurtres en douceur.*

4144. Carlos Castaneda — *Stopper-le-monde.*

4145. Confucius — *Entretiens.*

4146. Didier Daeninckx — *Ceinture rouge.*

4147. William Faulkner — *Le Caïd.*

4148. Gandhi — *La voie de la non-violence.*

4149. Guy de Maupassant — *Le Verrou et autres contes grivois.*

4150. D. A. F. de Sade — *La Philosophie dans le boudoir.*

4151. Italo Svevo — *L'assassinat de la Via Belpoggio.*

4152. Laurence Cossé — *Le 31 du mois d'août.*

4153. Benoît Duteurtre — *Service clientèle.*

4154. Christine Jordis — *Bali, Java, en rêvant.*

4155. Milan Kundera — *L'ignorance.*

4156. Jean-Marie Laclavetine — *Train de vies.*

4157. Paolo Lins — *La Cité de Dieu.*

4158. Ian McEwan — *Expiation.*

4159. Pierre Péju — *La vie courante.*

4160. Michael Turner — *Le Poème pornographe.*

4161. Mario Vargas Llosa — *Le Paradis — un peu plus loin.*

4162. Martin Amis — *Expérience.*

4163. Pierre-Autun Grenier — *Les radis bleus.*

4164. Isaac Babel — *Mes premiers honoraires.*

4165. Michel Braudeau — *Retour à Miranda.*

4166. Tracy Chevalier — *La Dame à la Licorne.*

4167. Marie Darrieussecq — *White.*

4168. Carlos Fuentes — *L'instinct d'Iñez.*

4169. Joanne Harris — *Voleurs de plage.*

4170. Régis Jauffret — *univers, univers.*

4171. Philippe Labro — *Un Américain peu tranquille.*

4172. Ludmila Oulitskaïa — *Les pauvres parents.*

4173. Daniel Pennac — *Le dictateur et le hamac.*

4174. Alice Steinbach — *Un matin je suis partie.*

4175. Jules Verne — *Vingt mille lieues sous les mers.*

4176. Jules Verne — *Aventures du capitaine Hatteras.*

4177. Emily Brontë — *Hurlevent.*

4178. Philippe Djian — *Frictions.*

4179. Éric Fottorino — *Rochelle.*

4180. Christian Giudicelli — *Fragments tunisiens.*

4181. Serge Joncour — *U.V.*

4182. Philippe Le Guillou — *Livres des guerriers d'or.*

4183. David McNeil — *Quelques pas dans les pas d'un ange.*

4184. Patrick Modiano — *Accident nocturne.*

4185. Amos Oz — *Seule la mer.*

4186. Jean-Noël Pancrazi — *Tous s'est passé si vite.*

4187. Danièle Sallenave — *La vie fantôme.*

4188. Danièle Sallenave — *D'amour.*

4189. Philippe Sollers — *Illuminations.*

4190. Henry James — *La Source sacrée.*

4191. Collectif — *«Mourir pour toi».*

4192. Hans Christian Andersen — *L'elfe de la rose et autres contes du jardin.*

4193. Épictète — *De la liberté précédé de De la profession de Cynique.*

4194. Ernest Hemingway — *Histoire naturelle des morts et autres nouvelles.*

4195. Panaït Istrati — *Mes départs.*

4196. H. P. Lovecraft — *La peur qui rôde et autres nouvelles.*

4197. Stendhal — *Féder ou Le Mari d'argent.*

4198. Junichirô Tanizaki — *Le meurtre d'O-Tsuya.*

4199. Léon Tolstoï — *Le réveillon du jeune tsar et autres contes.*

4200. Oscar Wilde — *La Ballade de la geôle de Reading.*

4201. Collectif   *Témoins de Sartre.*
4202. Balzac   *Le Chef-d'œuvre inconnu.*
4203. George Sand   *François le Champi.*
4204. Constant   *Adolphe. Le Cahier rouge.*
                                   Cécile.
4205. Flaubert   *Salammbô.*
4206. Rudyard Kipling   *Kim.*
4207. Flaubert   *L'Éducation sentimentale.*
4208. Olivier Barrot/
      Bernard Rapp   *Lettres anglaises.*
4209. Pierre Charras   *Dix-neuf secondes.*
4210. Raphaël Confiant   *La panse du chacal.*
4211 Erri De Luca   *Le contraire de un.*
4212. Philippe Delerm   *La sieste assassinée.*
4213. Angela Huth   *Amour et désolation.*
4214. Alexandre Jardin   *Les Coloriés.*
4215. Pierre Magnan   *Apprenti.*
4216. Arto Paasilinna   *Petits suicides entre amis.*
4217. Alix de Saint-André   *Ma Nanie,*
4218. Patrick Lapeyre   *L'homme-soeur.*
4219. Gérard de Nerval   *Les Filles du feu.*
4220. Anonyme   *La Chanson de Roland.*
4221. Maryse Condé   *Histoire de la femme canni-*
                                   bale.
4222. Didier Daeninckx   *Main courante et Autres lieux.*
4223. Caroline Lamarche   *Carnets d'une soumise de pro-*
                                   vince.
4224. Alice McDermott   *L'arbre à sucettes.*
4225. Richard Millet   *Ma vie parmi les ombres.*
4226. Laure Murat   *Passage de l'Odéon.*
4227. Pierre Pelot   *C'est ainsi que les hommes*
                                   vivent.
4228. Nathalie Rheims   *L'ange de la dernière heure.*
4229. Gilles Rozier   *Un amour sans résistance.*
4230. Jean-Claude Rufin   *Globalia.*
4231. Dai Sijie   *Le complexe de Di.*
4232. Yasmina Traboulsi   *Les enfants de la Place.*
4233. Martin Winckler   *La Maladie de Sachs.*
4234. Cees Nooteboom   *Le matelot sans lèvres.*
4235. Alexandre Dumas   *Le Chevalier de Maison-Rouge*

Impression Novoprint
à Barcelone, le 3 octobre 2005
Dépôt légal : octobre 2005
Premier dépôt légal dans la collection : janvier 2000
ISBN 2-07-041173-7. / Imprimé en Espagne.